죽
음
들

〔리:플레이〕

죽음들

황정은
희곡집

어딘가에 갇혀 있다고 느낄 때 불안은 어김없이 찾아옵니다. 몸과 정신이 어딘가로 들어서버렸는데 다른 곳으로 이동할 수 없다는 느낌은 언젠가부터 제게 공포와 불안이 되었습니다. 사방이 막힌 벽처럼 느껴지는 순간을 내가 가장 두려워한다는 걸 알게 된 것은, 연고도 없는 낯선 곳에서 잠시 생활하던 과거 어느 때입니다.

그때 저는 '극'이라는 것을 처음 써보았습니다. 지금 돌이켜보면 그것은 '극'이라기보다는 제 마음속을 헤집고 다니는 수많은 말의 나열이었습니다. 그렇게 마음속에 차오르고 넘치는 말들을 두서없이 백지 위에 쏟아내며 견뎌낸 시간들이 있었습니다. 그때 그 말들을 쓰지 않았다면 지금의 나는 어떤 모습일까, 가끔 이런 생각을 합니다.

그때는 몰랐습니다. 그 말들이 문(門)이었다는 것을요. 이야기라는 문을 하나씩 만들 때마다 저는 온전한 호흡을 되찾아갔습니다. 이야기가 저에게는 숨이었던 것이죠. 네, 제게 이야기는 막힌 벽에 그리는 저만의 문입니다. 문을 그리다 보면 실제로 그 문이 열리는 기적이 일어나고 저는 문밖 다른 세계로 나아갈 수 있게 됩니다. 끝이라고 생각한 곳이 끝이 아니라는 것, 사실은 새로운 시작점이라는 것. 제게 이야기를 짓는 일은, 끝이라고 믿었던 곳이 출발점이라는 것을 알게 해준 일종의 기적이자 구원이었던 셈이죠.

문을 많이 만들수록 세계와 세계는 더 많이 연결되고, 그렇게 연결된 세계를 자유롭게 넘나들 수 있을 때 내가 유영할 수 있는 세계는 더욱 확장되지 않을까, 라는 기대감이 들던 어느 날, 저는 가능한 한 많은 이야기를 쓰고 싶다고 생각했습니다. 그 이야기의 문들이 저를 막다른 곳에서 구원해줄 테니까요.

이 희곡집은 그동안 제가 만든 문들의 작은 모음입니다. 책을 낼 수 있도록 용기를 준 대산창작기금에 감사드립니다. 더불어 흔쾌히 발간의 여정을 함께해준 제철소에도 감사한 마음입니다. 이 희곡집을 읽는 분들의 마음에도 작은 문들이 생긴다면 더없이 기쁠 것 같습니다.

2025년 1월

황정은

수록작 초연 기록

* 연극 〈사막 속의 흰개미〉는 2018년 11월 9일부터 25일까지 세종문화회관 S씨어터에서 초연되었다. 김광보가 연출을 맡고 강신구, 경지은, 김주완, 백지원, 최나라, 한동규, 황선화가 출연했다.

* 연극 〈죽음들〉은 2023년 5월 2일부터 7일까지 경기아트센터 소극장에서 처음 공연되었다. 김정 연출에 강아림, 권승록, 김성태, 김지희, 김현진, 김형준, 노민혁, 연주하, 육세진, 윤성봉, 이은, 이진혁, 이충우, 장정선, 최예림, 황성연이 출연했다.

* 연극 〈오피스〉는 2020년 7월 23일부터 8월 2일까지 연극실험실 혜화동1번지 무대에 올랐다. 연출 신재훈과 배우 김민주, 박보현, 박세정, 박지훈, 윤지영, 이섬, 이주협이 함께했다.

* 연극 〈산악기상관측〉은 2020년 12월 24일부터 27일까지 연우소극장에서 공연되었다. 선명균, 윤현길, 최희진이 공동연출이자 배우로 참여했다.

차 례

사막 속의
흰개미

시간	봄, 극심한 가뭄으로 온 마을이 건조함을 느끼는 어느 때

공간	국내 한 지역의 100년 된 고택(故宅). 집은 마을 안에 있지만 마치 외따로 떨어진 듯, 높은 지대에 존재한다. 이 집 주위에만 유독 수풀이 무성하다. 집을 중심에 두고, 수풀이 원 모양으로 나 있다. 일종의 거대한 페어리 서클(fairy circle) 모양이다.

등장인물

공태식	남, 칠십대, 아버지
윤현숙	여, 육십대, 어머니
공석필	남, 사십대, 아들
임지한	여, 삼십대
에밀리아 피셔	여, 삼십대, 어린 나이에 한국에서 입양된 외국인, 국제곤충아카데미연구소 연구원, 현재 한국문화재연구소 파견 중
노윤재	남, 사십대, 문화재연구소 관리감독 총괄 팀장 연구원
서재현	여, 이십대 중후반, 문화재연구소 인턴사원

우리가 시초라 부르는 것은 종종 끝이고

끝을 맺는 것은 시초를 만드는 것이다.

끝은 우리가 출발한 곳이다.

_T. S. 엘리엇

어두운 무대가 서서히 밝아진다.

에밀리아의 프레젠테이션.•

에밀리아   Nature is kind of a big myth. In the past, when people could not explain certain natural phenomena, they used to rely on myths to interpret them.

자연은 일종의 거대한 신화입니다. 과거의 사람들은 어떤 자연현상을 설명할 수 없을 때, 그것을 이해하기 위한 방법으로 종종 신화를 이용했습니다.

(무대 뒤 화면으로 페어리 서클의 사진을 보여주며)
This is the case with fairy circles. As everyone

• 이 극의 모든 프레젠테이션에서 에밀리아는 가능한 한 영어 대사를 사용한다. 우리말은 무대 뒤 화면을 통해 자막으로 보여줄 수 있다. (영어 번역 김지혜, 감수 이지은)

knows, these remain a mystery to scientists. No one has come up with a clear answer for why nature creates such circles, nor how nature was able to form certain patterns in dry deserts. Because we do not know the answer, fairy circles remain a myth to us.

페어리 서클도 마찬가지죠. 아시다시피, 페어리 서클은 현재 과학계에 여전히 미스터리로 남아 있습니다. 자연이 왜 이러한 원 모양을 만드는지, 게다가 건조하고 마른 사막에 어떻게 이토록 규칙적인 패턴을 형성하는지, 누구도 이렇다 할 확답을 내리지 못했습니다. 정확한 원인을 알 수 없기에 페어리 서클은 여전히 우리에게 신화적 존재로 남아 있습니다.

Many myths about fairy circles warn us not to step inside them. Some warn that whoever steps inside the circle won't be able to make their way out alive. Others warn that we would come out blind if we were to step into the circle. Perhaps all these myths were created so no one would dare to enter these mysterious and sacred circles.

많은 신화들은 이 페어리 서클 안에 함부로 들어가지 말 것을 경고합니다. 만약 누구라도 감히 이 원 안에 들어가면 결코 살아서 나올 수 없을 것이라고, 혹은 시력을 잃을 것이라고 겁을 줍니다. 신비로운 것들로 가득한 서클 안을 아무에게나 허락하지 않으려는 조치였겠죠.

However, recent studies have begun to investigate the real cause behind the circles. The possible explanations include neither God's footsteps nor the so-called "cosmic cigar," the end-of-the-world cigars stubbed out on this patch of grass by some unidentified creatures from outer space.

그런데 최근 몇몇 연구를 통해 페어리 서클이 만들어진 이유가 하나둘 언급되고 있습니다. 신의 발자국도 아닌, 혹은 어떤 우주 괴생명체가 인류 멸망을 위해 피우던 담배를 지구에 비벼 끈 흔적, 일명 '우주의 시가(cosmic cigar)'도 아닌, 진짜 이유를 찾고자 노력한 논문들이죠.

Out of all these studies regarding the cause of

the circles, I'd like to cast my vote for termites. Perhaps this explains why I'm an entomologist, whose specialty is termites. (웃음)

저는 이 수많은 연구 중, 흰개미에 의해 페어리 서클이 만들어졌다는 의견에 한 표를 던집니다. 이 의견을 지지하는 가장 큰 이유는, 제가 흰개미를 연구하는 곤충학자이기 때문이겠죠.

In fact, compared to the outer edges, the inside of the circles created by termites is filled with various resources. Thanks to those rich nutrients, the vegetation near the circles can sustain itself for a little while. However, perennial plants in the inner circles can barely make it to their full cycles due to termites feasting on their roots. Indeed, much like all the myth warnings, fairy circles are where the potential for abundant life and the risk of extinction coexist.

실제로 흰개미가 만드는 서클 안은 서클 외부와 달리 다양한 자원으로 가득합니다. 덕분에 마른 사막에서도 서클 주위의 식물들은 서클 안에 저장된 자원을 빌려 얼마간 생존할 수 있습니다. 하지만 서클 안에 사는 1년생 풀들은 목숨을 잃습니다. 흰개미가 뿌리를 다 갉아 먹으니까요. 풍부한 자원과 위험이 공존하는 곳. 신화의 예언이 적중한 것 같지 않나요?

But this is where I'd like to suggest something. Can we take a moment to imagine that perhaps the world we are living in might be located inside of a gigantic fairy circle? Let's just take a brief moment to imagine what that would be like. Because we need that power of imagination to make sense of what's going on. 그런데 여러분, 상상해보신 적 있나요? 어쩌면, 어쩌면 말이죠. 우리가 살고 있는 이 세계가, 사실은 거대한 페어리 서클 안일 수도 있지 않을까요? 그저 상상해보자는 거죠. 왜냐면 그 상상이 필요한 시점이 됐거든요.

And because I have found such an extraordinary case to be true.
그리고 실제로 이런 사례가 나타났기 때문입니다.

I've been researching fairy circles all over the world and have made an outstanding discovery. Until now, the circles have been known to exist only in a long, narrow, arid area of 160 kilometers in the western parts of Southern Africa, particularly on the west coasts of Angola, Namibia, and South Africa.

그동안 저는 세계 각국에 있는 페어리 서클을 조사했고 놀라운 현상을 발견했습니다. 지금까지 이 서클은 앙골라, 나미비아, 남아프리카공화국, 이 세 나라가 위치한 아프리카 서해안을 따라 160킬로미터 너비의 길고 좁은 지대에서만 나타난다고 알려져 있었습니다.

However, I have found that the circles have been extending beyond this area's outer rim, moving inland where we all live. In other words, the fairy circles no longer exist in a fixed area far from us.

하지만 이제 페어리 서클은 단지 그곳에만 존재하지 않습니다. 우리가 살고 있는 이 내륙으로 점점 그 영역을 확장하고 있다는 걸 확인했습니다.

The title of my presentation today is "The Correlation between Termite Habitats and the Source Region of Newly Developed Fairy Circles with Extended Boundaries." The viewpoint of my exploration includes the potential causes and the developmental process of this new type of fairy circles that we can witness today. If there is one thing worth remembering from this talk, it is that balance is not just crucial to the natural order, but that balance predestines the fate of the universe, and that includes all of us.

제가 오늘 발표할 논문 주제는 '경계가 무너진 페어리 서클 발원지와 흰개미 서식의 상관관계'입니다. 전 오늘날 나타나고 있는 새로운 형태의 페어리 서클, 그것이 만들어지는 이유와 과정을 탐색하고자 합니다. 어쩌면 이 발표의 결말은 자연을 비롯한 모든 우주에서 평형상태를 유지하는 것이 얼마나 중요하고 또 숙명적인지, 그것을 보여주는 자리일 수 있겠네요.

2

에밀리아 뒤에 윤재와 재현이 서 있다.

윤재   그러니까 생존 본능, 전 거기에 설득력이 있다고 봐
          요. 결국 먹을 게 없는 현실에서 스스로를 보호하려
          는 행동이다, 이거 아니에요. 게다가 아직 확실한 것
          도 없고. 학술지에 발표됐다지만 풀어야 할 질문도,
          입증해야 할 것도 많다면서요. (또박또박 읽듯) 습한
          곳을 좋아하는 흰개미가 메마른 사막에서 수분을
          확보하려고 1년생 풀을 갉아 먹는다. 풀이 없는 모
          래 위에 비가 내리면, 곧장 빗물이 땅으로 저장된다.
          여기까지는 오케이. 그럼 왜 원 모양을 유지하는 건
          데요?

재현   그래도 전 설득력 있던데―. 그 원 안에서만 흰개미
          가 많이 발견됐다잖아요.

윤재   그러니까 걔들이 있어서 물이 고인 건지, 물이 고여
          서 걔들이 모인 건지, 순서는 알 수 없다 이거지. 그

리고 (에밀리아에게) 왜 원 모양인지, 지름은 왜 일정한지 이런 규칙성은 하나도 설명 못 하고 있잖아요. 물론 흰개미가 요정의 원, 그러니까 페어리 서클을 만들었다, 이걸 밝힌 건 대단하지만.

재현   팀장님은 그게 문제예요.

윤재   뭐가?

재현   믿음이 없어요, 믿음이.

윤재   내가 왜 믿음이 없어? 내가 믿음이 얼마나 좋은데.

재현   자연에서 패턴은 일종의 믿음으로 생겨나는 거예요. 앞서간 내 동료의 발자취를 따르는 흔적―. 믿고 따라가는 거죠.

윤재   본능 아니고?

재현   그러니까요. 자연은 자신의 본능과 직감을 믿죠.

윤재   아니 그러니까…….

에밀리아   (웃으며) 이건 제 개인적 의견인데, 흰개미의 습성 아닐까 싶어요. 음― 군대개미 같은 경우 먹이 찾을 때 앞에 있는 자기 동료, 따라가요. 페로몬 농도 따라가는 건데, 그렇게 가다 보면 원 모양 만들어져요. 이 발걸음이 계속되면서 원 모양, 점점 커지죠. 흰개미도 그런 거 아닌가 싶은데. 팀장님 말대로, 먹고살려는 생존 본능이라면요.

윤재   그러면, 하나만 더 물어볼게…….

재현   다 왔다―.

윤재   어?

재현   다 왔어요, 다 왔어. 아우, 힘들어―. 두 분 논문은
       이따 쓰시고 우선 할 일부터 해요. (밑을 보며) 여기
       지대가 꽤 높구나. 와, 다 내려다보이네.

태식의 집 대문이 보인다. 대문에서 양옆으로 이어지는 담은 집을 완전
히 감싸고 있다.

재현   담이 정말 높네. 안이 하나도 안 보여요.

윤재   안 보이지. 보이지 말라고 올린 담이니까. 안이 더 기
       가 막혀. 100년. 자그마치 100년 된 집이 저 안에 있
       다고. 자, 들어갑시다.

재현   그런데 그냥 막 들어가도 돼요?

윤재   어쩔 수 없지. 상황이 상황인데.

재현   그래도― 여기 빈집도 아닌데.

윤재   그건 나도 아는데, (익숙하게 도어록을 열려고 하면서)
       오늘내일 안으로 점검 다 마쳐야지. 아니, 다른 것도
       아니고 흰개미가 뭐야, 흰개미가―. 언제부터 이 땅
       에 흰개미가 나타난 건지.

재현   비밀번호도 알아요?

윤재   어―, 응.

재현   맞다. 팀장님 교회 목사님 집이지. 엄청 가까운 사인
       가 봐요. 대문 번호도 알고.

윤재   뭐 가끔 내가 모시러 오고 하니까. 그런데 잘 안 되
       네. 왜 이러지?

윤재, 도어록의 비밀번호를 여러 차례 눌러보는데 계속 오류 음이 난다.
그 옆에 서 있던 에밀리아, 문 옆에 붙어 있는 쪽지를 발견한다.

재현   한 번만 더 틀리면 여기 다 울릴 텐데. 우리가 침입
       하는 것도 아니고. 기분 이상하네.

윤재, 조심스럽게 버튼을 다시 누른다. 도어록 잠금이 풀린다.

윤재   됐다.

에밀리아, 대문 옆에 서서 떼어낸 쪽지를 찬찬히 읽고 있다.

윤재   (안으로 들어가려다가 에밀리아를 보고) 에밀리아, 뭐
       해요? 뭐예요?

에밀리아, 윤재에게 쪽지를 건넨다.

윤재	응? 뭐예요, 이게.

에밀리아, 어깨를 으쓱해 보인다.

재현	저도 봐요ㅡ.
윤재	침묵한 집……? 뭐야. 에이, 누가 이런 걸 여기에 붙이는 거야ㅡ. 기분 나쁘게.
재현	뭐예요?
에밀리아	침ㅡ묵ㅡ?
윤재	됐어, 됐어. 자, 들어가자.
재현	뭔데요ㅡ.
윤재	(들어가며) 빨리 들어오기나 해.

연구원들, 대문 안으로 들어간다.

나무로 빼곡히 채워져 있는 담 주위와 달리, 담 안쪽 마당은 사막처럼 황량하다. 널따란 황토색의 마당, 그 중심에 덩그러니 놓인 한옥.

에밀리아	Oh my…….
재현	와ㅡ 진짜 넓다.
윤재	감탄이 절로 나오지? 이 집이 전쟁도 버티면서 이 자리를 지켜왔다고. 지금은 목사님 내외분 가정집이지만 우리나라 최초의 교회였다는 얘기도 있어. 그

만큼 문화적, 역사적 가치가 대단해.

재현 여기가 교회였다고요? 지금은 건물 따로 있잖아요.
그것도 엄청 크게. 도대체 그런 건물 지을 돈은 다
어디서 나는 거야?

윤재가 재현을 못마땅하게 쳐다본다.

재현 그렇잖아요.

윤재 여기가 대대로 목회자 집안이야. 옛날 여기 마을 사
람들 어려울 때, 이 교회 목사님들이 다 도와줬어.
아픈 사람, 가난한 사람, 외로운 사람. 응? 그 일 더
잘하라고 이렇게 복 받은 거지.

재현 다 옛날얘기잖아요. 요즘은 교회가 기업이지 뭐ㅡ.

윤재 진짜ㅡ.

재현 (에밀리아에게) 이런 말 엄청 싫어하세요.

에밀리아, 가볍게 웃는다.

윤재 아니, 그렇게 의심되면 한번 같이 가자니까. 이번 주
어때ㅡ.

재현 엄마가 가자는 것도 뿌리쳤는데, 상사가 가잔다
고 덥석 물면 저희 엄마가 얼마나 배신감 느끼겠어

요─. (집을 둘러보며) 크기도 엄청 크네.

윤재   이 집이 이 동네 산 역사야. 동네에 이런 문화유산이
있다는 걸 자랑스럽게 여겨야 돼. 오랫동안 유지되
는 데는 다 이유가 있는 거라고. 그래서 내가 (재현,
많이 듣던 말이라는 듯 따라 한다) 이 일, 웅? 문화재
지키는 이 일을 하는 거야.

재현   (떨떠름하게 윤재를 보며) 누가 보면 팀장님 집인 줄
알겠어요.

윤재가 재현을 못마땅하게 본다.

재현이 깊은 한숨을 쉰다.

윤재   땅 꺼지겠네─.

재현   진짜─ 쉬는 날 이게 뭐예요. 평일에 하자니까 굳이
주말에 나오라 그러고. 다른 집은 다 평일에 하면서
굳이 이 집은 주말에 나와서라도 빨리 하자 그러고.
(눈치 보다가) 인턴 채용, 아주 기가 막히게 하셨어요.
이런 거 시키려고 뽑은 거죠?

윤재   (웃으며) 잘 아네. 자자, 이 집 마당이 넓어서 시간이
좀 걸려요. 어서 돌아봅시다. 뒤쪽부터 시작해서 앞
으로 나오는 걸로. 갑시다─.

집 뒤쪽으로 가는 세 사람.

에밀리아, 걸어가다 마당 한곳을 응시한다. 흙이 있는 다른 곳과 달리
시멘트로 거칠게 막음질해놓은 흔적이 보인다.

윤재   에밀—, 뒤쪽이에요, 뒤쪽. (에밀리아가 응시하는 곳을
          보고) 뭐 봐요?

에밀리아 여기만 땅이 달라요—.

윤재   아— 우물 막은 자리네—.

에밀리아 우무마근자리?

윤재   우, 물, 막, 은, 자리—. 그러니까, 우물 몰라요, 우물?

재현   Well— well—.

에밀리아 Oh, wells—. 아, 우물 있던 자리요?

윤재   이제 그런 거 안 쓰니까— 시멘트로 막아버린 거죠.
          아휴, 요즘 같은 날 여기서 물이나 콸콸 나왔으면
          좋겠네. 땅이 죄다 갈라질 정도로 건조하니 원—.

재현   이번엔 진짜 좀 심한 것 같아요.

윤재   (하늘을 한번 올려다보고) 그러게. 언제까지 이러려는
          지. 자, 가요.

집 뒤로 들어가는 세 사람.

집은 다시 처음의 모습으로 존재한다. 고요하고 평온한 모습으로 햇살
을 받는 고택.

석필이 들어온다. 손에는 편지로 보이는 종이가 쥐어 있다. 심기 불편한 모습. 마당을 괜히 한번 빙 둘러보기도 하고, 집 곳곳을 들여다보기도 한다. 그러다 대청마루로 가 앉는다. 잠시 후,

석필   앗, 따거─. (손으로 개미를 잡으며) 뭐야, 이거…….

다시 자세를 고쳐 앉는 석필, 손에 쥔 편지를 펴 읽어본다. 긴 한숨.
그때 태식이 휠체어를 타고 들어온다.
눈이 마주친 두 사람, 잠시 머뭇한다.

태식   여기 있었냐?

석필   …….

태식   요새 날씨 이상하네─. 숨이 턱턱 막힐 정도로 건조
해.

석필   …….

태식   왜 또 그렇게 울상을 하고 있어.

석필   …….

태식   고민 있냐? (석필을 보다가) 그렇다 해도 얼굴에 너무
드러내면 안 된다. 교인들한테 영향이 가는 거야. 네
표정 하나하나 다 들여다보고 있는데.

사이

석필   또 왔어요.

태식   (석필이 손에 쥔 편지를 흘끔 보며) 뭐?

석필   또 왔다구요.

태식   …….

석필   아버지.

태식   또 왔는데, 넌 또 그러냐?

석필   네?

태식   그래, 또 왔다. 그런데 뭐. 세상에 이런 사람들이 많구나, 뭘 몰라도 한참 모르는구나, 그렇게 생각할 때도 됐잖아. (석필이 뭔가 말하려고 하는데) 내가 늘 말하지만 넌 너무 사람 말에 좌지우지돼. 그렇게 우유부단해서 이 큰 교회를 어떻게 운영하려고 그래.

석필이 태식을 본다.

태식   잘 들어. 너 내 아들이야. 그게 무슨 뜻인지 아냐? 네가 내 뒤를 밟고 있다는 거야. 네가 했던 고민 나도 다 했다는 거다. 말의 무게를 견뎌야 해. 그 무게를 견디지 못하면 아무것도 못 한다.

석필, 한숨을 쉰다.

태식　사람들 말엔 그렇게 민감하면서, 도대체 네 아비 말은 왜 이렇게 불신하는 거냐.

석필, 대꾸를 하려다가 그만둔다.

태식　(눈으로 편지를 가리키며) 뭐라고 써 있어?

석필, 말없이 편지를 만지작거린다.

태식　(편지를 받아서) 보자―. (눈으로 읽다가) "침묵한 집, 대가를 받으리라"? 쯧쯧쯧. 교만해가지고.
석필　매일 와요.

태식, 석필을 본다.

석필　이런 게 매일 온다고요.
태식　…….
석필　아버지가 벌인 일이잖아요. 대체 그 대가를 왜 내가 받아야 하는데요. 상황이 이 정도 되면 어떻게든 직접 해결책을 찾아야 하는 거 아니에요?

태식, 편지를 보다가 석필에게 건넨다.

석필 아니냐고요!

태식 신경 쓸 거 없어.

석필 뭐요?

태식 신경 *끄*라고—.

석필 지금— 터지기 직전이에요. 다들 어떻게 터트릴까 숨죽이고 때만 지켜보고 있어요. (사이) 아무도 봐 주지 않아요. 그렇게 늙어서 휠체어에 의존하고 있어도, 아무도 불쌍하게 생각하지 않아요! 한번 지은 죄, 하늘에선 용서받을지 몰라도 사람들한테는 용서 받기 힘들다고요!

태식, 석필을 물끄러미 바라보다가 휠체어를 움직여 마당을 한 바퀴 휘— 돈다.

태식 비가 안 온 지 꽤 됐냐? 다른 집 나무들, 말이 아니 더라. 방금 한번 쭉 돌아봤는데, 그래도 우리 건 제 법 잘 자라네. 항상 그랬어. 뭘 심든 뭘 기르든, 우리 건 항상 차고 넘쳤다. (석필을 보며) 왠지 알아? 나, 내 아버지, 내 아버지의 아버지, 그 모든 아버지들 덕 분이야. 넌 그 덕을 보고 있는 거고.

석필 그 수많은 아버지 덕이 아니라, 나! 지금 내 덕분에 이만큼 버티고 있는 거예요. 당신들이 한 거라곤 믿음이라는 핑계 아래 일 저지르고, 사고 치고, 모른 척한 거밖에 없잖아.

태식, 마당을 돌다가 우물 막은 자리 앞에 멈춰 그 자리를 응시한다.

태식   너 사람들이 교회 왜 오는지 아냐? 물 찾으러. 사는 게 사막처럼 팍팍해서 오는 거라고. 기도하면 뭔가 떨어진다고 하니까. 근데 그게 문제지. 세상 기준으로 기도하는 것들. 너도 알지 않냐. 하늘의 법칙은 그렇지 않다는 거. 사람이 옳다고 여기는 것과 아버지가 옳다고 여기는 것은 달라. 사람 눈에는 이 길이 맞아 보여도, 아버지 눈에는 저 길이 맞는 거야. 사람들, 자기들이 세운 법에 나를 재단하는 거야. 하지만 난 하늘에 속한 사람이다. 하늘의 법을 따르는 사람.

석필   (어이 없다는 듯) 그래서 그 많은 건물을 사들였어요?

태식   기도하는 곳이야. 사람들 눈에는 돈 되는 부동산일지 몰라도, 거긴 엄연히 성전이다.

석필   그래서 세금도 건너뛰셨군요.

태식   난 목회자야. 노동자가 아니다.

석필   아, 그래서 여기가 유일한 밥줄이었던 사람들을 그렇게 함부로 자르셨군요.

태식	돈만 바라고 온 것들이었어. 그런 사람들이 삯을 받아 가면 쓰겠냐.
석필	아―. (사이) 그래서 이 많은 추문을 남겨놓으셨어요, 네?

태식, 말이 없다.

석필	침묵, 하시네요.
태식	우린 다 죄인이지.
석필	(비웃다가) 영혼을 살린다고요? 아버진 죽었어요. 어떤 믿음이 이 집을 여기까지 끌고 온 건지 모르겠지만, 중요한 건 잘못된 믿음이었다는 거죠. 사람을 살리는 게 아니라, 죽이는 믿음.
태식	나한테 너무 그러지 마라. 나 늙었어. 내가 무슨 힘이 있냐. 너 내 아들이야. 나 너한테 모질게 못 해. 너도 알잖냐. 네가 교인들 앞에서 내가 한 말 다 부정하고 있는 거 안다. 그래, 그렇게 해. 그렇게 해서 네가 잘될 것 같으면 그렇게 해. 근데 결국 돌아올 거다. 내가 했던 방식으로 돌아올 거야. (숨을 크게 들이마시며) 건조해도 날은 좋네―. 동네 마실 좀 다녀와야겠다. (석필이 쥐고 있는 편지를 가리키며) 그건 잘 처리해. 눈에 안 띄게. 잘 막으란 말이야. 땅에서도 하

늘에서도.

태식, 나간다.

석필, 태식이 나간 자리를 보다가 집을 한 바퀴 돌고 있던 재현과 마주
친다.

석필   (놀라며) 누구세요?

재현   안녕, 하세요—.

석필   누구세요?

윤재   (나오며) 아이고—. 목사님, 접니다. 말도 없이 이렇게
        불쑥 찾아와 놀라셨죠—?

석필   어…… 여기는 왜……. 회의는 교회에서 하는 거 아
        니었나요?

윤재   회의요? 아— 아니요, 아니요. 오늘은 교인 자격으
        로 온 게 아니라 문화재관리연구소 팀장 자격으로
        온 겁니다.

석필   ……?

윤재   마을에 비상이 걸려서요.

석필   비상이요?

윤재   조사할 게 생겼어요.

석필   마을이 비상인데 왜 저희 집에, 그것도 이렇게 말도
        없이…….

윤재   아아—, 네. 그러니까, 아이고 참. 이게 갑자기 무슨 일인지. (석필을 한쪽으로 데려가며 암호를 전달하듯) 마을에 흰개미가 나타났대요.

석필   흰, 개미요?

재현   저기 아랫집에서 신고가 들어왔어요. 여기 목조주택 많잖아요. 피해 커지면 안 되니까요. 사실 저희가 문화재만 관리하는 게 맞긴 한데…….

윤재   (가방에서 서류 봉투 하나를 꺼내 석필에게 급히 건네주며) 한번 읽어보세요. 검사 관련한 사인도 거기 해주시면 됩니다.

석필   이게…….

윤재   (찬찬히 살펴보라는 눈빛으로) 흰개미가 나무를 갉아 먹거든요. 초기에 잡아야 돼요. 하하하……. 여기 흰개미 나타날 동네가 아닌데, 올해는 이상하게 신고가 많이 들어왔어요. 좀 이례적인 일이라— 때가 때인 만큼 마을 전체를 싹 돌아보는 중입니다.

석필   …….

윤재   걱정 마세요. 슬쩍 봤지만 여긴 괜찮은 것 같아요.

석필   연락이라도 좀 주고 오시지…….

재현   (못마땅하다는 듯) 저희가 원래 문화재만 관리하는 게 맞는데, 일부러 이 집은 주말에 나와서 봐드리는…….

윤재 이번에는 작업을 좀 급하게 해야 해서…… 부득이
하게 통화가 안 되는 곳은 이렇게 그냥 왔습니다.
특별한 상황이라 위에서 다 허가받고 온 거예요. 그
러니까 너무 불편하게 생각 마시고…….

현숙, 집 밖에서 안으로 들어온다.

에밀리아, 집 뒤에서 나온다.

현숙 무슨 일이야?

석필 오셨어요?

윤재 안녕하세요, 사모님. 저 노 집사입니다.

현숙 아, 네……. (석필을 보고) 그런데 여기 왜…….

석필 조사 나왔대요. 마을에 개미가 있나 봐요.

에밀리아 개미 아니고, 흰개미요. They are not ants. They're
termites. 둘, 달라요─.

석필과 현숙, 에밀리아를 본다.

에밀리아 개미는 벌이 조상이고, 흰개미는 바퀴벌레가 조상이
고. 흰개미, 나무 먹고 살아서─ 이런 집에 자주 나
타나요. 갉아 먹으면 집 약해져요. 기둥 부서지고.

한국말이 다소 어색한 에밀리아를 보며 석필과 현숙이 의아해한다.

윤재   외국인이세요. DNA는 한국인, 호적은 외국인.

석필   아…….

윤재   이 방면으로 전문가세요. 국제곤충아카데미 회원이
         십니다.

에밀리아   안녕하세요―.

목례하는 석필과 현숙.

윤재   형식적인 거니까, 조금만 기다려주세요.

현숙, 불안한 표정으로 석필을 본다.

윤재   아이고, 사모님. 걱정 마세요―. 금방 끝납니다. 지금
         집 뒤쪽 보고 있고, 이렇게 해서 앞쪽까지 조사하고
         나갈 거예요. 최대한 금방 끝내도록 할게요. 특히 이
         집은 워낙 중요하지 않습니까. 그래서 저희가 좀 더
         꼼꼼하게 보고 있습니다.

재현   너무 꼼꼼해서 탈이지.

윤재   그럼 저희 마저 조사하겠습니다. 가자, 재현 씨.

윤재, 재현을 데리고 집 뒤로 들어가려 한다.

그때 우물이 있던 자리 앞에서 서성이던 에밀리아가 입을 연다.

에밀리아　저—.

사람들, 에밀리아를 본다.

에밀리아　이거…… 우물 있던 자린가요?

석필　네…….

에밀리아　언제, 막은 거죠?

석필　좀 됐죠. 왜요?

에밀리아, 우물을 살핀다.

현숙　(석필에게) 계속 집에만 있던 거야? 다 너 찾고 있어.

석필　…….

현숙　왜 사람들을 마냥 기다리게 해. 다 너만 보고 있는 데. (우물 앞에 서 있는 에밀리아에게) 오늘 오래 걸릴 까요? 저희가 해야 할 일이 좀 있어서.

연구원들, 서로 눈치를 살핀다.

윤재	아니요, 아니요. 금방 끝납니다.
현숙	주말에도 고생이 많으세요. 마을에 개미가 얼마나 극성인지 모르겠지만 여기는 괜찮을 거예요. 워낙 오래된 집이기도 하고, 그동안 문제없이 잘 지내왔거든요. 그럼 조사하시고 들어가세요. 아, 조사 끝날 때 저희 없더라도, 연락 안 주셔도 괜찮습니다. (석필에게) 가자.
석필	…….
윤재	아, 그럼…… 우리 뒤쪽부터 볼까요? 에밀, 뒤부터 봐요.
에밀리아	아, 네…….
윤재	(석필과 현숙에게) 그럼 저희 마저 일 보겠습니다—.

집 뒤로 들어가는 연구원들.

현숙	(연구원들을 보며 혼잣말하듯) 별일이 다 있네. (석필에게) 언제까지 집에만 박혀 있을 거야. (사이) 저쪽에서 단단히 벼르고 있어. 증언할 사람까지 확보하고, 녹취 파일도 이미 갖고 있대. 언론사에서도 온다는 얘기가 있어. 대책은 좀 세웠니?
석필	제가 왜요?
현숙	왜냐니.

석필	그 대책을 왜 제가 세워요?
현숙	그럼 누가 해.
석필	일 저지른 사람이 해야죠.
현숙	네가 물려받았잖아.
석필	전 싫다고 했어요.
현숙	다 받아놓고 왜 이제 와서 딴소리야.
석필	다 썩은 거 물려주고 생색은―.
현숙	썩다니.
석필	엄마도 이제 그만해요. 평생 그렇게 살았으면 됐지, 뒤치다꺼리까지 신경 써요? (사이) 전 손 뗄 거예요.
현숙	무슨 말이야?
석필	팔자에도 없는 목사 짓, 이제 그만한다고요.

현숙, 어이가 없다.

석필, 현숙에게 편지를 건넨다.

| 현숙 | 뭐야? (편지를 읽으며) 이건……. |
| 석필 | (편지 하나를 더 건네며) 그건 아버지한테 아직 안 보여드렸어요. |

현숙, 석필을 잠시 응시하다가 다른 편지를 받아 읽는다.

석필	집사람한테 왔대요. 이제 은서까지 위협해요.
현숙	…….
석필	입 닫고 있으면 있던 일이 없던 일 돼요?
현숙	(집 뒤로 간 연구원들을 의식하며) 지금 우리만 있는 거 아니야.
석필	있던 일은, 없어지지 않아요.
현숙	목소리 낮춰.
석필	지금 이거, 더 이상 막을 수 있는 수준이 아니에요. 제가 할 수 있는 거 아무것도 없어요.

현숙, 석필이 들고 있는 서류 봉투를 본다.

현숙	그건 뭐야?
석필	몰라요. (집 뒤쪽을 가리키며) 주고 가셨어요.

현숙, 석필에게 서류 봉투를 받아 열어본다.

| 석필 | 이렇게 될 때까지 왜 가만있었어요? 적어도 엄마는 뭔가 해볼 수 있었잖아요. |

현숙, 서류 봉투 속 문서를 꺼내 읽고 있다.

석필	네—?
현숙	다행이네. (석필을 보고) 네가 하도 두문불출하니까, 이거 주러 직접 온 거 아니야. 저쪽에서 갖고 있는 증거자료다. 녹취본이랑 녹음 파일.

석필, 현숙에게서 문서를 가져가 살펴본다.

현숙	도대체 무슨 얘기를 하려는 건가 싶었는데, 별거 없네.
석필	(문서를 보면서) 참 나, 이게 별거 아니에요?

현숙, 석필을 본다.

석필	이게 다 사실이에요?
현숙	나야 모르지.
석필	그렇게 사니까 좋았어요? 아버지, 밖에서 무슨 짓 하고 다니는지 뻔히 알면서, 그냥 입 닫고 있으니까 좋았어요? 적어도 엄마는 뭔가 해볼 수 있었잖아요.
현숙	내가 뭘 할 수 있는데.
석필	뭐든요. 뭐든. 씨발, 이혼이라도 하든가.
현숙	(뒤쪽을 의식하며) 야—.
석필	아—, 엄마도 그냥 입 닫고 있기로 한 거예요? 이 집

의 수많은 아버지들처럼?

현숙   너 진짜.

석필   다 비겁하고, 겁쟁이에 양심도 없어. 이제 나 그만 끌어들여요. 난 아무 관련 없으니까 내버려둬요. 내일 나 안 가요. 알아서 처리하세요.

현숙   넌 그 일에서 자유로운 줄 아니? 나, 너, 너희 아빠, 다 똑같아.

석필   똑같다뇨. 난 이 집 아들로 태어난 죄밖에 없어요.

현숙   그래, 그게 네 죄야. 네가 감당해야 할 몫! 그리고 너도 알았잖아. 네 아빠 뭐 하고 다니는지. 알면서 한 번도 얘기 꺼낸 적 없잖아. 모르는 척, 무관한 척, 응? 내 손에는 아무 죄도 없다, 뭐 그런 거야? 그런 거면, 이거 받지 않겠다고 처음에 더 강하게 부정했어야지. 받을 거 다 받고, 취할 거 다 취하고, 그러고선 이제 와 도망가겠다고? 왜, 은서 엄마가 이제 그만하자고 하든?

석필   항상 이런 식이야.

현숙   그래. 넌 항상 이런 식이더라.

석필, 현숙을 본다.

현숙   너, 그만 피해. 그만 끌려다녀. 네가 이 모양이니까 우리가 그동안 더 강하게 말한 거 아니야. 이제 네 아빠도…….

석필, 화가 난다는 듯 집 기둥을 주먹으로 친다.

현숙　　애가 지금—.

석필, 분이 안 가신다는 듯 한 번 더 주먹으로 집 기둥을 친다.
잠시 후, 에밀리아가 집 뒤에서 고개를 내민다.

에밀리아　　저…….

석필, 에밀리아를 본다.

에밀리아　　Excuse me. But, 어…… could you please not do that—. (집을 쾅쾅 두드리는 흉내 내며) 조사할 수 없어요. 조용해야 해요.

석필　　뭐요?

에밀리아　　Sorry about that.

에밀리아, 다시 집 뒤로 들어간다.

현숙　　　참 나. 아니 근데, 지금 뭐 하는 거라고?

석필, 대답하지 않는다.

현숙　　　하필 이렇게 뒤숭숭할 때—.

그때 태식이 집으로 들어온다.
현숙은 태식을 등지고 있어 그를 보지 못한다.
석필과 태식, 서로를 마주 본다.

현숙　　　석필아, 아버지가 한 말 잘 기억해라. 사람 무서워하
　　　　　　지 마. 네가 무서워할 분은 한 분이야.

석필, 어이없다는 듯 웃는다.

현숙　　　너 지금 왜 이러는지, 엄마 알아. 하지만 네 아빠도
　　　　　　이제…….
석필　　　늙었죠—.

태식, 인정한다는 듯 고개를 끄덕인다.

석필　　　아프고—, 병 들어서 제 발로 걷지도 못하고.

현숙, 긴 한숨을 쉰다.

석필   그거 이용하는 거예요. 약한 위치에 있으면 사람들
        이 물지 않을 거라고 생각하니까.

태식, 휠체어를 몰아 우물 막은 자리로 간다.

석필   다 막은 줄 알았겠지. 그런데 아니잖아요.

현숙, 석필을 본다.
그때 집 뒤에서 윤재의 목소리가 들린다.

윤재   사모님―, 사모님―.
현숙   저요?
윤재   (집 뒤에서 나오며) 네―, 잠시만 와보시겠어요?
현숙   네…….

현숙, 집 뒤로 들어간다.
석필과 태식, 서로를 본다.

태식   네 엄마 보통 아니지?

석필, 대꾸하지 않는다.

태식   하긴. 그러니까 내 옆에서 그 세월을 버텼지. (사이) 준비는 다 했냐?

석필   무슨 준비요. 이미 다 끝난 게임인데.

태식   끝나다니?

석필   얼굴이랑 이름 공개한 피해자 진술 확보했고, 다른 피해자들도 녹취본 준비했대요. 이런 상황에 제가 뭘 할 수 있겠어요. (서류를 가리키며) 대단하셨네요. (사이) 내일 말할 거예요. 엄마 말이 맞아요. 안 할 거면 처음부터 안 한다고 강하게 밀어붙여야 했어요. 지금이라도 그러려고요.

태식, 석필을 본다.

석필   다 내려놓는다고, 내일 말할 거예요.

태식   네 힘으로 할 수 없다고 생각될 때, 그때가 기도할 때야. 기도하고 맡겨.

석필   아버지가 믿는 신, 저 한번도 믿은 적 없어요. 알잖아요. 그건 아버지 거지, 제 거 아니에요. 저 아무도 믿지 않아요. 눈에 보이는 아버지도 믿은 적 없는데, 보이지 않는 아버지를 믿으라고요? 보이는 아버지도 이따윈데, 보이지 않는 아버지는 씨발, 얼마나 더 가관일까요? 다 말할 거예요. 나 공석필은 한번도, 신을 믿은 적 없다. 가업을 유지하기 위해 이 교회를 받았을 뿐이다.

태식, 석필을 가만히 본다.

사이

태식   아무리 그래도 목사가 씨발이 뭐냐, 씨발이. (짧은 사이) 야, 씨발, 너 이거 그만할 거면 아들 한 명 만들고 그만둬. 너 대신 그 자리 있을 사람 만들어놓으면, 가도 돼. 만들어놓는 것뿐만 아니라, 너랑 정반대로 키워놔야 된다. 고집도 있고, 끈기도 있고, 뭔가 이뤄보겠다는 야망도 있고. 무엇보다 믿음 있는 놈으로 키워놔. 너 같은 놈 때문에 여기 역사가 끊겨서야 쓰겠냐?

석필   그 애가 신을 안 믿으면요?

태식   (석필을 빤히 보다가) 그건 네가 걱정할 바 아니야. 지난주에 네가 설교하지 않았어? "믿음은 내가 갖고 싶다고 갖는 게 아니다. 하늘에서 주는 것이다."

석필   (어이없다는 듯 웃으며) 역시 빠져나갈 수가 없네요. 논쟁으로는 아버지를 이길 수 없어요.

태식	(하늘을 가리키며) 아버지랑은 싸울 생각을 하는 게 아니다. 순종해야지.

석필, 밑에서부터 올라오는 감정을 꾹꾹 눌러 참는다. 인내가 느껴지는 깊은 한숨.

석필	다 썩었어. 하긴, 썩은 걸 처리하는 게 내 몫이죠. 그래요, 내가 처리할게요. 다 처리해드릴게요. 확실하게.
태식	고맙다. (사이) 다 널 위해서 하는 말이야. 너 무탈하게 살아가라고. 넌 나를 못 잡아먹어서 안달이지. 근데 너랑 나, 그렇게 다른 인간 아니다. 왜냐. 너, 내가 낳았으니까. 나 부정하는 거, 너 부정하는 거나 마찬가지야. 왜 그렇게 쳐다봐? 인정 못 하겠어? 다 부정하고 싶어? 나한테서 벗어나고 싶어? 그럼 날 죽여. 날 죽이고 자유롭게 네 인생 살란 말이야. 근데 넌 그럴 용기도 없지.
석필	죽이라고요―.
태식	그래, 그렇게 해봐. 제발 좀 그렇게 해라. 네가 그 정도로 배짱 있는 놈이라는 걸 좀 보여줘.
석필	죽이라고요―.

태식, 석필을 본다.

석필　　그럴게요. 여기 계세요. 여기. 가만히.

석필, 나간다.

태식, 석필의 뒷모습을 본다.

잠시 후, 자동차 엔진 소리가 들린다. 빠른 속도로 집을 향해 차가 돌진해 오는 소리.

태식, 무슨 소리인지 귀 기울이기 위해 석필이 나간 곳으로 가본다.

그때 차가 들어와 태식을 치고 그대로 돌진한다. 집 기둥과 충돌하며 멈춘 석필의 차.

집 뒤에 있던 연구원들과 현숙이 뛰쳐나와 현장을 본다.

놀란 현숙은 차 안에 있는 석필에게 다가간다.

현숙　　너 지금 뭐 하는 거야!

석필, 현숙을 본다.

현숙　　지금. 지금. 이게, 너, 너 지금 제정신이니?

석필, 차에서 나와 태식이 있던 자리를 본다.

석필　　어디 있어요?

현숙　　뭐?

석필	어디 있냐고요.
현숙	도대체 뭐가!
석필	죽인 거 맞죠? 맞죠? 엄마, 내가 아버지를 죽였어요.
현숙	석필아—.
석필	드디어 내가 아버지를 죽였다고요! 내가 진짜 그 사람을 죽였어.
현숙	제발 그만해!
석필	내가 그 사람을, 드디어, 진짜로, 죽여버렸어!
현숙	석필아!
석필	엄마도 원했잖아요.
현숙	네 아빠 없어—! 도대체 언제까지 이럴래, 응?

3

한쪽 기둥이 무너진 집.

무대에는 에밀리아와 재현만 있다.

에밀리아는 무너진 기둥 쪽에 서서 나무가 부서진 형태를 파악 중이다.

재현, 한구석에서 누군가와 통화하고 있다.

재현   진짜라니까ㅡ. 아니, 갑자기 차를 집으로 밀고 들어왔어. 그러고선 막, '내가 아빠를 죽였어요!' 그랬다니까? 엄마, 내가 정말 진지하게 말하는데, 거기서 이제 그만 나와. 이상해. 그 목사님 좀 아프다는 소문 있었잖아. 아무리 봐도 사실이야. 내가 오늘 보니까, ……여보세요? 여보세요? 엄마! 엄마! 아이 참, 사람이 얘기를 하는데……. (전화를 끊고 부서진 나무 기둥을 보며) 살벌하네ㅡ.

에밀리아, 말없이 나무를 살핀다.

재현	아까 진짜 놀랐죠? 와. 자동차가 건물 박는 거 뉴스에서나 봤지……. 이게 웬일이야. (집을 휘— 보며) 집이 오래돼서 그런가? (사이) 저 학교 다닐 때 문화재 현장실습 나가면 꼭 뭐 봤다는 애들 한두 명씩 있었거든요. 특히 이렇게 오래된 집에서는 죽은 사람도 많았을 거잖아요. 대낮인데도 뭐가 획획 지나간다고 하질 않나. 여기저기 앞뒤에서 애들이 소리 지르질 않나. 진짜예요. 터가 안 좋아, 터가. (뭔가 생각난 듯) 아, 이건 진짜인지는 모르겠는데—. 목사님이 무신론자래요. An atheist—.
에밀리아	Huh. Really? 신 안 믿는데, 어떻게 목사 돼요?
재현	그러니까요. 근데 요새 큰 교회들 다 기업이에요. 기업 물려받는다— 생각하면 할 수 있죠. 앞에서는 아멘 하고 뒤에선 뭘 하든 어떻게 알겠어요. 저희 엄마가 여기 다니는데, 이 얘기 한번 했다가 욕 진짜 많이 먹었어요. 교회를 위해서라면 안 하던 쌍욕도 하는구나, 싶었다니까요.

에밀리아, 재현의 말에 웃고는 눈으로 집을 한번 크게 둘러본다. 부서진 기둥 쪽으로 걸어가 조사하는 에밀리아.
재현, 그 모습을 보다가 피식 웃는다.

에밀리아	왜—요—?
재현	아니요—. 그냥. 아니, 그러니까, 뭐랄까. 집이 무너졌는데, 그 와중에도 흰개미 찾겠다고 들여다보는 게 좀, 좀—. It seems not normal.
에밀리아	What do you mean by that? Not normal?
재현	열정이 대단하시다구요. 괜히 국제곤충아카데미 회원이 아니시네요.
에밀리아	이거 기회니까—.
재현	기회요?
에밀리아	(고개를 끄덕이며) 흔하지 않아요. 이렇게 속 보면서 연구하는 거. 좋은 거예요. 이거 알아야, 지금 뭐 해야 하는지, 다음에 뭘 해야 할지 알 수 있어요.
재현	무슨 말인지는 알겠는데…… 상황이 상황이니까……. (무너진 나무 기둥을 만져보다가) 그런데…… 이거…… 맞죠?
에밀리아	(고개를 끄덕인 뒤) 네—.
재현	와— 여기 밑에 다 갉아 먹었네. 그래서 그랬나. 아까 여기 뭐랄까, 무너진다기보다 바스러지는 느낌이었어요.
에밀리아	흰개미 파먹은 곳, 드라이한 스펀지 가루처럼 날려요.
재현	방제팀 빨리 불러야겠는데요. (깊은 한숨을 쉬며) 흰

개미, 다른 나라 얘기라고만 생각했지, 여기가 이렇게 될 줄은 생각도 못 했는데. 100년 역사도 어쩔 수 없구나. 이거 언제 다 처리하나—. 못된 흰개미 놈들.

에밀리아, 재현을 본다.

재현 ······왜요?

에밀리아 흰개미 못되지 않았는데.

재현 네?

에밀리아 흰개미, 그냥 그런 존재예요. 환경 만들어지면 거기서 사는 곤충. (짧은 사이) It's just a phenomenon. 자연현상일 뿐이에요. 연구할 때 사람들 만나면 많은 의미, 가치 부여해요. '여기 오래된 곳이야. 흰개미 파먹게 둘 수 없어.' '다 죽여야 해!' 그런데 그거 사람 입장이에요. 흰개미는 여기가 100년인지, 200년인지 신경 안 써요. 환경 맞으면 그때부턴 거기 사는 거예요. 흰개미 생긴 것도 중요하지만, 생긴 이유 찾는 게 더 중요해요. 환경 바뀌었다는 거니까. 그거, 사람들이 만든 거고.

사이

재현　　　이야—, 한국말 진짜 잘하시네요. 저 에밀 샘 이렇게
　　　　　　말 많이 하는 거 처음 들어봐요.

에밀리아　아…….

재현　　　아니, 좋아서요. 얘기 듣는 거 좋아요. 하긴, 이 집만
　　　　　　해도, 지을 수 없는 곳에 지어진 게 맞죠. 사실 건축
　　　　　　하기에 딱 좋은 위치는 아닌데. 지대도 너무 높고,
　　　　　　무엇보다 여기에 이런 집 지으려면 지형 변형도 많
　　　　　　이 필요했을 것 같고. 이렇게 높은 지대에 담까지 올
　　　　　　렸으니.

에밀리아, 고개를 끄덕이며 집을 둘러본다.

재현　　　그런데 이민은 언제 간 거예요?

에밀리아　이민?

재현　　　그래도 좀 커서 넘어갔나 봐요. 한국말 아직도 기억
　　　　　　하는 거 보면.

에밀리아, 말없이 웃는다.

재현　　　엄청 부러워요. 저도 요즘 같아서는 빨리 뜨고 싶은
　　　　　　데.

에밀리아　뜨고 싶다?

재현 외국에서 사는 건 여기보다 좀 낫지 않아요? 여긴 갈수록 팍팍해져서. 개미지옥 알아요? 막 빨려 들어가는 거. 여기서 사는 게 꼭 그거 같아요, 개미지옥. 가진 것도 없지만 그나마 있는 것도 다 빨려요. 오늘도 그나마 제가 갖고 있던 주말을 뺏겼잖아요. 우리 엄마 아빠는 뭐 했나 몰라. 부모님 진짜 현명한 선택 하신 거예요.

에밀리아 부모님이 알려줬어요.

재현 네?

에밀리아 한국말.

재현 아—.

에밀리아 직접 배워서. 알려줬어요.

재현 배워서?

에밀리아 I was adopted.

재현 네?

에밀리아 I was adopted.

재현 Adopted……. 아…… 입양……? 아…… 미안해요.

에밀리아 No—. It's okay. It's just…… a phenomenon as well. 살 수 있는 데로 옮겨진 거죠. 내 오빠도 입양 왔어요. 우리 둘 다 좋은 부모님 만났고, 부모님도 (자신을 가리키며) 좋은 딸, 아들 만났고. It was 'win-win'.

재현, 에밀리아가 웃으며 '윈윈'이라고 하자 같이 웃는다.

재현　　　그럼…… 부모님 찾으러 온 거예요?

에밀리아　Huh? What did you say?

재현　　　Your original parents. 아, 도움 필요하면 말해요. 도와줄게요.

에밀리아　(웃으며) No thanks ─. (짧은 사이, 진지하게) I already have parents. 부모님 있는데 왜 또 부모님 찾아요? 나 흰개미 찾으러 왔어요.

재현　　　네?

에밀리아　한국에 흰개미 많아지고 있어요. Termites, 따뜻하고 humid한 데 살아요. For example, Australia, Indonesia, Malaysia, etc ─. 그런데 지금 한국에 흰개미 열 종류 넘어요. 얼마 전까지 두 종류만 있었는데.

재현　　　정말요? 왜요? 온도 높아져서?

에밀리아　Yes ─. 기후도 변하고, trades 많아지고……. 그거 연구하러 온 거예요. '흰개미, 왜 이 땅에 많아지고 있나.' 중요한 건 외국 흰개미, 여기 다 정착하고 있다는 거예요. 새로운 땅에 정착하면 내성 커져요. 이제 한국도 not free from termites.

재현　　　소름…….

에밀리아, 고개를 갸웃한다.

재현   없던 게 생기는 거잖아요…….

에밀리아   (웃으며) 그럴 때일수록 잘 봐야죠. 왜 그런지. 전 뒤
            에 한번 더 보고 올게요.

재현   같이 가요. 마저 무너질까 봐 무서워요. 깔리면 어떡
            해.

집을 둘러보기 위해 뒤로 돌아가는 두 사람.

지한이 집에 들어온다. 오랜만인 듯 익숙하면서도 낯선 표정이다. 지
한, 무너진 집을 보고 멈칫한다.

잠시 후 재현이 다시 나온다.

재현   누구세요?

지한   …….

재현   누구세요?

지한   …….

재현   어— 혹시 (짧은 사이) 방제팀이에요? (지한의 표정을
            살피며) 누가 연락했지? 팀장님이 전화했어요? 누구
            연락 받고 오셨어요?

지한, 무슨 말인지 모르겠다는 표정.

재현   아니에요? (짧은 사이) 그럼 누구, 세요?

에밀리아, 나온다.

지한, 재현과 에밀리아를 번갈아 본다.

재현   아…… 이 집 목사님 뵈러 오셨어요? (지한의 반응이
            없자) 지금 안 계세요. 보시다시피 집 분위기가 좀 뒤
            숭숭해서―. 급한 일 아니면 다른 날 오시는 게 좋
            을 것 같은데―.

지한, 초조하고 불안한 기색으로 집을 두리번거리기만 한다.

그런 지한을 보며 어떤 말을 해야 할지 난감해하는 에밀리아와 재현.

재현   저…… 괜찮으세요? (사이) 저희는 할 일이 있어서
            요. 혹시 뭐 필요한 거 있으면 말씀 주세요.

지한, 다시 뒤로 들어가려 한다.

지한   오늘 안 오세요? (사이) 오늘 안 오세요?

그때 재현의 휴대폰 벨이 울린다.

재현   여보세요? 네, 팀장님. 다들 괜찮으세요? 아, 네. 저
        흰 여기 있죠. 네…… 네……. 집은 뭐, 그대로죠. 아,
        그런데……. (지한을 바라보며) 아니에요. 네, 빨리 오
        시는 게 좋을 것 같아요. 알겠습니다. 네, 네……. (전
        화를 끊고 지한에게) 곧 오신대요.

지한, 긴장한 듯 호흡이 살짝 가빠진다.

재현   괜찮……으세요?
지한   네…….
재현   여기 교인이세요?
지한   아니요―, 아니요. 지금은…….
재현   어디 좀 앉아서 기다리면 좋을 것 같은데…….

재현, 주위를 두리번거리지만 마땅히 앉을 자리가 없다. 앉기에는 집
상태가 위태로워 보인다.

재현   (대청마루 한 곳을 가리키며) 여기 잠깐 걸터앉는 건
        괜찮을 거예요.
지한   네…….
재현   그럼 저희는 하던 일이 있어서…….

재현과 에밀리아, 집 뒤로 돌아 들어간다.

지한, 다소 긴장하고 불안한 모습으로 가방에서 약을 꺼내 먹는다. 어느 정도 마음이 진정되자 마당을 보는 지한. 무너진 집 기둥을 오래 바라본다.

그때 윤재가 석필을 부축하며 들어온다.

석필은 목발을 짚고 있다.

윤재   그래도 이만해서 얼마나 다행인지 몰라요. 걷는 거
          괜찮으시죠? 사모님은 제가 이따 가서 한 번 더 뵙고
          올게요. 우선 푹 쉬세요. 아이고, 근데 집이 이 모양이
          어서 어디서 쉰다─. (지한을 보고) 응? 누구세요?

석필이 지한을 본다.

지한도 석필을 본다.

윤재   누구세요─? (석필에게) 아는 분이에요?

석필, 고개를 젓는다.

윤재, 지한을 경계한다.

지한, 호흡이 조금씩 가빠진다.

윤재   어떻게 오셨습니까?

지한   …….

윤재   여기 막 함부로 들어오고 그럴 수 있는 데 아니에요.

            어떻게 오셨어요. 말씀을 하셔야죠.

지한   …….

윤재   저기요. 이봐요—.

지한, 호흡이 더욱 가빠진다.

윤재   아니…….

석필   제가 할게요, 집사님. 들어가서 일 보세요.

윤재   (낮은 목소리로) 조심하세요. 저쪽 편에서 보낸 사람

            일 수 있어요.

석필   네네, 제가 잘 얘기해볼게요.

윤재, 지한을 못마땅하게 보고 뒤로 돌아간다.

석필   괜찮으세요……?

지한, 괜찮다는 손짓을 한 뒤 마음을 진정시킨다.

석필   괜찮으신…… 거죠?

지한   …….

석필　　누구, 세요? (사이) 여기…… 어떻게 오셨죠?

지한　　잘…… 지내셨어요……?

사이

지한　　저예요.

석필　　누구…….

지한　　저 모르시겠어요? (사이) 기억…… 안 나요?

석필　　(곰곰이 생각하다가) 아……, 혹시…….

지한, 쓸쓸하게 웃는다.

석필　　(어쩔 줄 몰라 하며) 아…… 하아…… 맞나요? 정말
　　　　　맞는 거죠? 그분인 거죠? 그쪽이, 그분……인 거죠?

지한　　…….

석필　　고맙습니다. (짧은 사이) 이렇게 직접 와줘서 정말 고
　　　　　맙습니다.

석필, 깁스한 다리로 불편하게 무릎을 꿇는다.

지한, 놀란다.

석필　　죄송해요. 정말 죄송합니다. 입이 열 개라도 할 말이

없어요. 정말 죄송해요. 그동안…… 많이…… 힘드

셨죠.

지한   …….

석필   사과드릴게요. 제가 대신, 사과할게요. (짧은 사이) 제

가 아들입니다. 공태식 아들, 공석필. 대신 사과할게

요. 물론 저희 아버지가 직접 사죄하는 게 맞지만,

아시다시피 지금 안 계세요……. 하지만 제가 대신

진심으로 사죄하겠습니다.

지한   안 계신 거 알아요.

석필   네……?

지한   죽은 거 알아요.

석필   …….

지한   알고 온 거예요.

석필, 지한을 뚫어지게 쳐다본다.

지한   저 기억 안 나요?

석필   (주머니에서 편지를 꺼내며) 이거 보내신 분 아니에

요……?

지한, 편지를 보고 고개를 가로젓는다.

석필	(천천히 일어나며) 그럼 누구시죠? 어디서 뵈었죠……?
지한	(씁쓸하게 웃으며) 어디서 봤냐구요?
석필	(난감해하며) 혹시 잘못 찾아오셨다거나…….
지한	아니요.
석필	근데 전 그쪽을 모르겠는데…….
지한	아니요.
석필	제가 그쪽을 알고 있나요?
지한	네.
석필	그래야 한다는 걸로 들리는데.
지한	네.
석필	왜죠?
지한	왜, 죠?
석필	자기소개를 해주시든지, 아니면…….
지한	아니면요?

그때 한쪽 구석에 등장한 윤재가 둘의 대화를 들으려 한다.

석필	용건을 말씀하시죠. (사이) 아버지 때문에 오셨나요?
지한	네, 그리고 아니요.
석필	네?

지한, 석필을 빤히 본다.

석필 아버지 때문에 오신 거면, 제가 정식으로 사과를 하

겠습니다. 필요하다면 보상도 하고요.

지한 아—.

석필 괜찮아요. 원하는 것, 그냥 말씀하시면 됩니다. 저도

아버지가 좀 심했다고 생각합니다. 피해자들에게 적

절한 보상을 하기 위해 노력할 겁니다. 그런 일 없었

다고 부정하거나, 상대한테 덮어씌우거나 그러지 않

을 거예요. 걱정 마세요.

지한 아버지 죄를 대신 갚겠다—.

그때 재현의 목소리가 들린다.

재현 아야! (머리를 문지르며 등장한다) 아오……, 기둥이

이렇게 주저앉아 있어. (자신을 보는 석필과 지한, 윤재

의 시선을 느끼고) 아…… 집 기둥이 많이 주저앉았

네요. 다니면서 한 번도 안 부딪히셨어요? 아오, 아

파…….

윤재, 한숨을 쉰다.

석필 아직 멀었나요?

재현 네, 아직 멀었어요. 아, 목사님. 이 집, 수리 같은 거

한 적 있어요?

석필   (짜증 난다는 듯) 네?

재현   여기 기둥들, 어떤 건 균열이 많고 어떤 건 그렇지 않아서요. 뒤쪽은 파열된 게 많은데 앞쪽은 괜찮네요? 살면서 손보고 그러셨어요?

석필   그럼 100년이 넘은 집인데 보수가 없었겠습니까?

재현   (떨떠름하게) 목재 어디서 구하셨어요?

석필   네?

재현   목재요. 기둥 밑부분만 일부 교체했던데.

석필   그걸 제가 어떻게 알겠습니까.

재현   보수는 하셨는데, 상태가 안 좋은 나무들로만 골라서 하셨네요. 방충 처리 하나도 안 돼 있고. 오히려 해충을 안고 들어온 비주얼이에요. 보통 이런 데 보수할 때 쓰는 나무는 코팅이 돼 있어야…….

석필, 한숨을 크게 쉰다.

재현   하는데―.

석필, 재현을 못마땅하게 쳐다본다.

재현   아, 진짜. (한숨 쉬며) 아니, 저희도 도움을 드리려는

거 아니에요. 그렇게 문전박대하듯이 한숨 계속 쉬
시면, 저희가 뭐 어떻게 해야 할지 모르겠네요.

석필   수리는 있었고, 방식은 모릅니다. 저희 아버지 계실
         때 한 거라.

재현   그럼 하나도 모른다, 그런 거네요.

석필   네.

재현   알겠습니다. (혼잣말로) 모르는 게 자랑도 아니고―.

재현, 안으로 들어가다가 아까 부딪힌 목재에 다시 머리를 부딪힌다.

재현   아야! 아이 씨, 진짜…….

부딪힌 목재가 떨어진다.

재현   완전 엉망진창이구먼. 후―.

재현, 뒤로 들어간다.
윤재, 난감해하며 그 자리에 있다.
석필, 윤재와 눈이 마주친다.

석필   언제 끝나나요?

윤재   그게…….

석필   (윤재에게 다가와) 그 문서 때문에 오신 거죠? 그냥 그것만 전달해주시면 됐잖아요. 군이 왜 이렇게 일을 키우셨어요.

윤재   통 연락이 안 되시니······.

석필   됐고, 빨리 정리해서 돌아가주세요. 가뜩이나 뒤숭숭한데.

윤재   그게······. 어쨌거나 오늘은 공식적으로 여기 조사하러 온 거라 제가 어떻게 하기가 좀 그래요. (지한을 가리키며) 근데 누구예요?

석필   모르겠어요.

윤재   조심하세요. 이럴 때는 첫째도 조심, 둘째도 조심입니다. 여차 싶으면 그냥 묵비권. 아셨죠. 제가 여기 있으니까 너무 염려 마시고요. 저도 계속 지켜보고 있을 테니까요. 그나저나 문서는 좀 보셨어요?

석필   ······네.

윤재   지피지기면 백전백승이라고, 그것만 알아도 내일 도움 많이 될 거예요. 그럼 빨리 얘기하고 돌려보내세요. 전 일하러 갈게요.

석필   네······.

윤재   (들어가려다가) 저······, 돌아가신 목사님, 너무 미워하지 마세요······. 물론 다 잘하신 건 아니지만, 그래도····· 소신 있는 분이셨습니다.

석필	…….
윤재	그냥 그렇다고요—. 사람 누구나 허물 있잖아요. 아들이 그거 감당하는 거, 비난받을 일 아니에요—.
석필	…….
윤재	이제부터라도 남은 우리가 잘하면 되잖아요. (멋쩍은 듯 웃으며) 들어갈게요. 얘기 나누세요. (조용히) 조심하시고요—.

윤재, 집 뒤로 들어간다.

석필, 지한에게 다가간다.

석필	집은 이 모양이지만, 안으로 들어가서 얘기하시죠.
지한	아니요. (짧은 사이) 안으로는…… 안 들어가요. 여기서 얘기해요.

그때 집 뒤에서 에밀리아와 재현의 비명이 들린다.

| 석필 | 하아…… 진짜……. (뒤를 향해) 도대체 뭡니까? |

머리에 나무 가루를 뒤집어쓴 재현과 에밀리아가 등장한다.

뒤이어 윤재도 나온다.

석필	아니, 이게……. 도대체 뒤에서 뭐 하는 거예요?
재현	집이 도대체 왜 이 모양이에요? (머리를 털며) 너무 약해요. 건드리기만 하면 다 폭폭 무너지고 주저앉고. 집 관리를 어떻게 하신 거예요? 진심 궁금해서 그러는데, 그동안 여기서 사신 거 맞아요?
석필	(윤재에게) 오늘은 여기까지 하죠. 준비할 것도 많고, (지한을 보며) 처리해야 할 것도 있어서요.
윤재	…….
석필	네?
윤재	네, 알겠습니다. (에밀리아와 재현에게) 우리 내일 다시 옵시다.
재현	네에?
윤재	이게 하루에 끝나지 않겠어.
재현	아니, 참 나. 주말 약속 빼서 간신히 왔는데 내일 또 오자니요. 내일은 쉬라면서요.
윤재	시간을 갖고 좀 더 찬찬히 보는 게 좋을 것 같아.
재현	그렇다고 뭘 또 와요.
윤재	아니.
에밀리아	지금부터가 중요한데…….
석필	오늘은 그만 가주세요.
에밀리아	어…….
석필	저희가 진짜 중요한 일이 있어서요.

에밀리아, 뭔가 말하려 한다.

석필   흰개미가 집 파먹으면 제가 연락드리겠습니다. (한
        숨) 그 전에 제 머릿속이 파먹히겠지만. 네? 부탁입
        니다.

난감해하는 연구원들.

석필   (연구원들을 밖으로 내몰며) 다음에 다시 오십시오.

재현   어어—.

석필   (윤재에게) 그럼 부탁드리겠습니다.

윤재   (재현과 에밀리아에게) 내일 다시 와요, 응? 장비도 그
        냥 놓고 가지 뭐. 어차피 여기 아무도 오지도 않고,
        올 수도 없으니까.

재현   아니, 그래도……

윤재   자자, 갑시다. 갑시다. (석필에게) 그럼 내일 오겠습니
        다.

석필   네.

재현   팀장님, 진짜—.

윤재   가자—.

재현   아놔, 정말.

윤재, 에밀리아와 재현을 데리고 밖으로 나간다.

집에 남은 석필과 지한.

석필   후—. 이제 좀 조용하네요. 방에 들어가시죠. (짧은
               사이) 아, 싫다고 하셨죠. 그럼 여기서 얘기해요. 하
               세요.

지한, 초조한 듯 집을 둘러본다.

석필   얘기하세요. 여기 그쪽이랑 저, 둘밖에 없으니까.

사이

지한   그렇네요. 그땐 셋이었는데.

석필, 지한을 물끄러미 바라본다.

4

태식, 휠체어에 앉은 채 마당에 있다.

석필, 무너진 집 대청마루에 앉아 있다.

태식   (사랑채를 가리키며) 저기였어. 그때도 꼭 오늘처럼 맑았던 것 같은데. 지금만큼 그때도 이 집은 나무도 풀도 가득했다. 나뭇잎에 빛이 반사되면 얼마나 반짝거렸는지 아냐. 요즘처럼 건조한 날엔 그 빛깔을 보기 힘들지만, 정말 아름다웠지. 그 맑은 날, 너희 할아버지 앞에 웬 남자가 죽은 염소랑 닭이랑 돼지를 앞에 놓고 우뚝 서 있었어. 자세히 보니 저— 아랫마을 변 씨더라고. 있어, 동네에서 알아주는 가난뱅이. 입에 풀칠도 하기 힘든 그 양반이, 아 어디서 구했는지, 네 발, 두 발 달린 가축들 목을 다 따 온 거야. 마당에 피가 홍—건했어. 얘기를 들어보니, 이걸 태워서 제사를 지내면 자기 죄가 사해지냐고 묻더라. 구원받고 싶다고, 잘은 모르겠지만 그게 밑져

야 본전이겠다 싶다면서. 한데 도저히 자기 입으로
'내가 죄인이오' 고백하는 건 못 하겠더래. 그래도 그
양반이 어디서 들은 건 있었는지 "구약에 보니 이렇
게 가축을 바치면 되는 것 같던데. 괜찮습니까?" 그
러더라. 아니, 그 정도로 나오면 우리 아버지도 좀
대충 어르고 달래면 되잖아? 오죽하면 없는 살림에
가축들 목을 따 왔겠냐고. 근데 거기서 단호하게 그
러더라. "안 됩니다. 입으로 고백하십시오." 아버지
말을 듣는 그 남자 눈이 지금도 생각나. 눈물이 맺
히더라. 그 남자, 거기 한참 서 있다가 결국 가버렸
어. 피 흥건한 짐승들 그대로 둔 채. 피비린내가 진
동을 하더라. 나중에 아버지한테 물었다. 저 사람은
무슨 죄를 지었대요? 아버지도 모른대. 그저 딱 하
나 말하더래. "있던 일을 있던 일이라고 말하지 않았
습니다. 없던 일이라고도 하지 않았습니다. 그저, 아
무 말 하지 않았습니다." 아무 말도 하지 않은 죄. 혹
여나 그것도 죄가 된다면 용서해달라는 거였어. 하
지만 방법은 모르겠고, 그 짐승들을 받아달라는 거
였지. 말하지 않은 죄를 지은 사람에게 말로 고백하
라니. 너무 고역 아니냐. 말하지 않은 이유가 있을
것 아니야. 왠지 그 남자가 가축들을 팽개치고 나간
게 이해가 되더라. (사이) 그때, 거기 있던 거냐?

석필, 아무 말 하지 않는다.

태식　　　그래, 말할 수 없었겠지.

석필, 태식을 본다.
태식, 석필을 본다.
지한, 집 뒤에서 앞쪽으로 걸어 나온다.
태식, 이들에게서 서서히 멀어진다.

지한　　　똑같네요, 그때랑.

석필, 지한의 행동 하나하나를 유심히 본다.

지한　　　대청마루, 큰 마당, 높은 담, 오래된 나무. 저거 다 벚
　　　　　　나무라고 했죠? 아버지의 아버지의 아버지가 벚나
　　　　　　무를 좋아하셔서 싹 바꿨다고 한 것 같은데. 맞죠?
　　　　　　꽃이 많이 피었네요. 다른 곳은 나무도 꽃도 다 말랐
　　　　　　던데. 언제 돌아가셨어요? 그때도 꽤 나이 드셨잖아
　　　　　　요. 강단에 서는 모습 보면서 늘 생각했어요. '와—
　　　　　　진짜 늙었다.' 근데, 얼굴보다 더 늙었다고 생각한
　　　　　　건 목소리. 엄청 찢어질 듯한 목소리로 그 많은 사
　　　　　　람들을 매주 협박했잖아요. "안 믿으면 구원받을 수

없습니다!" (생각하다가) 근데 도대체 뭘 믿으라는 거지? 뭘 믿어야 하는지, 구체적으로 말한 적이 없어요.

석필 왜 오신 거죠? 아버지 없는 거 아시면서.

지한 아버지 목소리를 닮았네요.

사이

석필 아까도 말씀드렸듯이 저는…….

지한, 석필을 본다.

석필 모르는 일입니다.

지한, 피식 웃는다.

사이

지한 하루는 아빠가 출장을 갔어요. 먼 나라로. 어떤 선물을 사 올까, 진짜 기대했죠. 그런데 도착한 날 가방을 딱 열어보는데, 우리 선물은 하나도 없고 유일하게 목사님 것만 사 온 거예요. 양주. 거기서 유명한 거라나. 어쨌든 귀한 거니까 엄마가 직접 갖다드리라고 해서. 그거 배달하러 왔던 거예요. 그때. 여기. 지금 생각하면 웃겨요. 아무리 귀한 거라도 그렇지, 목사님한테 술은 좀 아니지 않나? 근데 딱 봐도 엄청 비싸 보이긴 하더라고요. 저 그때 그거 들고 오느라 애 많이 먹었어요. 벽돌 한 다섯 개쯤 든 것 같았거든요. 아마 병 무게가 절반은 차지했겠지만. (대문을 바라보며) 벽돌 다섯 개짜리 술을 들고 집에서부터 20분 동안 쭉 걸어와서 저 담 앞에 섰는데 엄청 놀랐어요. 진짜 커서. 여기가 그 집이구나. 말로만 듣던 오래된 집. 아무나 못 들어가는 집. 엄마는 이 집이 있어서 우리가 잘 지낼 수 있는 거라고 했어요. 그러니까 늘 이 집을 위해 기도해야 한다고. 그래서 이 앞에 도착하자마자 기도했어요. 무슨 내용이었는지는 생각 안 나요. 그냥, 뭐, 잘 지켜달라, 그런 거였겠죠. 기도하고, 숨을 크게 세 번 쉬었어요. (크게 숨을 쉬고) 긴장했거든요. 왠진 모르지만. (사이) 초인종을 눌렀죠. 조금 후에 문이 열리고,

석필, 지한을 본다.

지한　　당신이, 이렇게, 내 앞에 있었어요. 당신이 엄청 크게 보였어요. 와, 크다―. 이 집 담처럼, 크다. 그런 생각

을 하고 있는데, 당신이 나를 집 안까지 데리고 들어갔어요. 바로 여기까지. 대문에서 걸어가는데, 뭐랄까. 마치 이 마당이, 끝도 없는 사막처럼 느껴지는 거예요. 이상하죠? 나 한 번도 사막을 본 적이 없는데. 그래서 그랬나? 꼭 지구 밖에 온 기분이더라고요. 아니, 현실 밖. 그동안 내가 살던 곳, 그러니까 저 밖이 현실이라면, 이 안은 완전히 다른 차원이었어요. 그때 혼자 무슨 말 했는지 알아요? 혹시 당신이 듣기라도 할까 봐 엄청 작게. "와— 씨발, 졸라 끝내준다—." "씨발 진짜— 끝내준다—." 당신을 따라 사막을 건너니까, 집이 나타나더라고요. 모래 바다 위에 떠 있는 집. 뭔지 모르지만 이상하게 불안했어요. 그런데 그때 당신이 내 어깨에 손을 올렸죠. "왜 이렇게 얼어 있어요. 편하게 있어요." (사이) 네. 조금 긴장이 풀렸어요. 당신은 내가 긴장한 게 벽돌 다섯 개짜리 술병 때문이라고 생각했는지 그제야 그 무거운 술을 받아 들고는, 여기에, 바로 여기에, 내려놨어요. (석필에게 옆으로 가라는 손짓) 옆으로 좀 가볼래요? 여기거든요. 딱 여기. 우리 아빠가 사 온, 그 술을 당신이 받아서 바로 여기에……. 기억 안 나요?

석필   …….

지한   (담배를 꺼내 피우며) 좀 피워도 되죠? 한 대 할래요?

아, 이런 거 안 하나? 목사님이니까?

석필, 지한을 본다.

지한   그럼 저만 할게요. (담배 연기를 내뿜으며) 후—. 그때
도 담배는 했어요. 근데 술은 안 했어요. 성경에 나
와 있잖아요. 술 취하지 말라. 하지만 니코틴 하지
말라, 는 없죠. (담배를 피우며 석필을 바라본다) 날 그
자리에 앉히고, 당신이 나가더라고요. 나가고, 당신
아버지가 왔어요. "어— 너구나?" 하면서 반겨주는
데 아주 잠깐, 정말, 우리 할아버지 같더라고요. (사
이) 그날이 처음이었어요. 그래요, 뭐, 솔직히 친구들
이랑 몇 번 마실 뻔한 순간이 있긴 했죠. 하지만 마
시진 않았어요. 입술까지는 가져갔지만, 그래도 결
국 마시진 않았어요. 진짜예요. 술 취하는 거 죄니까.
그럼 구원 못 받으니까. 그건 싫었거든요. (담배 연기
를 길게 내뿜고) 근데 이상하게 그날은 된다고 생각
했어요. 당신 아버지가 권했으니까. 당신 아버지 목
사잖아요. 신이랑 연결된 사람. 이거 나쁜 거 아니랬
어요. 자기랑 같이 있으면 괜찮다고. (다시 담배 연기
를 내뿜으며) 거짓말. 거—짓말. 괜찮지 않았어. 그 술
마시고, 나 지옥에서 살았어요. 어마어마하더라고요.

와— 씨발, 졸라, 끝내주게, 어마어마했어. 내가 말씀을 어긴 거죠. 먹지 말라는 건 먹지 말아야 했는데. 근데 그걸 먹었으니, 대가를 치른 거지. 그렇게 날 자책했어요. 내 탓이라고. 하지만 술 한 번에 지옥행이라니. 너무하지 않아요? 그렇게, 씨발, 졸라 끝내주는 지옥은 너무해. 나한테만이 아니라, 우리 엄마 아빠한테도. 결국 당신 딸을 위해 그 술을 산 게 돼버렸으니까. 우린 떠났어요. 우리 부모님, 당신들이 젊었을 때부터 40년 넘게 다녔던 이곳을 한순간에 떠났어요. 떠나는 날, 이상하게, 당신 아버지보다 당신 생각이 더 많이 났어요. 당신 그날, 거기 있었으니까. (짧은 사이) 왜, 와서, 한마디도 해주지 않았어요? 그래요, 그때는 그럴 수 있다고 쳐요. 하지만 나중에라도, 말해줄 수 있었잖아요. 그때 이 집에서 무슨 일이 있었는지. 내가 무슨 일을 겪었는지. (사이) 난 다 기억해요. 15년 동안 그 기억이랑 살았으니까. 그런데 당신은, 하나도 기억나지 않는다고?

석필, 고개를 가로젓는다. 지한의 말을 부정하는 듯한, 혹은 그녀의 태도를 이상하게 여기는 듯한, 혹은 그 말을 믿을 수 없는 듯한, 여러 의미를 지닌 행동이다. 그러고는 오랫동안 지한을 보는 석필.

지한   무슨 말이라도 해봐요. 당신 차례예요. 아무 말이라
      도, 어떤 것도 좋으니까. 해봐요, 네? 해봐요. 제발.

석필   (어렵게 입을 떼며) 그래서요―.

지한   ······.

석필   그러니까, 내 말은, 그래요, 그래서, 이제 뭘 할 건데
      요?

지한   그건, 이제 기억난다는 뜻인가요?

석필   ······.

지한   그런 뜻인가요?

석필   그래요, 뭐, 그때 누가 여길 찾아온 것 같긴 하네요.

지한   찾아온 것 같긴 하다―.

석필   그게 다예요. 당신은 술을 들고 왔고, 난 받았고, 그
      리고 끝. 난 나갔죠. 그 이후에 여기서 일어난 일은,
      난 하나도 몰라요.

지한   모른다? 거짓말. 왜 거절했어요? 내가 당신한테 부
      탁했잖아요. 당신 아버지 살아 있을 때, 내가 연락
      했잖아요. 당신 아버지 죽을까 봐. 죽으면 아무것도
      할 수 없으니까. 그래요. 주위에서 다들 나보고 미쳤
      다고 했어요. 아들이 나와서 증인을 서주겠냐고. 그
      래도 할 수 있는 데까지 하고 싶었어요. 당신이 거기
      있던 유일한 사람이니까.

석필   ······.

지한 왜 거절했어요? 아버지여서? 그렇게 부정하는 핏줄도 핏줄이라고, 그래서 거절한 거예요?

석필 이봐요.

지한 네.

석필 왜 지금 와서 이러는 거예요? 왜 하필 지금 와서 그때 일들을 나한테 말하고 있는 거예요?

지한 그럼 언제 왔어야 하죠―?

석필 (한숨을 쉬며) 나, 생각 안 나요. 잘못 기억하는 거 아니에요?

지한 아니요! 난 당신한테 부탁했고, 당신은 거절했어요. 당신 아버지가 죄값을 치를 수 있는 기회를, 당신 아버지가 깨끗하게 죽을 수 있는 기회를, 당신이 박탈한 거예요. 어떡하죠. 덕분에 애석하게도, 당신 아버지 그 죄를 그대로 안고 사람들 기억 속에 살아 있네요. 죽었는데 살아 있는 것보다 더 큰 저주가 있을까요?

석필 (지한을 빤히 보며) 뭐 듣기라도 했어요?

지한 네?

석필 타이밍이 너무 좋아서요. 딱 적당할 때 왔네요. 안 그래도 공태식 씨의 다양한 피해자들이 모두 모여서 내일 다 같이 우릴 고소할 거예요. 아주 잘 왔어요. 잘 맞춰서 왔어요.

지한, 기막혀한다.

석필　　　난 그 덕에 뒤치다꺼리하느라 너무 피곤하지만. 어
　　　　　　쩔 수 없죠. 이 집에서 태어난 게 내 죄니까.

지한, 석필을 망연하게 바라본다.

그때 집 뒤에서 작게 쿵, 하는 소리 들린다.

지한과 석필, 그 소리에 반응한다.

잠잠해질 때쯤 다시 들리는 쿵, 하는 소리.

석필, 집 뒤로 간다.

지한, 석필이 사라지자 몸의 긴장이 풀린다. 동시에 숨이 가빠진다. 그
상황이 익숙하다는 듯, 땅에 앉아 숨을 크게 쉬어본다. 한 번, 두 번, 세
번. 그러고는 약을 꺼내 먹는다.

그때 윤재가 현숙과 함께 등장한다.

윤재　　　왜 굳이 이렇게 집으로 오겠다고 하세요. 병원에 그
　　　　　　냥 계시지.

현숙　　　지금 상황이 말이 아닌데, 어떻게 병원에만 있어요.

윤재　　　별 탈 없이 끝날 거예요. 이러다 두 분 몸만 상해요.

현숙　　　그렇다고 가만히 손 놓고 있…….

현숙, 지한을 발견하고 걸음을 멈춘다.

지한, 현숙을 본다.

윤재　　어? 아직 안 가셨어요?

그때 석필이 에밀리아와 재현을 데리고 등장한다.

석필　　참 나. 이렇게까지 하는 게 어딨습니까?

재현, 자존심 상한다는 듯한 표정을 짓고 있다.

윤재　　어? 두 사람 여기 어떻게 들어왔어?

재현　　아니―, 에밀 선생님이 오늘 여기 꼭 조사해야 한다
　　　　　고 해서.

윤재　　에밀리아, 어떻게 된 거예요?

에밀리아　　…….

석필　　직접 얘기하세요.

에밀리아　　…….

석필　　안 하세요?

에밀리아　　…….

석필　　담을 넘어오셨어요.

윤재　　네? 다, 담……?

석필　　네. 참 나―.

윤재 　　에—? 에밀, 진짜요? 여길 넘어왔어요? 저 높은 데
　　　　를? 아니, 어떻게요?

석필 　　이거 너무하신 거 아닙니까?

재현, 에밀리아의 옆구리를 푹 찌른다.

에밀리아, 미안하다는 듯 고개를 가볍게 숙인다.

석필 　　저희가 내일 중요한 일 있다고 말씀드렸잖아요. 복
　　　　잡한 상황이라고—. 그렇게까지 얘기했는데 이거 정
　　　　말 너무하신 거 아니에요?

말을 잇지 못하는 재현과 에밀리아.

윤재 　　이 두 사람이 워낙 책임감이 투철해서……. 제가 대
　　　　신 사과하겠습니다. 절 봐서 너무 화내지 마세요.

석필 　　화 안 나게 생겼습니까? 이거 무단침입이잖아요. (짧
　　　　은 사이) 아무리 마을이 비상이어도 그렇지, 이렇게
　　　　남의 집에 함부로 출입해도 되는 겁니까?!

재현 　　담 넘어온 건 죄송해요. 근데 그럴 만하니까 그런 거
　　　　예요.

석필 　　그럴 만하니까?

재현 　　(에밀리아를 보며) 직접 말하실 거예요?

에밀리아	…….
재현	제가 해요?
에밀리아	…….
재현	여기 흰개미 있대요.
석필	(기가 막히다는 듯) 하아ㅡ.
재현	많대요, 엄청.
석필	죽이면 되잖아요.
재현	죽이는 걸로 끝나지 않으니까 문제라는 거죠. (에밀리아를 한 번 본 다음 아까보다 강조하며) 이 집에 흰개미 있대요. 그러니까…….
현숙	그러니까. 죽이면 되잖아요.

사람들, 현숙을 본다.

현숙   남의 집 몰래 넘어올 정도로 그게 그렇게 심각한 건가요? 흰개미가 많아봤자 흰개미지. 사생활이고 뭐고 다 무시할 정도로, 그게 중요한 거예요? 본인들이 어떤 행동을 하셨는지 아직 모르는 것 같은데, 계속 이렇게 정당성을 주장하시면 가택침입으로 신고하겠습니다. 저희는 애초에 양해를 충분히 구했어요. 저희 집인데도 불구하고 오히려 저희가 부탁을 드렸다고요. 그런데도 이렇게 행동하시면 이젠 저희도

조치를 취할 수밖에 없습니다. (석필에게) 너 내가 일
처리 똑바로 하라고 했지. 계속 이렇게 물러터지게
할래? 그러니까 계속 여기저기서 다 집적거리는 거
아니야. 이 사람들 신고해. (지한을 보며) 이 여자 누
구니? 여기도 침입한 거야?

석필   아니, 그게…….

현숙   누구세요? 용건이 뭐죠?

지한, 숨이 가빠진다.

현숙   지금 뭐 하는 거예요?

지한, 숨이 점점 더 가빠진다.

현숙   아, 진짜. 꼬이려니까 별게 다 꼬이네. (어디론가 전화
하며) 여보세요? 네, 경찰서죠? 여기 누가 집에 무단
으로 들어왔…….

에밀리아   It's huge!

현숙, 통화를 하다가 에밀리아를 본다.

에밀리아   It's huge! It's enormous!

현숙, 전화를 끊는다.

에밀리아   그냥 큰 게 아니라, 생각보다 훨씬 커요. 스케일 확
            인도 안 될 정도로. 이미 뒤쪽 기둥은 다 텅텅 비었
            어요. 갉아 먹혀서. We have to investigate every-
            thing single thing about this mound. Not only
            its size, shape or its cause but also its history.
            The house will collapse if the mound is
            ignored. 여기, 중요한 곳이라면서요.

사람들, 그 말을 듣고 자신의 발밑을 본다.

5

에밀리아의 프레젠테이션.

에밀리아   So far, numerous studies have reached the tacit
conclusion that fairy circles in the desert result
from various types of competition. Whether
the plants are competing over resources, or the
termites are competing for their survival, it is
the struggle for life itself that has made these
circles possible. The need for competition has
resulted in the complete barrenness of the
surrounding environment.

그동안 많은 연구에 의해, 사막에서 발생하는 페어
리 서클은 경쟁의 결과라는 암묵적 동의를 얻었습니
다. 식물 간 자원 경쟁이든, 흰개미들의 생존 경쟁이
든 결국 살기 위한 경쟁이 이 원을 만들었다는 것이
죠. 경쟁이 필요하다는 것은, 환경이 척박하다는 것

을 말합니다.

Research on soil composition of the circles suggests that the more resources the circles contain, such as moisture or nitrogen, the smaller the circles' perimeter and vice versa. In other words, if the surrounding environment proves to be barren, the inhabitants of the circles, whether termites or vegetation, move further away in their expedition to find enough water.

실제로 페어리 서클이 형성된 토지 성분을 살펴본 결과 질소와 수분 등의 자원이 많을수록 서클의 크기는 줄어들었고 자원이 부족할수록 서클의 크기는 커졌습니다. 생존하기에 척박한 환경일수록 이곳에 살고 있는 식물 혹은 흰개미들은 더 먼 곳으로 수분을 얻기 위해 탐험을 떠나는 것이죠.

Thanks to this phenomenon, the vegetation near the outskirts of the circles benefits relatively, because it can leech off the nutrients the termites have stocked in the inner circle.

However, this has led to the desertification of the entire region becoming increasingly severe. The sheer fact that the termites have been able to stock that much nourishment means that they have been poaching water from the nearby circles. The research I've been conducting has evidenced the truth of this phenomenon.

덕분에 페어리 서클 주위의 식물들은 상대적으로 이득을 봅니다. 흰개미가 저장한 양분을 빌려 먹을 수 있으니까요. 하지만 해당 지역 전체의 건조함은 더욱 심해집니다. 양분을 많이 저장했다는 것은 주위로부터 많은 수분을 흡수했다는 의미니까요. 이번 연구는 이를 그대로 증명했습니다.

(무대 뒤 화면으로 사진을 보여주며) This house has been around for a century. The house has been acknowledged and cherished by the community for its authentically traditional building techniques. However, what demands our attention is the climate of the house surroundings. The town has been enduring a

---

severe drought for the past half year. Due to this drought, all the trees in town have begun to die for lack of water, except those that grow two to three meters from the house itself. That's right. The exact same pattern we have identified with the fairy circles in the desert. According to the research, the diameter of the circle has been increasing about five centimeters per year for the past sixty years. Consequently, the desertification of the area has accelerated by approximately 2.5 days per year. This finding confirms the correlation between the size of the circles and the desertification of the nearby area.

이 집은 지어진 지 100년이 넘었습니다. 전통적 건축 기법을 사용한 곳으로 지역 내에서도 굉장히 소중한 가치를 인정받았죠. 주목할 것은 주변 환경입니다. 이곳은 기후적으로 약 반년 가까이 가뭄을 겪었습니다. 건조한 날씨가 이어지면서 마을 나무들은 모두 말라가고 있었죠. 그런데 이 집으로부터 반경 2, 3미터 되는 곳은 제법 나무가 푸르게 자라고 있었습니다. 네, 맞습니다. 그동안 사막에서 발견된 페어리 서클의 형태입니다. 연구 결과, 지난 60년 동안 이 서클의 크기는 연평균 5센티미터씩 지름이 커졌습니다. 그리고 마을의 건조한 기후는 연평균 2.5일씩 증가했습니다. 서클의 크기와 환경의 건조함, 둘의 상관관계를 보여주는 결과죠.

(다른 몇 장의 사진을 더 보여주며) I was able to find other similar cases to the one I have just presented. The one element that ties all these cases together is that all these regions have seen an increased number of different types of termites in recent years. Furthermore, what is interesting about this finding is that all these varied types of termites have expanded their territories in one large fairy circle.

이곳뿐 아니라 이와 유사한 형태의 몇몇 사례를 연구를 통해 살펴볼 수 있었습니다. 이들 지역의 공통점은 흰개미 종이 급격하게 늘었다는 점에 있습니다. 특히 한 종이 아닌, 여러 종이 한번에, 한곳에서 자신의 영역을 확장하고 있었습니다.

6

에밀리아, 우물 막은 자리 앞에서 헤드셋을 쓰고 초음파 기기를 들여 다보고 있다.

그 옆에는 지한이 담배를 피우며 앉아 있다.

에밀리아가 헤드셋을 벗는다. 순간 지한이 자신을 계속 쳐다보고 있었 음을 확인한다.

지한   누가 잡아가도 모르겠네요.

에밀리아   네?

지한   옆에서 아무리 불러도, 대답을 안 하길래—.

에밀리아   아—.

지한, 다소 불안한 모습으로 담배를 피우다가 꽁초를 바닥에 버린다.

에밀리아   어—, 그거…… 쓰레기통에. (짧은 사이) 실험실이라
           고 생각해줘요. 이 집 전체 다.

지한, 말없이 꽁초를 주워 어디에 버릴지 두리번거리다가 그냥 주머니에 쑤셔 넣는다.

에밀리아　(주위를 둘러보더니) 다 어디 갔어요?

지한　사태 수습하러 간다는데, 글쎄요.

에밀리아, 기기를 이용해 벽과 땅과 집 곳곳을 살펴본다.

지한　그거 뭐예요?

에밀리아　네?

지한　거기서 뭐 들려요?

에밀리아　아. 음…… It's a kind of ultrasonic device. 이렇게 대고 들으면 곤충 소리 들을 수 있어요. 저주파부터 초음파까지.

지한　와— 그런 건 어디서 구할 수 있어요? 그러니까, 어디서 샀어요?

에밀리아　(옅게 웃으며) 산 거 아니에요.

지한　아니에요?

에밀리아　(고개를 가로저으며) 아빠가 만들어줬어요. 어릴 때.

지한　아…… 좋은 부모님이네요. ……우리 딸이 엄청 부러워하겠다.

에밀리아　딸? Do you have a daughter?

지한　(고개 끄덕이며) 네. 이제 막, 초등학교 들어가요.

에밀리아　Wow, amazing―. (한국말을 생각하려 애쓰다가) 다 컸네요―.

지한　(옅게 웃으며) 네, 혼자 컸어요. 엄마가 못나서. 근데― 정말이에요?

에밀리아　Uh?

지한　정말 흰개미가 이 안에 있어요? 그냥 하는 말이죠?

에밀리아　들어볼래요?

지한　네?

에밀리아　이거 들으면 다 알 수 있어요. 이동 방향, 상태, 습관? 습성? Anyway― 보는 것 대신 듣는 거죠. 얘에 따르면, 이 안에, 흰개미, 있어요.

지한　……그래요, 뭐 있을 순 있는데. 엄청 많다고 하니까 좀…… 궁금해서…….

에밀리아, 와보라는 듯 초음파 헤드셋을 보여주며 내민다.
지한, 조심스럽게 다가가 헤드셋을 쓴다.

에밀리아　Are you ready? Volume up―!

볼륨을 올리자 지한의 표정이 점점 일그러진다. 지한, 헤드셋을 급히 벗는다.

지한   으…….

에밀리아   이 정도면, 여기 가득하다는 거예요.

소리에 충격을 받은 듯한 지한.

에밀리아   날갯짓하는 소리예요. 지금 번식기거든요. 번식기에
         는 날아다녀요. 그런데 밖으로 나갈 수 없으니까, 이
         안에서.

지한   난리가 났네요.

에밀리아, 웃는다.

지한, 땅 밑을 가만히 보며 천천히 걸어 자신의 자리로 간다.

지한   우리…… 여기 있어도 되는 거예요?

에밀리아   계속 있었잖아요—.

지한   그렇긴 하지만…….

에밀리아   밑에서 받쳐주고 있어요.

지한, 믿을 수 없다는 듯한 표정.

에밀리아, 믿든 안 믿든 상관없다는 표정.

지한   그럼 어떡해요?

에밀리아, 나도 모른다는 표정.

지한   (땅 밑을 보다가) 우리, 허공 위에 서 있는 거예요?

에밀리아   허, 공……?

지한   말도 안 돼……. 진짜 말도 안 돼……. (짧은 사이) 만약 그렇다면, 정말 그런 거면 재난이네요.

에밀리아   재난?

지한   우리가 어쩔 수 없는 상황이잖아요. 그 작은 흰개미들이 이 집보다 큰 집 짓고 살고 있으면, 그거 재난이죠. 나쁜 거 아니에요?

에밀리아   No way. 그냥 자연현상이죠.

지한   실제로 이런 적 있어요? 개미가 인간을 압도한 적.

에밀리아   (곰곰 생각하다가) 히스파니올라(Hispaniola)아일랜드 알아요?

지한, 고개를 젓는다.

에밀리아   쿠바 동쪽에 있는 섬인데, 600년 전에 스페인 사람들이 거길 차지하려 했어요. 근데 섬에 개미 너무 많아서 결국 못 했대요. '개미와 사람의 전쟁'으로 유명해요. 그때 스페인 사람들 기도 열심히 했어요. 개미한테서 우리 지켜달라고.

지한   그것도 흰개미였어요?

에밀리아   Not really —. 음…… 포르미카 옴니보라(Formica Omnivora). 그 개미 이름이요. It's a kind of — 음…… 불개미? 한국에선 불개미, 라고 하던데. 근데 그 개미들, 1700년대까지 엄청 많아져서 바베이도스(Barbados), 그레나다(Grenada), 마르티니크(Martinique) 이런 섬들 다 공격했대요. Attack —.

지한   (이야기에 빠져들어) 어택 —.

에밀리아   Yeah —. Attack —.

지한   멋있는데요? 용기 있네. They're brave. 내 영역 건드리지 마 —, 이런 거잖아요.

에밀리아   (웃으며 고개를 끄덕이고는) Yeah, they're very cool —.

지한   개미가 사람을 공격한다 —. (땅 밑을 보고) 얘네도 그럴까요?

에밀리아, 알 수 없다는 듯한 표정.

지한   그러면 좋겠다. 그럼 좋겠어요.

지한, 일어나 땅을 지그시 밟아본다. 한 걸음, 두 걸음.

지한   (그러다 문득) 뛰어봐도 돼요?

에밀리아   Uh, umm…….

지한   되는 거죠?

에밀리아   Hmm…….

지한, 가볍게 뛰어본다.

에밀리아   No ─. No ─, 지한, No ─.

지한   왜요. 스릴 있는데?

에밀리아   No. No. No ─. Please, please don't do that ─.
          제발, Stop ─.

지한   (뛰면서) 정말 무너질까요? 한번 보고 싶은데? 무너
          져라. 무너져라. 무너져라!

에밀리아   지한, 위험해요.

지한, 아이처럼 온 마당을 뛰어다닌다.

지한   무너져라 ─, 다 무너져라 ─. 완전히 없어져! 에밀리
          아도 뛰어봐요! 그리고 보니, 땅이 좀 비어 ─ 있는
          것 같기도 하고? 무너져라! 무너져라! 없어져! 없어
          져! 없어져!

에밀리아, 지한이 못 뛰게 말리는 것을 포기한다.

지한   없어져! 없어져! 다 무너져. 다 사라져. 없어져! 없
         어져. 없어져······. 제발······ 없어져······. 없어져버
         려······.

지한, 그대로 주저앉는다. 어느새 흐느끼고 있다.
에밀리아, 조심히 다가가 지한의 어깨에 가만히 손을 갖다 댄다.

에밀리아   Are you okay······?

지한, 에밀리아에게 기대 그대로 흐느낀다.
에밀리아, 말없이 지한의 어깨를 쓰다듬는다.
그렇게 얼마간, 두 사람은 순간을 공유한다.
어느새 지한의 울음이 잦아든다.

에밀리아   Are you done? 다 울었어요? (지한의 눈을 보며) 아
         직 여기 더 남았는데. 눈물샘 억지로 막으면 안 돼
         요. (우물을 가리키며) 잘못하면 이렇게 돼요.
지한   날 기억 못 해요. (짧은 사이) 아무도 날 기억 못 해
         요. 기억 안 난대요. 그래서 다 얘기해줬어요. 무슨
         일 있었는지, 내가 그때 어땠는지. (사이) 내가 왜 오

늘 여기 왔는지.

에밀리아 ……

지한 그렇게 말했더니, 조금, 아주 조금, 기억나는 것 같기도 하대요. 난 그 사람 생각만…… 그 생각만 하면서 살았는데…….

에밀리아 보고 싶어서, 왔어요?

지한 보고 싶어서?

에밀리아 그 사람이 당신 잊었을까 봐?

지한 (고개를 끄덕이며) 네, 어쩌면……. 지난 6일 동안…… 여기, 이 집 밖에서만 빙빙 돌다가, 오늘, 들어왔어요. (집을 둘러보며) 여긴, 그대로예요. 변한 거 없이, 그대로. 지난 15년 동안 나 그 사람 한 번도 잊은 적 없어요. 이상하죠. 날 아프게 한 사람 따로 있는데, 왜 그 사람이…… 더 생각났을까요. 뭔가 기대했던 걸까요? 무서웠어요. 화도 나고……. 날 완전히 잊었을까 봐—. 다 잊어보려고 정말 발버둥 쳤어요. 그런데 그럴수록 그 기억이 나한테 더 들러붙었어요. (한숨) 그 경험이 내 일부라는 걸, 그걸 받아들이는 데 정말 긴 시간이 필요했어요. 받아들이니까, 이젠 만날 수 있겠더라고요. 보여주고 싶었어요, 나를 그 사람한테. 나 여기 있다고. 나 잊지 말라고. 나도 당신 잊을 수 없으니까, 당신도 나 지우지 말라고. 당

신이랑 나. 서로의 기억에 같이 존재하자고. 적어도,

그건 같이 하면 안 되겠냐고…….

에밀리아 이제 기억할 거예요. 다시 봤으니까. 그래도 용기 있

어요. You are very brave. 나라면, 그렇게 못 할 거

예요. 나를 잊은 모습, 볼까 봐. 난 그렇게 못 할 거

예요.

두 사람, 서로를 보며 가볍게 미소를 짓는다.

그때 초음파 기기에서 알람 소리 들린다.

지한 뭐예요?

에밀리아 어……?

기기를 보는 에밀리아, 놀란다.

잠시 후, 윤재와 재현이 들어온다.

윤재 에밀리아, 여기 있었네. 좀, 진척은 있어요?

에밀리아 어, 그게—.

윤재 ……방제팀 불렀어요. 내일 온대요.

에밀리아 네?

윤재 전문가들 곧 오니까 우리는 이만 철수해도 될 것 같

아요. 여기 주인분들 할 일도 있다고 하시니까.

에밀리아	어⋯⋯. (뭔가 말하려 할 때)
윤재	나도 고민했는데, 사람 부르는 게 맞겠다 싶더라고요. 그 사람들이 검사하다가 문제 있다 싶으면 빨리 빼낼 수 있으니까. 자칫 늑장 부리다가 집에 손상 가면 안 되잖아요.
에밀리아	팀장님―.
윤재	물론, 다 박멸하고 나서 에밀리아가 연구할 수 있게 샘플은 충분히 드릴게요. 그것 때문에 한국 온 거니까. 그러니까 너무 아쉽게 생각하지 마요.
에밀리아	그게 아니라⋯⋯.
재현	너무 급하게 처리하는 거 아니에요?
윤재	급한 게 아니라, 빠른 거지.
재현	급한 것 같은데.

윤재, 재현에게 조용히 하라는 눈짓을 보낸다.

| 재현 | 저 엄연히 현장 보조예요. 그럼 저도 제 역할 다해야 할 의무 있다고요. 기록도 못 하게 하고, 무조건 모르는 척하고 있으라 그러고. |

윤재, 재현을 데리고 한쪽으로 간다.

윤재	재현 씨, 진짜 계속 이럴 거야?

윤재   재현 씨, 진짜 계속 이럴 거야?

재현   아우, 이거 놓고 말하세요.

윤재   일 커지면, 그땐 손쓸 방법 전혀 없어.

재현   제 말은 일 더 커지기 전에 정확하게 기록하자는 거예요. 객관적으로, 공정하게.

윤재   객관적—? 흰개미 지금 국내에서 해충으로 분류되고 있어. 한 종씩 늘어날 때마다 말 많다고. 그런데 한 종도 아니고, 지금 열 종이 늘어났어. 있는 그대로 말하면, 그래, 객관적으로, 사람들이 다 이해할 수 있을 것 같아? 있는 그대로 말하는 게 능사는 아니야—.

재현   판단은 듣는 사람이 알아서 하는 거고, 우린 우선 얘기를 하는 거죠.

윤재   잘 들어, 재현 씨. 솔직한 거 좋은데, 그것도 책임질 수 있을 때 하는 거야. 대책 있을 때 말하는 거라고. 말만 던져놓으면, 수습은 누가 할 건데.

재현   이 집이 잘못한 거잖아요. 그러게 왜 아무 목재를 갖다 써, 갖다 쓰기를. 수리한답시고 기둥 밑에 박은 나무들, 상태 진짜 안 좋은 거 보셨잖아요.

석필과 현숙, 들어온다.

석필	사람 불렀다면서요?
윤재	네네, 불렀습니다.
석필	그럼 저희는 이제 뭘 하면 될까요?
윤재	뭐, 딱히 하실 건 없고, 방제할 동안 다른 곳에 가 계시는 게 좋을 거예요. 여기 전체적으로 약을 칠 거라서. 좀 센 약이라 몸에 안 좋아요.
재현	그 약 쓰면, 여기 나무들, 다 죽어요. 그 약 독한 거 아시잖아요.
윤재	해충이 있으면, 약을 쳐야지.
재현	팀장님—.
석필	그럼 부탁드리겠습니다.
윤재	네…….

재현, 한숨을 쉰다.

석필, 그런 재현을 마뜩잖게 바라본다.

재현	빼도 무너지고 그냥 둬도 위험하지만…….
윤재	그럼 빼야지. 둘 다 위험하면, 그럼 먼저 빼내야지.
에밀리아	그럼, 그다음은요?

사람들, 에밀리아를 본다.

에밀리아   흰개미 다 죽이고 나서는 어떻게 하실 건데요……? 아까 보니까, 이 집 근처에 지하수 있어요. 꽤 많아요. 물 따라가면, 여기 우물이랑 연결돼요. (사이) 언제 막았는지는 모르지만, 이게 이유예요. 약 쓸 땐 쓰더라도 어떤 상태인지 알아야죠. 무리하게 우물 막았으니 갇힌 물, 나올 수 없었을 거예요. 오랫동안 거기 있다가, 시간 길어지면서 물 어디론가 조금씩 들어갔겠죠. 그리고 마침, 이 집 수리할 때 사용한 나무에 흰개미 있었고, 수분 만나서 같이 산 거예요. 오랫동안. 번식하기 좋은 환경이었어요. 여기 땅 약해요. 그래서 흰개미 집 짓고 사는 거 어렵지 않아요. 그러다 보니 흰개미 집 계속 커졌고, 마을까지 이어져서, 다른 집까지 피해 컸던 거예요. 이 마을 건조해진 것도 여기랑 관련 있어요. 이 집 주위만 나무 많은 거, 여기 밑에 수분 다 저장돼 있어서예요. 흰개미가 끌어모았거든요. 이 아래에서 물 흐름 완전히 막힌 거예요…….

석필   총체적으로 이 집이 문제다, 이거네요. (짧은 사이) 지금 그 말 하는 거잖아요. 마을 비상 된 것도 이 집 때문, 흰개미 생긴 것도 이 집 때문, 집이 갉아 먹힌 것도, 마을이 건조한 것도, 다른 집 나무 시든 것도, (지한을 가리키며) 사람들 저렇게 찾아오는 것도! 이

마을 사람들 불행해진 게 다 여기 때문이라는 거잖아요! 어떡할까요. 일일이 찾아가서 사과라도 할까요? 그러면 되겠어요? 근데 어쩔 수 없어요. 그거 알아요? 이 집은 그렇게 생겨먹었어요. 수많은 아버지들이 태어났을 때부터, 그렇게 생겨먹었다고요! (지한을 보며) 그래요. 그렇게 부정했지만 결국 내 핏줄이에요. 그렇게 부정했지만 나한테 다 떠넘기고 죽어버렸어요. 아, 그래도 당신은 걱정할 것 없어요. 내가 책임질 거니까. 어떻게 해줄까요. 말해봐요. 원하는 게 있을 것 아니에요. 말하라고요. 왜, 막상 말하라니까 못 하겠어요? 말해보라니까요? 잘 모르겠으면 알 만한 사람한테 한번 물어볼까요? (현숙을 보며) 이 사람한테 어떻게 해주면 될까요?

어느새 태식이 집 안에 들어와 있다.

현숙	(석필을 바라보다가 에밀리아에게) 확실해요?
에밀리아	네?
현숙	확실하냐고요.
에밀리아	뭐가…….
현숙	이 밑에 뭐가 있다는 거 확실하냐고요.
에밀리아	네, 좀 더 살펴보면 크기도 알 수 있어요. (기기를 들여

다보며) 지금 그래프 만들어지고 있어요. 이렇게……

현숙 그걸 우리가 어떻게 믿죠? 그렇잖아요. 눈에 보이지
도 않고, 뭐 이렇다 할 장비도 없고. 원래 일이 이런
식으로 해요? 절차도 없고, 근본도 없고, 막무가내
예요? 듣고 안다, 이런 걸로 우리가 그 말을 어떻게
믿어요.

지한 진짜 있어요. 이 밑에, 진짜 있어요. 제가 들었어요.
그걸로 충분했어요. 한번 들어보세요. 그럼 바로 알
텐데.

현숙, 지한을 본다.

지한 사모님이시죠? 안녕하세요—. 아까 인사드린다는
걸.

현숙, 지한을 보다가 연구원들에게

현숙 우리, 내일 중요한 날 앞두고 있어요. 그런데 당신들
갑자기 찾아와서 이 집에 문제가 있네 없네, 이러면
곤란하죠. 우리 지금 한가하게 흰개미 따위 신경 쓸
때 아니에요. 이 밑에 뭐가 있는지 모르지만, 이 집이
무너지기 전에 우리가 무너지게 생겼다고요. 그러니.

다들 그만 나가요. 나가주세요, 네? 나가달라고요.

윤재의 조용한 주도하에, 연구원들 하나둘 자리를 떠나려 한다.

지한   막다른 골목이라고 생각될 때, 그때가 기도할 때죠. 그런 거라면서요.

현숙, 지한을 본다.

현숙   필요한 약은 다 처리해주세요. 싹 다 죽여버리게.

그때 현숙의 전화벨이 울린다. 현숙, 발신자 확인하고 받지 않는다.

석필   누구예요?
현숙   누구겠어.
석필   누군데요.
현숙   몰라서 묻니?

현숙의 전화가 끊기고 곧바로 석필의 전화벨이 울린다.
석필, 전화를 확인한다.

현숙   받지 마.

석필　　여보세요.

현숙　　야—.

석필　　네, 접니다.

현숙　　받지 말라고!

석필　　네, 알고 있습니다. 그건 내일 제가 다 해명하겠습니
　　　　　다. 아마 제 거취에 대한 문제도 내일…….

현숙, 석필의 전화기를 낚아채 던져버린다.

현숙　　잘 들어. 너 어디로 도망갈 생각 하지 마. 이 집에 관
　　　　　한 모든 것, 해결해야 하는 사람, 너야. 네가 해결해
　　　　　야 해. 믿지 않는다고? 믿은 적 없다고? 그러니까 너
　　　　　는, 이 집에 관한, 아무것도 물려받지 않았다고? 억
　　　　　지로 떠안았다고? 아니. 넌 다 받았어. 너 스스로, 하
　　　　　나도 빠짐없이 다 물려받았어. 너도 알지 않니? 우
　　　　　리한텐, 너의 그 수많은 아버지들이 갔던 길을 따라
　　　　　가는 습성만 남았다는 거. 왜 그렇게 쳐다봐? 인정
　　　　　못 하겠어? 벗어나고 싶어? 그럼 다 없애. 여기 다
　　　　　없애고 자유롭게 네 인생 살아. 왜, 못 하겠어?

석필, 현숙을 본다.

석필   다 없애라고요? 어떻게요? 어떻게 하면 다 없앨 수 있는데요? 아무리 뭘 해봐도 없어지지가 않아요. 아버지처럼 살면 돼요? 엄마처럼 침묵하면 돼요? 아니면 사람들 말대로 솔직하면 돼요? 어떻게 하면 되는데요. 말해줘요. 말해달라고요. 엄만 알잖아요. 내가 어떻게 하면 되는데요, 네?

현숙, 석필을 본다.

현숙   정말 지긋지긋하다. (사이) 꺼져. 지긋지긋하니까 꺼져. 다 꺼져버리라고! (사람들에게) 나가. 다 나가! 나가라고! 여기서 다 나가버려! 나가라니까!

석필, 망연하게 자리를 이동하려 한다.
사람들, 윤재 주도하에 나가려고 움직인다.
그때 에밀리아의 기기에서 다시 알람이 울린다.

에밀리아   Everybody stop! Stop moving! 움직이지 마요. 지금 거의 다 올라왔어요. (조심스럽게 집을 크게 둘러보고) 바로 이 밑에까지, 우리랑 아주 가까이 올라왔어요. (사이) 이 집만큼 큰 흰개미 집이. 여기까지.

전화벨이 계속 울린다. 마치 흰개미의 날갯짓 소리 같다.

사람들, 모두 숨을 죽인 채 자신이 서 있는 땅 아래를 본다.

7

에밀리아의 프레젠테이션.

에밀리아   Termites begin to expand their territories whenever they find the slightest sliver of potential in their living conditions. They do not waste a single element of potential. Crucial for their living conditions are the temperature, humidity, and their food source.

흰개미는 살 수 있는 환경이 조금이라도 마련되면, 그곳에 자신의 터를 확장하기 시작합니다. 일종의 틈이 생겼을 때, 그것을 놓치지 않고 그 틈을 자신의 서식지로 만들어버리죠. 서식의 중요한 조건은 온도, 습도, 그리고 식량입니다.

In fact, termites have been sending signals. The signals of their inhabitation. Consequently, the house has become frail with cracks in the pillars, and the town is suffering from spells of dryness.

사실 흰개미들은 계속 사인을 보내고 있었습니다. 자신들이 그 안에 살고 있다는 사인요. 집은 계속 약해졌고, 기둥은 부스러졌고, 마을은 하루가 다르게 건조해졌죠.

If we take a look at the courtyard of the house, there are some faint traces of past circles that had been created and destroyed. There are circles within the circle. This means that even within one circle, many competitions for survival had been piling up one on top of another. These faint traces, therefore, were part of the signals the termites had been sending.

이 집의 마당 곳곳을 살펴보면, 희미한 서클이 생겼다 없어진 흔적들을 발견할 수 있습니다. 서클 안의 서클이죠. 이 안에서도 수많은 새로운 생존 경쟁이 중첩되고 있었다는 의미입니다. 이것 역시 일종의 사인이었다고 할 수 있습니다.

According to the research I've completed, a total of ten different types of termites coexist in urban fairy circles. All the different termite colonies such as Drywood Powderpost termites, Eastern Subterranean termites, and Fossil termites have been found sharing one circle.

연구 결과, 도심 속 페어리 서클 안에는 총 열 종류의 흰개미가 함께 서식하고 있었습니다. 마른나무흰개미과, 땅속흰개미과, 원시흰개미과 등 다양한 부류에 속한 종들이 한곳에 모여 있었죠.

The reason for their coexistence lies in the directionality of their focus and energy: both are heading outward. In other words, it is safe to assume that due to the lack of resources inside of the circle, they are preoccupied in expanding their colonies outward. As a result, they avoid conflicts with each other. For these reasons, many different termite colonies can coexist without any conflict, even while fighting their way to form a bigger circle as a whole. As everyone knows, alien species are in general more aggressive when attempting to settle in new territory without any natural enemies.

이처럼 다양한 종이 함께 살 수 있던 것은 이들의 에너지가 밖으로 향했기 때문입니다. 아무래도 자원이 부족하다 보니, 바깥으로 영역을 확장하면서 집단 간 충돌에서 비교적 자유로웠던 것으로 추정됩니다. 덕분에 많은 종들이 평화롭게, 하지만 전투적으로 살아갈 수 있었고, 그 결과 이렇게 큰 서클이 만들어진 것입니다. 아시다시피 일반적으로 외래종은 익숙하지 않은 땅에 정착할 때 더 공격적 성향을 보입니다. 천적이 없기 때문이죠.

Each termite colony has started to build its own stable mound underneath the house in order to securely establish its own kingdom. The research has proven that for at least sixty years the termites have lived underground beneath the house. What's interesting here is that desert fairy circles and urban fairy circles share the exact same lifespan.

각 종들은 저마다의 왕국을 더욱 건실하게 세우기

위해, 튼튼하고 견고한 집을 바로 이 집 밑에 짓기 시작한 것입니다. 연구 결과 최소 60년이었습니다. 그 오랜 세월을 인간의 집 아래에서 잠복해온 것이죠. 눈여겨볼 것은, 실제 페어리 서클의 수명과 이 도심 속 페어리 서클의 수명이 궤를 같이하고 있다는 점입니다.

8

날이 저문 마당.

현숙, 집을 한 바퀴 돌고 난 후 우물 막은 자리 앞에 선다.

그 뒤에 태식이 있다.

현숙 오랜만에 이 집을 돌아보네. (무너진 집 한쪽을 보고)
이 집도 무너질 수 있구나. 절대 안 무너질 거라고
생각했는데. 내가 이 집 처음 왔을 때 했던 말 기억
해? 당신한테 엄마 한 분밖에 없는데, 이상하게 아
버지도 있는 것 같다고 그랬잖아. 이 집에 들어서는
데 그런 느낌이 들었어. 당신이랑 살겠다고 처음 인
사하러 온 날, 나 솔직히 도망치고 싶었다. 무거웠
어. 그냥 이 집이 무거웠어. 뭔가 짓누르는 느낌이라
고 해야 하나. 내가 제대로 숨을 쉬고 있는지 뭔지도
모르겠더라고. 그렇게 30년이 지나갔어. 당신은 이
렇게 죽어 있고. (사이, 우물 막은 자리를 보며) 이 우물
이 문제래. 이걸 막아서 우리가 다 이렇게 됐대. 나도

알아. 예전부터 알고 있었어. 당신이 그랬지? 이 우물, 아버님이 막았다고. 다 말라서, 아버님이 막아버린 거라고. (사이) 아니야. 마르지 않았어. 그리고 어머님이 막았어. 나한테 직접 얘기하셨어. 여기 서서. "아가, 이 우물 내가 막았다. 사람들은 태식이 아버지가 막은 줄 알아. 아니야. 내가 막았어. 물을 푸려고 바가지를 끌어 올리는데 웬 시뻘건 물이 담겨 오는 거야. 이게 뭔가 싶어서 퍼내고 퍼내고 퍼냈는데, 묵직한 게 딸려 오더라. 닭이더라고. 목을 완전히 따버린 닭. 매일 새벽마다 사람들이 가축들 목을 따서 던져 넣은 거야. 그것도 하루이틀이지. 더 이상 견딜 수가 없더라고. 여기서 물 뜨는 건 나잖아. 그래서 내가 막았어. 사람들이 이 집을 아낀다고 생각하지 마. 이 집은 적이 많아. 그래서 이렇게 담을 높이 친 거야. 스스로를 보호하려고. 말을 아끼고, 또 아껴라. 이 집은 비밀이 많으니까." 그게 무슨 말일까. 한참을 생각했어. 그땐 몰랐는데, 살면서 무슨 말인지 알겠더라. 하늘의 법을 따르느라 세상의 법은 너무 무시한 거지. (사이) 나 그 여자 알아. 보자마자 알겠더라고. 당신 그거 모르지? (긴 사이) 그날, 거기 넷이 있었어. (깊은 숨을 내쉬며) 이 모든 일의 시작은 어디인 거야? 당신 아버지. 그 아버지의 아버지. 또 그 아

버지. 이 집의 모든 아버지들. 그 끝을 올라가면 알
수 있는 거야? 우린 뭘 믿고 살아온 걸까. 또 뭘 믿
고 살아가는 걸까. 우린 우리가 뭐라고 믿는 걸까.
당신은 뭘 믿었어? 난, 난…….

현숙, 나간다.

태식   (현숙이 나간 자리를 가만히 바라보다가) 그런 일이 있
         었댄다.

석필, 집 뒤에서 나온다.

태식   죽었는데, 난 여전히 살아 있네. 모두에게 여전히 살
         아 있어.
석필   또 왔어요.
태식   뭐?
석필   또 왔다구요.

석필, 손에 쥔 편지를 태식에게 보여준다.
태식, 석필이 든 편지를 가만히 쳐다본다.

석필   더 많은 사람들이 서명하고 있대요. 더 많은 사람들

이 모이고 있대요. 이 시간을 견디는 게 왜 내 몫이 죠? 난 이 집에서 태어난 죄밖에 없는데. 사람들은 나한테 왜 이렇게까지 돌을 던지는 거예요? 말을 하지 않은 게, 그것도 죄가 돼요? (사이) 그래요. 아버지 말이 맞아요. 다 교만해서 그런 거예요. 우린 이 사람들한테 물 준 건데. 사는 게 팍팍해서 우리한테 온 사람들한테 물 준 건데. 오히려 우리한테 돌 던지고 있는 거예요.

뒤에서 작은 돌 하나가 툭, 날아온다.
석필, 돌이 날아온 곳을 본다.

지한　　　돌 던지는 건 이런 거예요. 맞으면 진짜 아파요. 그
　　　　　　사람들, 돌 던지는 게 아니라 말하고 있는 거예요.

지한, 석필 옆에 와서 앉는다.

지한　　　왜 하필 오늘이냐고 물었죠? 그 많은 날 중에 왜 하
　　　　　　필 오늘 왔냐고. 우리 딸 생일이에요. 여덟 번째 생
　　　　　　일. 여덟 살은 뭔가를 본격적으로 기억하기 시작하
　　　　　　는 나이래요. 그렇다면 좀 더 좋은 기억을 줘야 하지
　　　　　　않을까. 그러려면, 내가 좀 더 잘 서 있어야 하지 않

을까. 과거에 매어 있는 건 난데, 딸아이를 보니 미래가 매어 있단 생각이 들었어요. 원하는 건 그거 하나예요. 나와 내 가족의 미래. 그래서 왔어요. (마당을 바라보다가) 이 밑에 흰개미가 많다는 거, 믿어요? 난 믿어요. 저기 보이죠. 동그랗게 뭔가 그려져 있는 거. 저게 사인이래요. 이 밑에 뭔가 아주 치열한 게 살고 있다는 사인. 어, 저기도 있다. 보여요?

지한, 옆에서 막대기 하나를 가져와 마당으로 간다.

지한   이거잖아요. 그리고 이거. 그리고 이거. 이거.

지한, 그렇게 표시를 하다가 뭔가를 그린다. 혹은 쓴다.
석필, 지한이 마당 위에 쓴 것을 본다. 그리고 천천히 지한을 본다.

지한   이건 내 사인이에요. 뭔가 치열한 게 왔다 갔다는 사인.

지한, 검은 봉투 하나를 건넨다.

지한   옛날 생각 나서 하나 사 와봤어요. 벽돌 다섯 개짜리는 아니고, 좀 가벼운 걸로. 갈게요. (술이 든 봉투를 한구석에 내려놓고 나가려다가 마당 구석에 놓인 기기를 가리키며) 아, 그거 꼭 들어봐요. 듣는 걸로, 충분해요.

지한, 나간다.

석필, 지한이 놓고 간 술을 본다.

석필이 기기에 다가가 헤드셋을 귀에 쓰려고 할 때 윤재가 들어온다.

윤재   아이고— 계속 찾았어요. 어디 계셨어요.

윤재, 한숨을 쉰다.

석필   왜요—.
윤재   사모님이 교회로 가셨어요.
석필   네?

윤재의 휴대폰이 울린다. 동시에 석필의 휴대폰도 울린다.

윤재   교회에서 온 거 맞죠? 제 휴대폰도 하루 종일 계속 울리고 있어요. 받지 마세요. 받지 마세요.

윤재, 석필의 전화를 가져가 대신 끈다.

석필   뭐예요—.

윤재   사모님이 직접 교회로 가셨다고요. 가서 다 얘기하
         셨어요. 무슨 얘기를 하신 건지는 모르지만, 아무래
         도 다 인정하신 것 같아요. 곧 집으로 들이닥칠 거예
         요. 기자들한테도 계속 전화 와요. 우선 어디 가 계
         세요. 그거 말씀드리러 왔어요. (벨이 울리는데 전화
         를 받지 않고 끄며) 전화 와도 받지 마세요. 지금은 침
         묵이 최선이에요. 아셨죠. 저 그럼 가볼 테니까, 어디
         가 계세요, 네?

윤재, 나간다.

석필의 휴대폰이 울린다. 석필, 받지 않는다.

태식, 지한이 놓고 간 봉투에서 소주병을 꺼낸 다음 뚜껑을 열어 우물
막은 곳에 붓는다.

석필, 그런 태식의 행동을 지켜본다.

태식   네 할아버지 죽었을 때 말이야. 나 하나도 안 슬펐
         다. 오히려 속이 아주 시원—했어. 다 끝났구나 싶었
         거든. 그런 줄 알았어. 근데 아니더라. 죽은 네 할아
         버지가 여전히 내 옆에 있더라. 왜 그런 걸까. 도저히
         이유를 몰랐는데, 널 보니 알겠다. (사이) 아버지는
         죽었지만, 내가 아버지를 죽이지 못했던 거야. 그래

서 끝나지 않았던 거야.

태식, 남은 소주를 골고루 우물 막은 곳에 붓는다.

태식   (다 붓고 나서) 너도, 이제 그만 날 죽여. 부탁이다.

그때 석필의 휴대폰이 다시 울린다. 계속 울려대는 전화.

석필, 전화를 받지 않고 집을 한 바퀴 빙 돈다. 그런 다음 기기 앞에 놓인 헤드셋을 쓴다. 흰개미들의 날갯짓 소리 들린다. 점점 크게, 모든 공간을 압도할 만큼의 큰 소리. 석필, 흰개미들이 밖으로 나가고 싶어 하는 걸 알고는 나딩군 자신의 목발을 가져와 집 기둥을 내리친다. 하나, 둘, 셋, 하나의 의식처럼 연이어 반복하는 행동.

태식, 옆에서 그 모습을 본다.

집이 무너지고, 거대한 흰개미 떼가 날아간다.

에밀리아의 프레젠테이션.

에밀리아 In the Namib Desert, fairy circles naturally disappear and reappear. In other words, they go through organic cycles of life and death. In a way, we can view this case of urban fairy circles as one of voluntary extinction. Many ask me, "What happened at the site of extinction?" I answer: "Perhaps that might be my next project."

나미브사막에서 페어리 서클은 자연적으로 없어지고, 또 자연적으로 생겨납니다. 자생적으로 소멸과 탄생을 반복하는 거죠. 도심 속에 나타난 이번 페어리 서클 역시 어떤 점에서는 자생적인 소멸이라고 볼 수 있습니다. 많은 분들이 제게 질문하곤 합니다. "그렇다면 소멸된 곳에서 어떤 현상이 발생합니까?"

그때마다 전 이렇게 대답하죠. 그건 아마 제 다음 연구 주제가 될 것 같습니다, 라고요.

Personally, this project started with termites but ended with a contemplation of the meaning of balance in the natural order. The death of fairy circles by termites in the Namib Desert is one evidence of energy reaching toward equilibrium. Equilibrium, or the state of maximum entropy, applies not only to chemistry but also to the process of change in any phenomena on earth. What is important here is that it takes time for one form of energy to transform into another, more stable form.

저 개인적으로, 이번 연구는 흰개미로 시작했지만, 자연에서 평형상태가 갖는 의미가 무엇인지, 그것을 되새기는 것으로 마무리됐습니다. 나미브사막에서 흰개미에 의한 페어리 서클이 소멸되는 것은 에너지가 평형상태에 도달했다는 증거라고 할 수 있습니다. 평형, 즉 엔트로피는 화학 분야뿐 아니라 지구상의 어떤 변화 과정에도 적용됩니다. 중요한 건, 한

에너지가 안정된 에너지로 변화하기 위해서는 시간
이 필요하다는 점이죠.

Yet, what is startling about the case of urban
fairy circles is that the scale of the process
toward entropy has gone above and beyond
anyone's expectation. Perhaps this is due to
the circumstances of the circles themselves.
Whereas the Namib Desert has little to no
non-natural elements that can alter the
state, the heart of urban space is filled with
numerous unnatural influences that could
potentially alter the process.

이번 도심 속 페어리 서클이 독특했던 점은 그 평형
상태에 도달하는 규모가 예상을 뛰어넘을 정도로
컸다는 데 있습니다. 아마 이는 환경적 요인 때문일
것입니다. 나미브사막은 인위적 요소가 거의 배제된
상태지만 도심 속에서는 여러 인위적 요소가 늘 개
입하니까요.

Nevertheless, all of nature's creatures on Earth
have found their own ways to adapt, just as

termites eventually find their way to adapt in new urban environments and will eventually migrate to a new habitat in the future.

그럼에도 지구상에 존재하는 모든 자연은 무엇이든지 긴 시간 안에서 결국 자신의 자리를 찾아갑니다. 흰개미가 오랜 시간에 걸쳐 도심 속에서 자신들의 자리를 찾고, 또 오랜 시간에 걸쳐 새로운 거주지를 찾아 날아간 것처럼요.

에밀리아, 퇴장한다.

막

죽음들

시간	현재

공간	어딘가의 안, 혹은 밖

등장인물	늙은 죽음	
	젊은 죽음	
	천혜자	엄마
	채지율	혜자의 딸
	채한율	혜자의 아들
	배은우	지율의 후배
	딸	
	아들	
	가이드	
	수학자	
	육상선수	
	노래하는 사람	
	쉬는 사람	
	생각하는 사람	
	기도하는 사람	
	엄마	
	아이들	
	스태프	

───── '늙은 죽음'과 '젊은 죽음'을 연기하는 배우는 '늙은' '젊은' 같은 수식어와 관계없이 캐스팅되어도 좋다.

우리가 잃는 이들은 모두 우리의 일부가 돼

초승달이 여전히 머무르듯이

무언가 달 같은 것이

어둠이 자욱한 밤

조수의 힘에 끌려오듯이

_에밀리 디킨슨

0

무대는 상수와 하수, 둘로 나눠져 있다. 편의상 하나는 '안', 하나는 '밖'이라고 부른다. 두 공간 모두 도심 속에 조성된 숲, 그 안의 공원과 같은 모습. 각각의 공간에는 벤치 하나와 큰 나무가 있다.

'안'에는 딸과 아들이 앉아 있다.

'밖'에는 늙은 죽음이 앉아 있다.

늙은 죽음, 신문을 보면서 커피를 마신다.

딸과 아들도 커피를 마시고 있다. 빈 여행 가방을 하나씩 들고.

아들　　　좋아 보이네요.

딸　　　네?

아들　　　저 사람들이요.

딸, 사람들을 본다.

아들　　　저─기. 기다림이 끝나고 떠나는 사람들요.

딸　　　그러게요. 행복해 보이네요.

아들	얼마나 기다렸을까요. (딸에게) 얼마나 기다리셨어요?
딸	저요? 음…… 글쎄, 모르겠어요. 오래인 것도 같고, 아닌 것도 같고. (아들에게) 오래 기다리신 거죠?
아들	글쎄요. 저도 모르겠어요. 오래인 것도 같고 아닌 것도 같고. (사이) 저 사람 보여요?
딸	누구요?
아들	저 사람요. 저기, 바위 위에서 그림 그리는 사람.
딸	아, 네.
아들	저 사람이 여기서 제일 오래 기다렸대요.
딸	그래요? 얼마나요?
아들	글쎄요. 아무도 몰라요. 저 사람도 모를걸요. 기다리면서, 저렇게 사람들 초상화를 그려준대요.
딸	초상화?
아들	네, 그걸 주면서 얘기한대요. "기억해. 네 얼굴을, 꼭 기억해."
딸	여길 떠나면 마지막인데, 우리 얼굴을 어떻게 기억할 수 있을까요.
아들	마지막 순간까지 기억하라는 것 아닐까요.

딸, 그림 그리는 남자를 가만히 응시한다.
그때 늙은 죽음 앞으로 공 하나가 날아온다.

같은 순간, 딸과 아들 앞으로 스케치북이 툭, 던져진다.

늙은 죽음은 날아온 공 때문에 커피를 몸에 쏟는다.

늙은 죽음 으잇! 아니, 누구야?

아이 (달려오며) 죄송합니다.

늙은 죽음 너야?

아이 어…… 그런 것 같아요.

늙은 죽음 그런 것 같아요, 는 뭐야. 에이 참…… 이따 중요한
사람 만나는데.

아이 죄송해요.

늙은 죽음 던질 거면 똑바로 던져야지.

아이 죄송합니다.

늙은 죽음 이따 진짜 중요한 사람 만난단 말이야.

아이 누구 만나는데요……?

늙은 죽음 있어, 그런 사람. 에이 참…… 진짜 중요한 약속인
데……. 일생일대의 약속이라고.

아이 할아버지한테요?

늙은 죽음 아니, 그 사람한테.

아이 …….

늙은 죽음 그 사람이 내가 이렇게 커피나 흘린 걸 보면 어떻게
생각하겠어. 허술하게 볼 거 아냐. 날 믿고 함께 가
도 되나 싶을 거라고.

아이	어디 가는데요?
늙은 죽음	너 질문 참 많다. 있어, 그런 데가. 에이 참…….
아이	함께 가도 된다고 생각할 거예요.

늙은 죽음, 아이를 본다.

아이	(늙은 죽음을 빤히 보다가) 함께 가도 될 것처럼 생겼어요. 좀 희한하게 생기긴 했지만 위험해 보이진 않거든요.
늙은 죽음	(피식하며) 고─맙다.

늙은 죽음, 옷에 흘린 커피를 닦는다.

아이	(그런 늙은 죽음을 보며) 할아버지, 어디서 본 것 같은데.
늙은 죽음	그래? 어디서?
아이	그러게. 어디서 봤지.
늙은 죽음	(피식하며) 어디선가 봤을 거야.

아이, 늙은 죽음을 빤히 본다.

늙은 죽음	기억력이 좋구나.

늙은 죽음   사는 거, 재미있니? (짧은 사이) 그냥, 궁금해서.

아이   음…… 지금까지는 괜찮은 것 같아요.

젊은 죽음이 스케치북을 들고 걸어와 딸과 아들 앞에 선다.

아들   이게 뭐예요?

젊은 죽음   얼굴요. 보세요.

아들, 스케치북의 그림을 본다.

젊은 죽음   어때요?

아들   뭐가요?

젊은 죽음   마음에 들어요?

아들   ……제 마음에 드는 게 중요한지는 모르겠지만, (그림을 보며) 눈이 마음에 드네요.

딸   (그림을 보다가) 어? 닮았는데.

아들   누구랑요?

딸   그쪽이랑요.

아들   저요?

딸   네.

젊은 죽음	당연하죠. 이분 얼굴인데.
아들	제 얼굴요?
젊은 죽음	네.
아들	제가, 이렇게 생겼어요?
젊은 죽음	거울을 한 번도 본 적 없으니 본인이 어떻게 생겼는지 알 턱이 없겠죠. 이렇게 생기셨습니다. 이걸 초상화라고 해요.
아들	(자신의 초상화를 보다가) 와, 그림이 움직이는데요? 제 표정대로.
젊은 죽음	이제 이게 당신의 첫 얼굴입니다. 기억하세요, 꼭.
딸	신기하다…….
젊은 죽음	당신도 하나 그려드릴까요?
딸	저도요?
젊은 죽음	걱정 말아요. 돈은 받지 않으니까.

딸, 기대하는 듯한 표정을 짓는다.

젊은 죽음	기다리세요. 딱 그렇게 가만히 기다리세요. (익숙한 듯, 날렵한 손놀림으로 그림을 그리며) 가만히 계세요. 가만히 계셔야 합니다. 좋아요. 자자자. 자자자. 자자자. 다 그렸습니다. (딸의 초상화를 보며) 흠— 재미있네요. 그리고 나니까, 닮은 얼굴이에요, 두 분. 눈

매랑 코, 귀랑 눈썹이 아주 꼭 닮았어요.

딸과 아들, 서로를 바라본다.

젊은 죽음　자, 선물입니다.

젊은 죽음, 딸에게 초상화를 건넨다.
딸과 아들, 서로의 초상화를 본다.

딸　제가 이렇게 생겼어요?

아들　(그림과 딸을 번갈아 보며) 네, 딱 이렇게. 저는요?

딸　(그림과 아들을 번갈아 보며) 네, 딱 이렇게.

아들　그러고 보니 전 한 번도 제 얼굴을 본 적이 없어요.

딸　저도요.

젊은 죽음　그래서 제가 필요한 거죠. 제가 당신들의 얼굴을 봐
　　　　　주니까. 아 뭐, 고맙다는 말은 괜찮습니다. 이게 제
　　　　　일이니까요. 그냥, 마지막 순간에, 기억하세요. 그거
　　　　　면 됩니다.

딸　뭘 기억해요?

젊은 죽음　당신들의 얼굴. 제가 그린 당신들 첫 얼굴요. 여기서
　　　　　어떤 얼굴이었는지 잘 기억해야, 저 문을 지난 후에
　　　　　도 잘 살아갈 수 있습니다.

딸과 아들, 그림을 본다.

젊은 죽음　그런데 어디로 가는지는 알고 있어요?

딸/아들　…….

젊은 죽음　몰라요?

딸/아들　…….

젊은 죽음　제가 이렇게 그림을 그려주면, 곧 가이드가 오는 겁니다. 그 사람이 오면, 이제 시간은 흐르는 거예요. 마지막 저 문이 있는 곳까지.

딸　문……?

젊은 죽음　네, 여기 있는 사람들 모두가 저 문을 나가기 위해 기다리고 있는 거예요.

딸과 아들, 주위의 사람들을 본다.

잠시 후 다시 앞을 보면 젊은 죽음은 사라지고 없다.

사이

가이드가 딸과 아들 앞에 나타난다.

가이드　(지친 기색으로) 안녕하세요. (짧은 사이) 접니다, 저예요. 아들, 맞으시죠?

아들　네, 어…… 혹시 그…….

가이드　네네. 제가 '혹시 그' 가이드입니다.

아들	와! 정말 오신 거예요? 영영 안 오실 줄 알았어요.
가이드	(힘든 듯 자리에 풀썩 앉아 물을 벌컥벌컥 마시며) 제가 왜 안 옵니까. 좀 늦게 올 순 있어도 안 오진 않아요. 그러고 보면 사람들은 참 남의 말을 못 믿어요.

아들, 멋쩍어한다.

가이드	한번은, 제가 꼭 올 거라고 신신당부를 했는데 글쎄 그새를 못 참고 다시 돌아간 경우도 있다니까요.
딸	어디로 돌아가요? 우린 돌아갈 데가 없는데.
가이드	모르죠. 하여간 그렇게 취소된 여행이 꽤 많아요. (물을 마저 마시고) 아휴, 이 일도 이제 그만해야겠어요. 나도 이제 늙었거든요. 아이고, 되다, 되.
아들	그럼, 좀 쉬었다 출발하세요.
가이드	(시계를 보며) 안 돼요. 지금 가야 됩니다. 이게, 나름 다 정확한 시간 안에서 움직이고 있는 거라. (일어나며) 자― 그럼 이제 가실까요?
아들	네. (딸에게) 그럼 저 가볼게요.
딸	안녕히 가세요. 부디 좋은 여행 되세요.
아들	감사합니다. 그쪽도 빨리 가이드가 찾아오면 좋겠네요.
딸	때가 되면 오겠죠. 잘 가요.

아들, 출발할 채비를 마쳤다.

가이드, 출발하지 않고 딸을 바라본다.

아들   안 가세요?

가이드   (딸에게) 같이 가셔야 해요. (아들을 가리키며) 이쪽이
             랑 같이.

그때 아이의 엄마가 온다.

엄마   너 계속 찾았잖아. 세상에, 또 사람 쪽으로 공을 던
             졌어? 죄송합니다. 저희 아이가 불편을 끼쳤네요.

늙은 죽음   아닙니다. 괜찮아요.

엄마   정말 죄송해요.

늙은 죽음   별말씀을요. 정말 괜찮아요. (사이) 그런데 좀 이따
             뵙는 건데, 이렇게 먼저 뵙게 됐네요.

엄마   네?

늙은 죽음, 미소를 짓는다.

엄마   전 오늘 아무 약속도 없는데.

늙은 죽음   약속하고 만나기로 한 건 아니었어요. 아니 뭐, 일종
             의 약속이긴 한데, 아마 모르실 수도 있는 약속이어

서. (짧은 사이) 우선 조심히 가세요. 그리고, 이따 봬
요.

엄마   …….

늙은 죽음 꼬마야, 잘 가. 울지 말고.

아이   저희 이따가 또 만나요?

늙은 죽음, 그저 씩 웃는다.

아이와 엄마, 그 자리를 떠난다.

늙은 죽음, 벤치에 앉아 커피를 마저 마시며 시간을 확인한다.

딸   원래 혼자 가는 거 아니에요? 왜 저도 같이 가요?

가이드   대부분 혼자 가긴 하는데, 뭐 항상 그런 건 아니에
요. 이렇게 둘이 가는 경우도 있고, 셋, 넷, 아주 많게
는 열 명도 같이 가요.

아들   잘됐네요. 심심하지 않겠다. 가는 길이 꽤 멀다고 들
었거든요. 이왕 먼 길 가는 거, 같이 가면 좋잖아요.

그때 끽, 자동차가 급제동하는 소리.

사람들, 웅성거린다. 클랙슨이 울리고 주위가 소란스러워진다.

늙은 죽음, 커피를 한 모금 마신다.

젊은 죽음이 온다.

젊은 죽음	또 커피?
늙은 죽음	사람들이 이 커피가 없으면 왜 죽겠다고 하는지 알겠어.
젊은 죽음	왜데?
늙은 죽음	안 마시면 도통 잠이 안 깨. 커피가 있어야 하루를 시작할 수 있다고.
젊은 죽음	사람 다 됐네.

사이렌 소리가 들린다.

젊은 죽음	(시계를 보며) 시간이 다 된 건가?
늙은 죽음	(커피를 마시며) 아마도.

아이와 엄마가 두 죽음에게 찾아온다.

늙은 죽음	오셨어요?
엄마	어, 안녕하세요.
아이	아까 그 할아버지다.
늙은 죽음	괜찮으세요?
엄마	……지금 저 어떻게 된 거죠……? 이게 다 뭐예요……?

사이

늙은 죽음 죽음, 이죠.

사이

늙은 죽음 그럼, 이만 갈까요?
가이드 그럼, 이만 가시죠.

아이와 엄마, 고개를 끄덕인다.
딸과 아들, 고개를 끄덕인다.

젊은 죽음 (아이에게) 자, 넌 내 손 잡는 거야.
아이 누구세요?
젊은 죽음 네 친구. 나 기억 안 나?

아이, 고개를 가로젓는다.

젊은 죽음 옛날 옛날에, 내가 너한테 그림도 그려줬었는데.

아이, 젊은 죽음을 빤히 본다.

젊은 죽음　기억 못 해도 돼. 이렇게 만났으니까. 자, 가자!

두 죽음 그리고 아이와 엄마가 손을 잡고 걸어간다.

가이드와 딸과 아들이 함께 길을 걸어간다.

1

강의실.

은우 음…… 그럼 시작할게요. (사이) 흠흠. 안녕하세요. 저는 수학자 배은우입니다. 총 한 달 동안 진행될 이번 대중 강연 시리즈의 첫 번째 문을 제가 열게 됐습니다. '삶과 수학'이라는 이번 강연의 전체 주제 안에서, 저는 여러분께 '죽음과 수학'에 대해 이야기하고자 합니다.

사이

은우 여러분, 죽음이 존재한다고 생각하세요?

지율 네―.

은우 ……그렇죠. 죽음이 존재한다고 생각하시겠죠. 그런데, 한 번만 더 생각해볼까요?

죽음이 정말 존재할까요?

지율 네.

은우 ……그럴 줄 알았습니다. 보통은 다 그렇게 생각하시거든요. 음…… 그런데, 제가 오늘 드리고 싶은 이야기는, 여러분의 생각과 조금 다릅니다.

지율 어떻게요?

은우 ……그러니까 제가 여러분께 하고 싶은 말은…… 죽음은 없다, 는 것입니다.

지율 (딴짓을 하며) 에이, 말도 안 돼.

은우 ……여러분, 죽음은 정말 존재할까요?

지율 네—.

은우 스피노자는 말했습니다. "마음은 육체와 함께 소멸하지 않고 영원히 남는다."

지율, 한숨을 쉰다.

은우 ……이 말이 무엇을 의미할까요?

지율 글쎄요.

은우 ……이 말에 대해 이야기하기 전에, 저는 여러분과 한 가지 나누고 싶은 질문이 있습니다. 그것은 바로…….

지율 저기요.

은우   네……?

사이

지율   너 진짜 이걸로 강의할 거예요?

은우   ……네.

지율   진짜 이걸로 한다고요?

은우   ……네. 아, 왜요…….

지율   아니야. (사이) 그래, 뭐! 진지하게 받아들이는 사람
                은 없겠지만.

은우   진지하게 받아들이는 사람이 왜 없어요?

지율   야. 죽음은 없다, 이걸 누가 진지하게 받아들이냐?

은우   생각보다 궁금해하는 사람들 많거든요.

지율   어디. 난 한 번도 본 적 없는데.

은우, 한숨을 쉰다.

지율   설득이 안 되잖아.

은우   지금 하고 있잖아요.

지율   그래, 하고 있지. 그런데 안 된다고요.

은우   제가 선배를 설득할 필요는 없죠.

지율   저기요. 저조차 설득이 안 되는데 대중은 어떻게 설

득하실 수 있겠습니까?

은우   ……요즘 대중들은 이런 거에 마음이 활짝 열려 있
거든요.

지율   야, 됐고. 이거 말고 다른 거 해. 어, 그래. 너 전에 했
던 '수학과 패턴과 삶' 그거 재밌던데. 그걸로 해. 반
응 좋았잖아.

은우   그건 이제 제가 재미없어요.

사이

지율   그래. 대중 강연이 뭐 얼마나 중요하겠냐 싶다마는,
그래도. 자존심이 있지, 응? 이렇게 한 연구소에서
시리즈로 주르륵 강의하는 건 많지 않잖아? 나 소
장님한테 혼나기 싫어.

은우   …….

지율   야, 이번만. 어? 이번만, 살짝 노멀하면서, 또 살짝
다르면서, 어? 또 살짝 흥미 끌 만한, 그런 걸로 가
자. 응?

사이

지율   너 이 바닥에서 완전 또라이라고 소문났어. 알아?

은우   네.

지율   알아?

은우   지금 선배가 말해줬잖아요.

지율   ……좀 상식적인 선에서 재밌는 거 많잖아. 그런 거
        두고 넌 꼭 엉뚱한 주제 들고 오더라. (짧은 사이) 야,
        죽음이 왜 없냐? 우리 아빠도 죽었고, 니네 아빠도
        죽었고, 작년에는 우리 피타고라스도 죽었는데. 그
        것뿐이야? 내가 진짜 사랑하는 로빈 윌리엄스도 죽
        었다고. 그런데 죽음이 왜 없어?

은우, 한숨을 쉰다.

지율   죽음이 진짜 없는 거라면, 그런 거면, 난 왜 그 사람
        들을 못 보는 건데. 어?

은우, 말없이 지율을 본다.

지율   지금 너 말하는 거, 그거, 다— 이 현실계에 있는 우
        리나 위로받자고 하는 말이잖아. 안 그래?

은우, 긴 한숨.

지율	너 선배 앞에서 한숨 쉬어—.
은우	선배는, 진짜. 하아—.
지율	뭐—.
은우	선배는 진짜, 왜 이렇게 창의성이 없어요?
지율	창의성 같은 소리 하고 앉아 있네. 내가 창의성이 왜 없냐? 내가 얼마나 창의적인 사람인데. 너 소주에 커피 타서 마셔봤어? 나 소주에 커피 타서 마시는 사람이야.
은우	언제 적 커피소주를. (사이) 선배, 이 연구 바다 건너 다른 나라에서는 누군가 일찌감치 시도했어요. 나중에 우리 이거 연구해봤자, 그때는 뒷북인 거예요. 선배의 그 커피소주처럼.
지율	난 한 번도 들어본 적 없는데.
은우	선배, 진짜.
지율	꼰대 같아?
은우	네!
지율	나도 알아. 그러니까 다른 거 해, 응? 니가 첫 번째 강연 하고, 민석이가 두 번째, 해준이가 세 번째, 내가 네 번째. 니가 첫 단추 잘못 끼우면 우리 다 망해. 특히 내가 망해. 내가 마지막 순서잖아? 그러니까 다른 걸로 가자, 응?

은우, 한숨을 쉰다.

지율   너 잘하는 거 있잖아. 그 뭐야. 레오나르도 다빈치
            그림 딱 보여주면서, 그림의 균형과 삶의 균형 뭐 이
            렇게 연결해서 수학적으로 번지르르하게 얘기하는
            거, 잘하잖아ㅡ.

은우   ……이거 계속 준비했는데.

지율   야, 여기서 준비 더 안 하는 게 어디야, 어? 매몰비용
            은 과감히 버리는 거야. 뒤도 돌아보지 말고, 어?

은우, 또 한숨.

지율   어어, 계속 한숨 쉬어ㅡ. (짧은 사이) 잘 결정해. 알았
            지? 이거 부담 주는 건 아니고, 그냥 강요하는 거니
            까 잘 결정하란 말이야. 알았어?

은우, 지율을 흘겨본다.

지율   어쭈, 이제 막 째려봐. (시계를 보고) 어어. 야, 나 가야
            된다. 잘 결정해, 알았지?

은우   병원으로 가세요?

지율   어, 오늘 엄마 병원 옮기는 날이라 지금 가봐야 해.

은우   병원을 옮겨요?

지율   어? 어.

은우   병실을 옮긴다는 거죠? 일반 병실로?

지율   어? 어.

은우   와, 다행이다. 그래도 의식이 좀 돌아오셨나 봐요.
         중환자실 가셨단 얘기 듣고 얼마나 철렁했는지.

지율, 어색한 미소를 짓는다.

은우   뭐야. 의식 돌아오신 거 아니에요?

지율, 말없이 계속 미소만 짓고 있다.

은우   아닌 거예요?

지율   돌아온 것도 아니고, 안 돌아온 것도 아니고.

은우   네?

지율   섬망이 계속 있네.

은우   섬망? 그게 뭐예요?

지율   그러게. 섬망이 도대체 뭐지.

은우   에?

지율   몰라. 뭐, 의식이 구름에 가려진 거라나.

은우   네?

지율	의사가 그렇게 말했어. "섬망이란 의식이 구름에 가리어진 현상입니다."
은우	그게 뭐야.
지율	말 그대로. 쨍쨍한 의식이 구름에 가리어져서 희미해진 거. 그래서 잘 모른대. 여기가 어딘지, 지금이 몇 시인지, 잘 몰라.

사이

지율	야, 요즘 엄마가 그렇게 하와이를 간다.
은우	하와이요?
지율	어, 창문 가리키면서 나한테 계속 비행기 왔다고. 하와이 가자고.
은우	……자식들은 알아보세요?
지율	응.
은우	그나마 다행이네요.
지율	조만간 요양원 가지 않을까 싶어.
은우	……주치의가 사인해줬어요?
지율	응. 원래 잘 안 해주는 분이라는데, 해주더라고. 이제 별로 가망 없다는 거지.
은우	…….
지율	뭐야? 야, 왜 네가 풀이 죽어. 내 엄마거든?

은우, 눈물을 살짝 훔친다.

지율　　어어? 초상났어? 죽음은 없다며. 뭐야, 앞뒤 안 맞게.

은우　　죽음은 없지만 나이 들고 병드는 건 있잖아요. (한숨
　　　　　쉬며) 사람은 왜 늙는 거지.

지율　　그것도 한번 연구해봐. '사람은 왜 늙는가'.

은우　　그건 이미 많아요. 이런 거, 어? 이런 게 뒷북이라는
　　　　　거예요.

지율　　으이그. 야, 우리 엄마 걱정 말고, 네 걱정이나 해. 너
　　　　　강의 저런 식으로 하면 진짜 다시는 콜 안 온다. 알
　　　　　았어? 나 간다. 준비 잘 해.

은우　　네⋯⋯.

지율　　디데이 전에 한 번 더 보러 올 거야. 제발 수고해줘.

지율, 나간다.

은우, 지율이 나가는 모습을 확인하고 다시 강연을 준비한다. 레오나
르도 다빈치의 〈최후의 만찬〉을 무대 뒤 화면에 띄운다. 그것을 가만
히 바라보던 은우, 다음 그림으로 넘긴다.

에셔의 〈손을 그리는 손〉.

그림을 가만히 보던 은우가 그것을 그대로 띄워놓은 채 다시 강연하
는 모습으로 선다.

은우   안녕하세요. 수학자 배은우입니다. 총 한 달 동안 진행될 이번 대중 강연 시리즈의 첫 번째 문을 제가 열게 됐는데요, '삶과 수학'이라는 전체 주제 안에서, 저는 '죽음과 수학'에 대해 이야기하고자 합니다. 여러분, 죽음이 존재한다고 생각하세요? 저는 죽음이 없다고 생각합니다. 죽음이 없다니. 저 사람, 이상한 사람 아니야? 하고 생각하는 분들 있으시겠죠? 그런데 이런 생각을 비단 저만 하는 건 아닙니다. 세상의 모든 자연현상을 수학과 과학의 공식 안에서 탐구하고 싶었던 많은 사람들이 이런 엉뚱한 탐구를 하곤 했거든요. 제가 오늘 하고 싶은 이야기를 어떻게 하면 쉽게 전달할 수 있을까 고민하다가, 문득 이 그림이 떠올랐습니다. 저는, 우리의 삶과 죽음이, 마치 이 그림 같다고 생각합니다. 이 손은 삶이고, 이 손은 죽음인 거죠.

어느새 두 죽음이 청중처럼 앉아 강연을 듣고 있다.

2

지율, 병원으로 가는 길에 누군가와 통화를 하고 있다.

지율　　　어, 나 거의 다 왔어. 너 도착했어? 천천히 와도 됐는
　　　　　데. 어차피 병원 옮기기 전에 잠깐 있는 거니까 내가
　　　　　하면 되지. 괜찮아. 응, 응. 야, 내 걱정 말고 너나 몸
　　　　　조심…….

그때 갑자기 어디선가 끼이익, 하고 자동차의 급브레이크 소리 들린다.
곧이어 들리는 사이렌 소리, 사람들의 웅성거리는 소리.
지율은 점점 더 커지는 그 소리들에 잠시 갈 길을 잃는다.
하지만 이내 사방이 조용해지고 길을 지나는 사람들의 모습도 평소와
다름없다.
이 상황에 어리둥절한 지율.
그때 전화기 너머로 상대방의 목소리가 새어 나온다.
"여보세요? 여보세요? 누나, 안 들려?"
지율, 그제야 통화 중이라는 사실을 깨닫는다.

지율 어. 어…… 응? 아니, 여기……. 아니…… 어디서 사

    고가 난 것 같은데……. (평온한 사람들을 보며) 아니

    야, 내가 뭘 잘못 들었나 봐. 응, 이따 봐. 그래. 응,

    알겠어. 어…….

전화를 끊은 지율, 여전히 어리둥절하다.

그때 젊은 죽음이 등장한다.

젊은 죽음 안녕하세요?

지율 네?

젊은 죽음 저 말 좀 묻겠습니다.

지율 네.

젊은 죽음 (손바닥을 내보이며) 여기가 어딘지 아세요? 여기요,

    이 병원.

지율 아, 여기ㅡ. (아직도 얼이 나간 채, 하지만 병원을 가리키

    며) 저기요. 저거예요.

젊은 죽음 바로 코앞에 있었네. 고마워요. (가려다가 지율의 얼굴

    을 보고는) 괜찮으세요? 안색이 안 좋으신데.

지율 아니요. 괜찮아요. (사이) 근데, 저ㅡ.

젊은 죽음 네?

지율 방금 무슨 소리 못 들으셨어요?

젊은 죽음 소리요?

지율   네, 자동차 사고 같은…….

젊은 죽음, 지율을 빤히 본다.

지율   아니에요. 잘못 들었나 봐요.

젊은 죽음, 지율을 빤히 본다.

지율   그럼…….

지율, 갈 길을 간다.
젊은 죽음도 갈 길을 간다. 지율 옆에서 나란히 걷고 있다.

젊은 죽음 괜찮으세요?

지율   네…….

젊은 죽음 저랑 같은 데 가시나 봐요. (짧은 사이) 같이 걷게 되
            네요.

지율   …….

젊은 죽음 그럼 같이 갈까요?

젊은 죽음, 지율 옆에 서서 걷는다.
지율, 젊은 죽음과 같이 걷는 게 어색하다. 일부러 한 발 앞에서 걷기

위해 걸음을 재촉하는 지율.

젊은 죽음	누구한테 가세요?
지율	…….
젊은 죽음	친구? 가족?
지율	…….
젊은 죽음	전 아이를 만나러 가요.

지율, 젊은 죽음을 본다.

젊은 죽음	많이 아프거든요.
지율	아…….
젊은 죽음	병원에서 아마 오늘 아니면 내일이라고. 그래서인지 며칠 전부터 아이가 절 많이 찾아요. 얼마 안 남았다는 걸 걔도 아는 것 같아요. 애들이 모를 것 같아도 다 알거든요. 이게 굉장히 감각적인 거라.
지율	…….
젊은 죽음	이제 네 살인데, 태어나서 지금까지 한 번도 병원 밖으로 나간 적이 없어요.
지율	상심이 크시겠어요…….
젊은 죽음	상심이요? 상심. 상심이라…….
지율	아이가 많이 힘들어하지 않으면 좋겠네요.

젊은 죽음	그럼요. 괜찮을 거예요. 제가 옆에 있으니까.
지율	아이가 아프면…… 부모 마음은 미어지죠.
젊은 죽음	부모요?
지율	(사이) 아, 제가 혹시 실수를…….
젊은 죽음	아— 아하하—. 아니에요. 전 개 부모는 아니에요.
지율	아…… 그러시구나. 죄송합니다.
젊은 죽음	아니에요. 죄송은요, 무슨.
지율	그럼 친척이신가 봐요.
젊은 죽음	아뇨. 친척도 아니고. 뭐랄까, 친구죠. 태어날 때부터 제가 옆에 있었거든요.
지율	아…….
젊은 죽음	전 애들을 담당해요.
지율	네?
젊은 죽음	뭐, 딱 나이가 정해져 있는 건 아닌데, 그러니까 보통 좀 어리다 싶으면 주로 제가 담당해요.
지율	담당, 이라니요?
젊은 죽음	제가 맡는다고요.
지율	네……?

사이

젊은 죽음   아까 무슨 소리 들렸다고 했죠.

지율	아니요. 그건 제가 좀 피곤해서—.
젊은 죽음	잘 들으셨어요. 사고, 맞아요.
지율	여기 아무 일도 없는데요.
젊은 죽음	여기 말고. 저기서요. 저—기, 지구 반대편에서.

지율, 황당해한다.

젊은 죽음	트럭이 앞을 못 봐서, 지나가던 아이랑 엄마를…….
지율	저기.
젊은 죽음	네?
지율	먼저 가세요.
젊은 죽음	같이 가요.
지율	아니요. 전 좀 쉬었다 가려고요.
젊은 죽음	그럼 나도 쉬었다 가야겠다.
지율	가시라고요!

젊은 죽음, 지율을 본다.

| 지율 | 당신 누구야? 왜 갑자기 나타나서 집적대는 건데! |
| 젊은 죽음 | 저 몰라요? (짧은 사이) 이렇게 제가 보이면 알고 있는 건데. |

사이

젊은 죽음 어머니한테 가시죠? 오래 아프셨잖아요. 신장이 안
         좋았던가.

지율   (불쾌해져서) 이봐요.

젊은 죽음 너무 걱정 말아요. 그쪽 어머니 지금 혼자 아니니까.

지율, 뭔가를 말하려고 할 때

젊은 죽음 다 왔다. 여기 맞죠?

병원 앞.

지율   당신 누군지 모르지만, 진짜 불쾌하네요.

젊은 죽음 뭐가요?

지율   됐으니까 좀 꺼져주실래요. 도대체 그쪽이 뭐길
         래…….

젊은 죽음 (누군가에게) 어? 왜 나와 있어―.

아이   왔어?

아이가 젊은 죽음에게 뛰어온다.
젊은 죽음과 아이, 주먹을 가볍게 마주 팅기며 둘만의 인사를 한다.

아이	왜 이렇게 늦게 왔어. 계속 기다렸잖아.
젊은 죽음	나름 부지런히 온 거라고.
아이	또 길 잃었어?

젊은 죽음, 말해 뭐 하냐는 듯한 제스처를 한다.

아이	왜 올 때마다 길을 잃는 거야. 내가 오늘은 꼭 늦지 말라고 했잖아.
젊은 죽음	미안. 내가 한두 군데 가는 게 아니잖아.
아이	지금은 어디서 오는 건데? 병원?
젊은 죽음	아니.
아이	그럼?
젊은 죽음	음…… 길.
아이	길?
젊은 죽음	응―. 오늘은 길에서 오는 길이야.
아이	무슨 길?
젊은 죽음	저―기 지구 반대편에 있는 큰길.
아이	거기서도 아이를 만났어?
젊은 죽음	만났지. 만나서 꼭 안아주고 왔지.
아이	(와락 안기며) 이렇게?
젊은 죽음	(웃으며) 그래, 이렇게―. 그나저나, 넌 안 울고 잘 있었지?

아이	당연하지. (곰곰이 생각하다가) 그런데 이상해. 엄마가 계속 울어.
젊은 죽음	엄마가?
아이	응, 내가 불쌍하고 마음이 아프대.
젊은 죽음	그래? 왜?
아이	(어깨를 으쓱하며) 몰라. 계속 나한테 눈 좀 떠보라고 그랬어. (손가락으로 자기 눈을 크게 뜨는 시늉을 하며) 내가 옆에서 계속 이렇게 보고 있는데.
젊은 죽음	니가 보고 있는지 몰라서 그랬을 거야.
아이	혼자 보내서 계속 미안하다고 그러고. 나 혼자 아닌데. 너랑 같이 있는데.
젊은 죽음	그러게. 이렇게 나랑 있는데.
아이	(지율을 가리키며) 근데 저 언니(누나)는 누구야?
젊은 죽음	아, 인사해. 저 언니(누나)도 병원에 사랑하는 사람이 누워 있대.

지율, 아이와 젊은 죽음을 빤히 본다.

아이	안녕하세요.
지율	…….
아이	슬퍼요?
지율	……어?

아이	울 거예요? 우리 엄마처럼?
지율	……어?
아이	울지 마요. 대신 웃어줘요. 울면 마음이 아파.
젊은 죽음	들었죠? 울지 마요. (아이를 번쩍 들어 올리며) 자, 가 자—.

젊은 죽음, 아이를 안고 뛰어간다. 아이의 웃음소리가 멀어진다.

잠시 후, 다시 자동차 사고 소리, 사람들의 웅성거리는 소리, 사이렌 소 리가 연이어 들린다.

지율, 이 모든 소리 안에서 혼란스럽다. 잠시 휘청거리다 나무에 잠시 기댄다.

그때 늙은 죽음이 지율에게 온다.

늙은 죽음	괜찮아요?
지율	네? 아, 네.
늙은 죽음	얼굴이 완전 창백한데요.
지율	저 괜찮아요. 감사합니다.
늙은 죽음	엄마는 내가 돌볼 테니까, 그냥 집에 들어가는 게 어 때요?
지율	네……?
늙은 죽음	엄마는 내가 돌보고 있어요. 그러니까 오늘은 그냥 집에 들어가요. 나랑 떠나는 날 미리 말해줄게요.

지율　　　누구세요?

늙은 죽음　　엄마 친구죠. 진짜 오래된 친구. (지율의 얼굴을 살피며) 입술이 파랗네. 지율 씨는 들어가서 좀 쉬는 게 좋을 것 같은데.

지율　　　절 아세요?

늙은 죽음　　당연하죠. (지율이 휘청거리자) 어어어, 여기 벤치에 좀 앉아요.

지율, 어지럽다. 눈을 질끈 감고 머리를 몇 번 흔들어본다.

지율　　　저, 지금 제가 계속 이상한 일을 겪고 있거든요. 도대체 누구세요. 그리고 제가 누군지 어떻게 아세…….

어느새 늙은 죽음은 어디론가 가고 없다.

지율, 두리번거리며 늙은 죽음을 찾는다.

3

안.

가이드가 앞장서 걷고, 그 뒤로 딸과 아들이 걷고 있다.

딸   그게 난지 어떻게 알아요.

아들   맞다잖아요.

딸   아니, 그래도 그게 난지 어떻게 알아요. 난 내 얼굴
을 본 적도 없는데요. 그리고 벌써 기억이 가물가물
해요.

가이드   벌써 가물거리면 곤란할 텐데.

딸   네?

가이드   기억해야죠. 자기 얼굴은 기억해야죠.

딸   가이드는 기억해요? 자기 얼굴.

가이드   기억하고 말 것도 없죠. 이렇게 매일 보는데. (사이)
당신들을 매일 보잖아요. 당신들 얼굴이 내 얼굴이
에요.

딸   무슨 말이에요?

아들	글쎄요.
가이드	둘이 닮았으니, 자기 얼굴 기억 안 나면 서로 얼굴 보면 되겠네요.
딸	어, 괜찮은 생각인데요. (가이드에게) 가이드님, 저희 닮았어요?
가이드	(앞장서 걷다 뒤를 돌아보며) 예.
딸	어떻게 닮았어요?
가이드	눈 두 개, 코 하나, 입 하나인 게 닮았습니다.
딸	에이, 그런 거 말고요.
가이드	(귀찮다는 듯) 닮았어요. 닮았어, 닮았다고요. 이 길을 같이 가는 사람은 다 닮았습니다. 닮았으니까 같이 가는 거예요. 아셨어요?
아들	닮았으니까, 같이 간다……?

그때 주위가 컴컴해진다.

딸	어? 뭐야.
아들	뭐예요? 아무것도 안 보여요.
딸/아들	저기요? 저기요―. 가이드님, 가이드님!

갑자기 환하게 밝아지는 주위.
가이드의 손에 램프가 들려 있다.

가이드 두 분 다 되게 시끄러우시네요.

딸 어떻게 된 거예요?

가이드 자, 이거 하나씩 잘 갖고 계세요.

딸 이게 뭔데요?

가이드 눈이에요.

딸 눈?

가이드 여기서부터는 이게 있어야 잘 볼 수 있어요. (딸과 아
들의 눈에 등불을 넣어준 다음) 어때요? 잘 보여요?

서서히 밝아지는 눈.

딸 네, 잘 보여요.

가이드 여기서부터는 다른 눈이 필요해요. 그래서 이걸 넣
어드린 거예요. 그러니 꺼지지 않게 잘 간수하세요.
자, 이제 저 깊은 곳까지 잘 보이죠? 저—기, 저—기
까지.

딸과 아들, 밝은 눈으로 멀리 본다. 거대하고 깊은 동굴이 보인다. 바
닥과 벽면에 수식이 빼곡하게 적혀 있다.
수학자, 한쪽 끝에서 벽에 무언가 적으며 증명하고 있다.

수학자 그만하고 싶어. 정말 그만하고 싶어! 진짜 그만하고

싫다고! 도대체 이런 증명들이 다 무슨 소용이냐고! 아니야, 그래도 해야 돼. 왜? 난 수학자니까. 하지만! 정말 그만하고 싶어. 그만 그만 그만!

가이드   선생님, 저희 왔습니다.

수학자   (혼자 벽에 무수한 증명을 해나가며) 우주의 시작은 끝없는 마이너스―. 여기서 0까지 올라온 후 수평, 그리고 지금 그 수평을 46억 년 동안 이어오고 있고, 한 명은 저기 끝없는 무한대의 양수에서 출발, 여기 0으로 내려와서. 기간은 (시계를 보고) 1천억 분의 1……. 여기 점만 한 시간이……. 점점을 확대하면…….

가이드   선생님, 저희 왔습니다―.

수학자   난 다시 태어나면 절대 수학자가 되지 않을 거야. 장래 희망이 뭐냐고 물었을 때 '놀고먹는 사람'이라고 했어야 했어. 왜 난 그때 수학자라고 해서 이렇게 영원히 고통받는 거지. (계산을 하다가) 응? 뭐지? 계산이 잘못된 건가?

가이드   선생님―.

수학자   뭐야. 왜 같은 수가 나왔지? 왜 같은 수가 나온 거야? 왜 둘 다 0이야? 얘네 뭐지?

가이드   선생님!

수학자   아, 왜!

가이드   저희 왔어요. 이번엔 두 명이에요.

수학자   알아! 젠장. 그래서 너무 힘들었다고. 한 명도 힘든
                데, 두 명이나 증명해야 하다니. 그거 알아? 난 다시
                태어나면 절대 수학자가 되지 않을 거야.

가이드   네, 압니다. 암요 암요.

수학자   난 꼭 놀고먹는 사람이 될 거야. 저—기 절벽에 올
                라가면 해먹 위에서 놀고먹는 사람이 있다고 하던
                데. 정말이야?

가이드   증명이 다 됐으면 수를 주시겠어요?

수학자   아직 안 끝났어. 검토가 필요해. 우주의 시작은 끝
                없는 마이너스—. 여기서 0까지 올라온 후 수평, 그
                리고 지금 그 수평을 46억 년 동안 이어오고 있
                고…….

가이드   맞겠지요. 한 번도 틀린 적 없으시잖아요.

수학자   그건 그렇지. 그래, 맞겠지, 뭐.

수학자, 딸과 아들에게 다가가 둘의 얼굴을 본다.

수학자   닮았네, 닮았어. 그래서 같은 값이 나왔구먼. 자, 둘
                다 0이야.

딸/아들   네?

수학자   둘 다 0이라고.

딸	영이 뭔데요?
수학자	0. 0. 0. 0, 몰라? 이렇게 무식해서야. 0을 모른다고? 0은 텅 빈 거잖아. 그런데 또 꽉 찬 거. 도대체 0도 모르고 지금까지 뭘 하며 산 거야?
딸	죄송해요.
수학자	사과하지 마! 난 누가 나한테 사과하는 거 정말 싫어.
딸	어…… 죄송해요.
수학자	사과하지 말라고! 사과하면 내가 뭔가를 받는 것 같아. 그럼 서로 계산이 안 맞는 것 같아서 싫어. 그거 알아? 난, 뭔가를 받는 게 싫어. 줘야 할 것 같아서. 주는 것도 싫어. 받아야 할 것 같아서. 주고받는 것도 싫어. 주고받은 게 정확한지 알 수 없으니까. 그럼 계산해야 하잖아. 난 계산하지 않는 관계가 좋아. 그러니 이거 받고 그냥 떠나. 내 계산이 맞다면 한 사람은 텅 비었고 한 사람은 꽉 찼어. 하지만 어차피 둘 다 0이야.
아들	왜 하나는 비었고 하나는 꽉 찼죠?
수학자	질문하지 마! 나도 모르니까. 증명이 그렇게 나왔어. 이거 계산하느라 내가 셀 수도 없는 날을 썼어. 알아? 그동안 아무것도 못 먹고 이것만 계산했다고.
딸	감사합니다…….

수학자	인사하지 마. 그럼 나도 인사해야 할 것 같으니까. 자, 어서 가져가.

딸과 아들, 수학자에게 받은 '0'을 가방에 넣고 다시 떠나려 한다.

수학자	잠깐. 진짜 가?
딸/아들	네……?

사이

수학자	나랑 잠시 놀다 가.
가이드	선생님, 이러지 않기로 하셨잖아요.
수학자	나 너무 심심해. 여기 동굴에 처박혀서 매일 계산하는 거 너무 힘들어. 나랑 조금만 놀아주고 가, 어?
가이드	선생님, 또 증명하셔야죠.
수학자	가이드, 내 삶이 어떤지 알아? (뫼비우스의띠 같은 그림을 그린 후) 이런 거야. 증명, 도출, 인계, 좌절, 다시 증명, 도출, 인계, 좌절, 다시 증명, 도출, 인계, 좌절.
가이드	이게 선생님 일이잖아요. 다 이러고 삽니다. 저라고 뭐 다른가요. 만남, 가이드, 이별, 좌절. 만남, 가이드, 이별, 좌절. 아유, 선생님, 사는 거 다 똑같아요.
수학자	난 이제 그만하고 싶어.

가이드   네?

수학자   후임이 필요해.

가이드   선생님, 아시잖아요. 후임은 없어요.

수학자, 좌절한다.

가이드   가보겠습니다.

길을 떠나는 딸과 아들, 가이드.

수학자, 좌절한 얼굴로 그들을 지켜본다.

수학자   (떠나는 그들 뒤에 대고) 그럼 내가 이렇게 온 인류를
           책임지라는 건가? 그건 너무 가혹하잖아! 내게도 은
           퇴를 달라고!

딸과 아들, 그런 수학자를 뒤돌아보며 걷는다.

가이드   저분을 만나는 게 저도 괴로워요. 저만 보면 놀다
           가라고 하시니. 바빠 죽겠는데.

딸   저분은, 매일 저기서 계산하시는 거예요?

가이드   네, 숙명이죠. 그러니 나중에 직업 선택 잘 하셔야 합
           니다. 하긴, 모든 일은 다 굴레니까. 기쁨은 잠시, 고

통이 대부분이죠.

아들　그럼 가이드님은, 잘 선택한 것 같으세요?

가이드　저는, 글쎄요……. 나쁘지 않은 것 같아요. 쉬지 않고 늘 걸어야 하는 건 좀 고되지만.

아들　이렇게 매일 걷는 거예요?

가이드　그쵸.

아들　목적지가 어딘데요?

가이드　문이죠. 삶이 바뀌는 곳으로 여러분을 데려가는 중입니다.

딸　삶이 바뀌는 곳?

가이드　아까 저 수학자 선생님이 준 수 있죠? 그 수를 잘 간직하세요. 그게 일종의 통행증이 될 겁니다. 모든 사람은 각자 자기만의 수가 있거든. 수 자체가 중요하다기보다, 그 수가 어떻게 나왔는지가 중요한 거예요. 아까 그 수학자가 수천, 수만 일을 바쳐 도출한 증명을, 두 분은 문밖에서, 평생에 걸쳐 증명하게 될 거예요.

딸　문밖에, 뭐가 있는데요?

사이

가이드　삶이요. 삶으로 가기 전에, 죽음을 한번 거치게 될 거고요.

딸　　　지금까지 계속 기다리기만 했는데, 이제 저희가 겪게

　　　　될 일이 죽는 거라고요?

가이드　　네, 모두 그렇게 살아요. 아 물론, 그 전에, 만날 분

　　　　들이 좀 많긴 합니다. 오! 마침 저기 계시네요.

딸과 아들, 가이드가 가리키는 곳을 본다.

멀리서 육상선수가 달리기를 하고 있다.

육상선수　　하나, 둘, 하나, 둘! 헉헉헉헉!

가이드　　안녕하세요, 육상선수!

육상선수, 쌩— 하고 가이드와 딸, 아들 옆을 지나친다. 그러고는 다시

빠른 속도로 세 사람을 지나쳐 반대 방향으로 뛰어간다.

가이드　　(딸, 아들에게) 저분은 달리는 사람입니다. 육상선수.

육상선수　　안녕! 가이드! 훈련을 마치고 곧 가겠습니다! 오! 나

　　　　와 함께 뛸 사람이 이번엔 두 명인 건가요? 자! 같이

　　　　뜁시다!

딸/아들　　네?

육상선수　　어서 뛰자고요! 사람은 자고로 뛸 줄 알아야 합니

　　　　다. 자, 내가 뛰는 법을 알려줄 거예요. 뛰는 법을 배

우면, 저 밖에서, 여러분은 적어도 잡아먹히진 않을
거예요.

딸 누가 우릴 잡아먹나요?

육상선수 당연하죠! 저 밖은 여러분을 잡아먹지 못해 안달 난
사람들로 가득합니다! 자! 어서 뜁시다!

육상선수, 딸과 아들의 등을 밀며 함께 뛴다.

가이드는 익숙하다는 듯 앉아서 쉬고 있다.

육상선수를 따라 뛰다가 얼마 못 가 지친 두 사람.

육상선수 가이드! 이거 이거, 이번엔 아주 영 시원찮네요.

가이드 그런가요?

육상선수 네! 체력이 너무 안 좋아. 이래서 저 험한 문밖의 삶
을 살 수 있겠습니까! 자, 어서 일어나 뛰세요!

딸 더 이상 못 뛰겠어요.

육상선수 노노노노. 뛰어야 합니다. 지금 충분히 뛰어놔야, 밖
에서 생존할 수 있어요. 총탄을 피해, 여러분을 모함
하는 말들을 피해, 구설수를 피해, 스스로 작아지는
마음을 피해! 자! 어서 일어나요! 어서!

딸과 아들, 힘겹게 일어나 뛰러 간다.

육상선수, 딸과 아들이 뛰는 걸 확인한 뒤 가이드 옆에 앉아서 쉰다.

육상선수	헉헉, 전 좀 쉬어야겠습니다.
가이드	무슨 소리세요. 뛰셔야죠.
육상선수	너무 힘드네요.
가이드	하긴, 선생님도 좀 쉬긴 하셔야죠. (딸과 아들을 가리키며) 어떤 것 같으세요?
육상선수	음…… 아들보다 딸이 더 잘 뛰네요.
가이드	그런가요?
육상선수	네, 뭐 그렇다고 해서 아들이 나쁘다는 건 아니고.

그때 가이드와 육상선수 앞을 거의 기어가다시피 지나가는 아들.

육상선수	둘 다 완주는 가능할 것 같습니다.
가이드	다행이네요.
육상선수	완주를 못 하는 사람이 많지요?
가이드	못 한다기보다, 여러 이유로 그렇게 되는 거죠. 물론, 체력이 안 돼서 못 하는 경우도 있지만요.
육상선수	이 두 분은 가능할 것 같아요. 도중에 그만두지만 않는다면.
가이드	그러면 좋겠네요. 그만두는 사람 없이.
육상선수	(가이드를 한 번 보고) 소문이 있던데.
가이드	무슨 소문요?
육상선수	그만두실 거예요?

가이드	네?
육상선수	가이드 이번까지만 하고 그만두신다는 이야기를 들었어요.
가이드	아……..

가이드, 그저 웃기만 한다.

육상선수	그럼 뭐 하시게요.
가이드	그러게요. 선생님은 이 일 계속 하실 거예요?
육상선수	음……..
가이드	죽는 게 무서워서, 우리 다 이 일을 계속 하고 있는 거잖아요. (짧은 사이) 그게 무서워서, 우리 다 이 안에서, 이렇게 같은 일을 반복하고 있는 거잖아요.
육상선수	그럼 설마.
가이드	네, 이 사람들 먼저 죽는 거 보고, 저도 이번에는 죽어볼까 합니다.

그때 가이드와 육상선수 앞에서 쓰러지다시피 드러눕는 딸과 아들.

딸	헉헉, 더는 못 뛰겠어요.
아들	헉헉, 저도요.
육상선수	잘하셨습니다. (가이드에게) 이제 어디로 가세요?

가이드   글쎄요. 그때그때 길은 다 다르니. 저희도 가봐야 알
              겠네요. (딸과 아들에게) 자, 갑시다. 일어나세요.

아들   이제 막 뛰기를 마쳤는데, 다시 일어나라고요?

가이드   네, 가야 합니다. 이젠 뛰기도 하니, 걷는 건 더 쉽지
              않겠어요?

가이드, 앞장서서 걷는다.

딸과 아들도 힘겹게 일어나 따라 걷는다.

육상선수, 그 모습을 지켜본 다음 이어폰을 귀에 꽂고 음악을 튼다. 그
리고 다시 시작되는 자기만의 훈련.

병실.

한율이 혜자 옆에서 기타를 치고 있다.

병상의 혜자는 잠든 상태다.

지율이 들어온다.

한율, 기타를 계속 치며 지율에게 눈인사를 한다.

지율　　　가게 문 닫고 왔어?

한율, 계속 기타를 치며 고개를 끄덕인다.

지율　　　무리해서 오지 말라니까.

한율　　　누나야말로 무리하지 마. 홀몸도 아닌데. 지금 조심
　　　　　　해야 할 시기라며.

지율　　　조심하라고는 하는데 뭘 어떻게 조심해야 할지 모
　　　　　　르겠어.

한율　　　집에서 푹 쉬어야지. 계속 이렇게 병원에 오면 어떡

해.

지율 집에 있어도 푹 안 쉬거든. 여기 오는 게 더 나아.

한율 병원은 잘 다니고 있는 거지?

지율 응, 어제도 다녀왔어.

한율 나 정말 삼촌 되는 건가. 실감이 안 나네.

지율 나도 안 나는데, 너라고 나겠냐.

사이

한율 (기타 연주를 멈추고) 누나.

지율 왜.

한율 우리 얘기 좀 해.

지율 또 나를 설득할 거면 됐어.

한율 아니—.

지율 나 애네 낳을 거야.

한율 혼자 어떻게 키우려고.

지율 키울 수 있어.

한율 (한숨 쉬며) 한 명도 아니고 쌍둥이라며. 왜 이렇게 고집을 피우는 건데.

지율 고집 아니야. 내가 원하는 거야. 그 사람도 원했던 거고.

한율 매형 돌아가신 지 벌써 1년이나 됐어. 그런데 매형이 원했다고?

지율   어.

한율   이거 불법 아니야?

지율   됐거든. 이건 네 매형 살아 있을 때 나랑 약속한 거야. 아이 만들기로. 미래 어느 때라도, 아이 만들기로. 그래서 배아 보관 한 거잖아. 이렇게 누가 먼저 죽는 날이 올지는 몰랐지만, 그렇다고 해서 그 약속이 변하진 않아. 난 낳을 거야.

한율, 한숨을 쉰다.

지율   한율아. 나는 나와 함께 커갈 누군가가 필요해. 네 매형도 이걸 원했고. 그동안 난 나만 생각하며 살았어. 나만 키우면서. 이제는 다른 누군가를 키우며 살고 싶어. 함께 커가면서.

사이

한율   어쩌면 이게 가장 이기적인 행동일 수 있어.

지율   누구한테?

한율   얘네한테.

지율   나 혼자서도 잘 키울 수 있어. 난 이제 다른 누구도

원하지 않아. 이 아이들만 원해. 내가 행복하면 얘네
도 행복할 거야.

한율, 긴 한숨을 내쉰다.

한율　　(병상에 누운 혜자를 보며) 엄마도 쌍둥이 임신하지 않
　　　　　았나?

지율　　그래? 몰랐네.

한율　　그랬대.

지율　　그럼 그 쌍둥이들 지금 어디 있는데?

한율　　(지율을 가리키며) 여기 있잖아. 누나 쌍둥이였어.

지율　　내가?

한율　　어.

지율　　근데 왜 나 혼자야?

한율　　한 명은 유산됐대. 한 명은 유산되고 누나만 태어난
　　　　　거라던데. 그러니까 나한테 형이나 누나가 한 명 더
　　　　　있을 뻔했던 거지.

지율　　그래……? 난 몰랐네.

한율　　그랬대. 세상엔, 우리가 모르는 일이 참 많다. 그치?

사이

지율, 외투를 옷걸이에 걸면서 병실을 둘러본다. 깔끔하다.

지율	니가 청소했어?
한율	오니까 이렇게 청소돼 있던데? 누나가 어제 청소하고 간 거 아니었어?
지율	……너, 여기 언제 왔어?
한율	(다시 기타를 치며) 점심쯤?
지율	아무도 없었어?
한율	누구?
지율	물어보는 거야.
한율	누가 오기로 했어?
지율	(주위를 두리번거리다가) 이상한 거 없었어?
한율	왜 그래. 얼빠진 사람처럼.

사이

지율	야.
한율	어?
지율	너 엄마 친구 본 적 있어?
한율	엄마 친구? (생각하다가) 아니.
지율	그치, 없지? 나도 없거든. 이상하네.
한율	뭐야.
지율	아니, 아까 병원 앞에서 어떤 사람이 엄마 친구라면서 나한테 걱정하지 말라고, 자기가 간호하겠다고,

그랬거든.

한율 누가?

지율 그러니까. 모르는 사람이. 이상해. 나 엄마 친구 한 번도 본 적 없는데.

한율 못 봤다고 없나—. (사이) 하긴. 이상하다.

지율 그치?

한율 아니. 엄마 친구를 한 번도 못 본 게. 왜 한 번도 못 봤지. 아빠 친구는 많이 봤는데.

사이

혜자의 잠꼬대 같은 말들. "하와이 가자, 비행기 왔다."

한율 엄마는 계속 하와이를 가나 봐. 자고 있는데 계속 저러네.

지율 언제 의식이 돌아오려나.

한율 ……돌아올까? (짧은 사이) 지금 40일째잖아. 섬망 걸려도 일주일이면 돌아온다는데 엄마는 지금 40일째야. (사이) 누나. 우리, 이제…… 좀 준비를 해야 하지 않을까?

지율 무슨 준비.

한율 나는 마음의 준비를 하고 있어. 엄마 나이도 있고, 투석도 오래 했고. 이제 상조회사도 알아보고, 장례

절차도 준비해야⋯⋯.

지율   난 그런 생각 안 해봤는데.

한율   이제 생각해봐.

지율   난 안 해봤어.

한율   그러니까 이제 생각해보라고.

지율   ⋯⋯.

한율   ⋯⋯내가 생각해볼게. (사이) 그래도 다행인 것 같아. 섬망이 온 게 좀 잔인하다고 생각했는데, 덕분에 엄마가 매일 꿈속에서 여행 다니잖아. 맨정신이었으면 우리가 몸 닦아주고, 기저귀 갈아주고 이런 거 진짜 싫어했을걸.

지율   이러다가 다시 건강해지는 경우도 많대. 엄마 항상 골골대면서도 늘 다시 건강해졌잖아.

한율   ⋯⋯요양병원 가라고 주치의가 사인해줬잖아. 왜 그랬겠어.

두 죽음, 병실로 들어온다.

한율, 이들을 보지 못한다.

지율, 이들을 본다.

한율   준비하라는 거잖아. 내가 할게.

지율, 두 죽음을 본다.

한율 (가방에서 옷을 한 벌 꺼내며) 그래서 말인데, 나 옷 한
     벌 가져왔어. 오늘 숍에 들어온 건데, 엄마가 평소에
     입어보고 싶다고 했던 스타일이라서 하나 빼 왔지.
     이거 어때?

지율 야.

한율 어?

지율 너, 안 보여……?

한율 응?

지율 저 사람들, 안 보여?

한율 누구?

지율 ……저 사람들.

한율 누구. (주위를 두리번거리다가) 누나, 왜 그래. 괜찮아?

지율 ……어?

한율 왜 그래.

지율 (자기 눈에만 보인다는 걸 알아채고) 어. 아니야. ……내
     가 요새 좀, 신경 쓸 게 많아서 그런가 봐……. (옷을
     보며) 그건 뭐야. 왜 갖고 왔어.

한율 누나, 우리 엄마한테 이상한 거 입히지 말고, 수의,
     이걸로 하면 어때?

지율 뭐?

한율   누나도 한번 볼래?

한율, 옷을 꺼내려고 한다.

지율   야.

한율, 지율을 본다.

지율   왜 벌써 죽은 사람 취급해.

한율   어?

지율   안 죽었잖아. 아직 살아 있잖아. 왜 벌써 죽은 것처
            럼 그래.

한율   그런 게 아니라,

지율   곧 죽을 거라는 거야?

한율   내 말은…….

지율   아직 살아 있잖아.

한율   아니 나는, 우리가 마음의 준비를 할 시간도 필요하
            다는 거지.

지율   네가 계속 이런 얘기를 하니까 저 사람들이 여기를
            계속 드나들잖아. (젊은 죽음을 가리키며) 이번엔 누구
            를 데리고 온 거예요? 아니, 누구 데리고 갈 거예요?

한율   누나, 왜 그래.

지율   여기 오지 마세요. 나가세요.

두 죽음, 혜자 옆에 앉거나 병실 테이블 의자에 앉아 여유롭게 뭔가를
먹고 마신다.
황당해하는 지율.
그런 지율을 보며 의아하게 여기는 한율.

지율   지금 뭐 하는 거예요? 여기가 무슨 당신들 집이에
          요?

한율   누나, 괜찮아? 왜 그래.

지율   누구냐고요. 나가라고요! 그래, 나 기억나. 그때 당
          신, 우리 남편 병실에도 있었어. 그땐 너무 갑작스러
          워서 제대로 못 봤는데, 그래 맞아. 그때도 당신이
          있었어. 여기 왜 왔어요? 네?

늙은 죽음, 혜자의 증세를 살핀다.

지율   만지지 마!

한율   (놀라며) 누나.

젊은 죽음   (늙은 죽음에게) 우리가 누군지 말 안 했어?

늙은 죽음   말했는데. 친구라고.

젊은 죽음   그런데 왜 저렇게 화를 내?

늙은 죽음   친구가 아니라고 생각하나 봐.

젊은 죽음   (지율에게) 친구 맞아요. 당신 엄마랑 세상에서 제일
                오래된 절친.

한율   (지율이 화를 내려고 하자) 누나, 좀 앉아. 지금 누구한
                테 얘기하는 거야?

한율, 지율을 한쪽 의자에 앉힌다.

한율   마실 것 좀 갖다줘?

지율, 두 죽음을 계속 본다.

한율   누나, 여기 좀 앉아 있어. 내가 뭐 좀 사 올게.

한율, 나간다.
병실에는 두 죽음, 지율, 그리고 혜자가 있다.

젊은 죽음   어젠 고마웠어요. 덕분에 길 안 잃었어요.

지율, 두 죽음을 빤히 노려본다.

젊은 죽음   그렇게 노려보지 좀 마요. 우리도 민망하잖아요.

지율　　　누구야, 당신들 누구냐고!

젊은 죽음　누군긴요. 죽음이죠.

지율　　　뭐?

젊은 죽음　죽음이라고요. 난 젊은 죽음, 얜 늙은 죽음.

지율, 두 죽음을 번갈아 본다.

늙은 죽음　근데, 둘이 알아?

젊은 죽음　알지, 그럼. 그리고 어제 봤어. 그 꼬맹이 있잖아. 똘
　　　　　　똘이. 그 녀석 만나러 가는데 갑자기 머릿속에서 길
　　　　　　이 꼬이더라고. 근데 마침 이분이 지나가길래, 좀 물
　　　　　　어봤지.

지율　　　여기 왜 왔어요.

젊은 죽음, 앉아서 협탁에 놓인 과자를 먹는다.

지율　　　왜 왔냐고요.

젊은 죽음, 말없이 과자만 먹는다.

지율　　　(과자를 바닥에 던지며) 이봐요!

젊은 죽음, 지율을 본다.

젊은 죽음　　그 질문은, 왜 여기 지금 왔냐는 거예요?

지율, 젊은 죽음을 본다.

젊은 죽음　　지금 온 거 아닌데요. 항상 옆에 같이 있었는데.

지율　　　　뭐?

젊은 죽음　　당신이 이제 우리를 본 거지, 우리가 지금 온 게 아
　　　　　　　니라고요. 우린 항상 여기 있었어요. 당신 옆에, 당신
　　　　　　　엄마 옆에, (사이) 당신 남편 옆에. 그리고 당신 아이
　　　　　　　들 옆에.

지율, 젊은 죽음을 본다.

젊은 죽음　　참 나. 사람들, 하여간 자기 눈에 보이는 순간이 다
　　　　　　　시작이라고 생각한다니까. 안 보이면 뭐 아무것도
　　　　　　　없는 줄 알아. (과자를 먹으며) 그리고 우리 너무 그
　　　　　　　렇게 막 몰아붙이지 마요. 누가 보면 뭐 뺏으러 온
　　　　　　　줄 알겠네.

사이

지율   나가, 당장 나가. 어서 나가. 빨리 나가! 내 남편, 우
          리 엄마까지도 모자라서 내 아이도 데려가게? 나가
          라고! 나가라니까!

지율, 두 죽음을 밖으로 내몰려고 한다.
그때 한율이 들어온다.

한율   어어, 누나, 왜 이래. 뭐 해.
지율   한율아, 이 사람들 좀 내보내줘.
한율   누나, 괜찮아. 아무도 없어. 여기 앉아서 이것 좀 마
          셔.

두 죽음, 지율을 본다.
늙은 죽음은 그사이 혜자 옆으로 가 앉아서 이마를 만져주고 머리칼
을 정리해준다.
지율, 늙은 죽음을 본다.

한율   누나.

지율, 젊은 죽음을 본다.

한율   뭘 그렇게 보고 있어. 괜찮은 거야? 누나, 나 봐. 나

좀 봐. 오늘 그냥 들어가, 응?

지율 싫어. 여기 있을 거야.

한율 고집 피우지 말고 들어가.

지율 싫어.

한율 누나, 지금 제일 힘든 건 엄마야.

젊은 죽음 무슨 소리야. 당신 엄마 지금 신났어. 하와이 가고 난리 났는데.

한율 엄마 옆을 잘 지켜야지. 그러려면 누나도 나도 건강 해야 하고.

한율, 계속 어떤 말을 이어간다.

단, 젊은 죽음의 대사와 겹치면서 관객은 한율의 말을 들을 수 없다.

늙은 죽음은 누워 있는 혜자를 계속 보살핀다.

젊은 죽음 (늙은 죽음에게) 사람들은 어디서 저 말을 다 배우고 오나 봐. 왜 하는 말이 다 똑같지? 난 저 말이 제일 이해가 안 가. 뭘 지켜? 뭐로부터? 누구를? 혹시, 우리 두고 하는 말이야? 우리로부터 지킨다는 건가? (늙은 죽음에게) 봐. 내가 말했지? 사람들은 뭐랄까, 우릴 너무, 응 그래, 몹쓸 것처럼 취급해. 너무 차별 한다고. 삶은 막 이렇게 추켜세우고, 우리 같은 죽음 은 엄청 깎아 내리고, 응? 삶이, 뭐 저 혼자 만들어지

는 건가? 다 우리가 있으니까 삶이라는 것도 그렇게
큰소리 떵떵 치며 살아갈 수 있는 거 아니냐고. 우리
가 얼마나 젠틀한데. 깍듯하고, 예의 바르고, 친절하
고. 근데 맨날 우리는 기피 대상 1호로 취급하고, 이
일도 도대체가 못 해먹겠어. 도대체 인간들은 죽음
을 어떻게 생각하는 거야? 우리가 옆에서 지켜주고,
부추겨주고, 호호 불어주는 건 알지도 못하고. (늙은
죽음에게) 그래, 안 그래. 그래, 안 그래?

늙은 죽음　그만 좀 먹어.

젊은 죽음　(한율 옆에 서서) 지키긴 뭘 지켜. 너네 엄마는 우리가
지켜. 지금 이 순간, 너희 엄마가 가장 좋아하는 건
우리라고.

그때 혜자가 잠에서 깬다.

혜자　왜 이렇게 시끄러워.

한율　깼어?

혜자　귀 아파서 잠을 못 자겠네. (주위를 둘러보다가 두 죽
음이 있는 걸 본 다음 환하게 웃으며) 오늘은 둘이 왔
네. 2인 1조야?

한율　어, 오늘은 누나랑 같이 왔어.

늙은 죽음　잘 잤어?

혜자	(젊은 죽음을 보며) 쟤는 왜 저렇게 입이 나왔어?
한율	누나가 엄마 때문에 속상하대.
젊은 죽음	네 아들 때문에.
혜자	왜?
한율	엄마 아프다고. 빨리 나아야 되는데. 우리랑 오래오래 살아야지.
젊은 죽음	(한숨을 내쉬며) 저런 네 아들 때문에.

혜자, 피식 웃는다.

한율	우리 엄마 웃네.
젊은 죽음	진짜 웃음밖에 안 나온다.

혜자, 아들의 얼굴을 쓰다듬으며 웃는다.

한율	(지율에게) 엄마가 지금은 나 알아보나 봐.

지율과 젊은 죽음, 한숨을 쉰다.

혜자	(젊은 죽음에게) 한숨 쉬지 마.
한율	(지율에게) 그래, 한숨 좀 쉬지 마.
지율	…….

혜자	근데, 우리 본 적 있던가?
한율	어?
젊은 죽음	기억 안 나?
혜자	본 적 있어?
젊은 죽음	(지율을 보며) 얘 태어난 날.

한율, 혜자가 섬망 안에서 혼자 대화한다고 생각한다.

혜자	(무언가를 떠올리며) 아…… (젊은 죽음을 뚫어지게 보다가) 그랬네……, 그랬어……. 맞아. 그때 봤어……. 오랜만이다. 잘 살고 있었어?
젊은 죽음	죽음한테 그런 질문 진짜 실례거든. 잘 살고 있었냐니.
혜자	그런가……? (웃음) 그럼 뭐라고 물어봐? 잘 죽고 있었어? 이렇게 말해?
젊은 죽음	그런가? 우리 그런 안부 인사 잘 안 하는데. (늙은 죽음에게) 뭐라고 말해야 하지?
늙은 죽음	음…… 안녕! 삼가 고인의 명복을 빌어! 혹은, 그동안 잘 죽고 있었어? 난 그동안 너무 신나게 죽고 있었어. 나 요새 죽는 게 너무 신나. 죽는 거, 너무 멋지지 않아? 뭐 이런 건가.
혜자	(크게 웃으며) 인사가 뭐 그래. 알았어. 그동안 잘 죽

고 있었어? 난 그동안 너무 신나게 죽고 있었어. (지
율에게) 너 잘 죽고 있니? (한율에게도) 신나게 죽고
있는 중이지?

한율   엄마……

지율, 이런 대화들이 마음에 들지 않는다.

혜자   (한율에게) 엄마는 지금 너무 신나게 죽고 있는 중이
         야. 죽는 건 너무 아름다워.

한율   왜 그런 말을 해.

혜자   왜. 재밌지 않아? '우리, 잘 죽자!'

한율, 혜자의 이야기를 들으며 웃어야 할지 말아야 할지 모르겠다. 하
지만 웃는 엄마를 보며 함께 웃고 만다.

지율   야, 웃겨?

한율   계속 들으니까 웃기네.

지율   웃지 마. 웃어주지 마.

한율   엄마가 웃잖아. 그럼 된 거지.

젊은 죽음   그래, 그럼 된 거지.

한율   아, 엄마. 내가 옷 하나 가져왔어.

혜자   옷?

한율	응. 우리 숍에 예쁜 거 하나 들어와서, 엄마 주려고 내가 미리 찜해서 가져왔지.
혜자	봐봐.

한율, 가져온 옷을 꺼내 보여준다.
넉넉한 크기의 후드티, 보이핏 청바지, 원색의 볼캡이다.

혜자	와, 예쁘다.
한율	그치. 엄마 이런 거 좋아했잖아. 나처럼 입고 싶다면서.
혜자	(옷이 마음에 드는 듯 몸에 대보며) 좀 큰 것 같은데.
한율	이건, 원래 이렇게 입는 거야. 퇴원할 때, 이거 입고 집에 가자.
혜자	그럴까.
한율	모자만 한번 써볼래?
혜자	좋아.

한율, 혜자에게 모자를 씌워준다.

혜자	(늙은 죽음에게) 어때?
늙은 죽음	(한율과 동시에) 멋있는데.
혜자	너무 마음에 든다. 나 이거 입고 죽을래.

한율/지율   …….

혜자   한율아, 엄마 이거 입고 죽을래. 어?

한율   어…… 하하……. 그래, 엄마. 그러자.

혜자   (한율 뒤에 놓인 기타를 보고) 너 기타도 갖고 왔니?

한율   어? 어.

혜자   엄마 연주해주려고?

한율   어? 어.

혜자   그럼 하나 쳐줘봐.

한율   그럴까?

한율, 지율의 눈치를 보며 기타를 연주한다. 잔잔한 듯 경쾌한 음악.

혜자   (두 죽음에게) 우리 아들, 기타 잘 치지?

젊은 죽음   나쁘지 않네.

젊은 죽음, 협탁에 발을 올리고 음악을 감상한다.

늙은 죽음도 음악을 즐긴다.

혜자, 일어나 춤추기 시작한다.

젊은 죽음   뭐 해?

혜자   기분이 너무 좋아서. (늙은 죽음에게 가까이 가며) 친
구, 우리 춤추자.

늙은 죽음   그래, 그러지 뭐.

혜자와 늙은 죽음, 아들의 기타 연주에 맞춰 춤을 추기 시작한다.

지율과 한율, 춤추는 혜자를 본다.

잠시 후, 지율이 병실 밖으로 나간다.

5

병실 밖 복도.

지율이 벤치에 앉아 있다.

늙은 죽음이 그 옆에 와 앉는다.

지율, 아무 반응도 하지 않는다.

둘, 그렇게 한동안 말없이 가만히 있다.

늙은 죽음   그거 참 잘 그렸던데. 그거, 다 같이 밥 먹는 그림. 레오, 레오나르⋯⋯. 누구더라. 하여간 그 사람 그림.

지율   (늙은 죽음을 한 번 보고는) 이제 내 뒤도 밟는 거예요? 나도 죽이려고?

늙은 죽음   에이, 무슨 말을 그렇게 해요. 우린 아무도 안 죽여요. 죽을 때 옆에 있어줄 뿐이죠.

지율   그거나 그거나.

늙은 죽음   그거나 그거나라뇨. 둘은 엄청 달라요. 거 참⋯⋯, 상처받게 하네.

지율   …….

늙은 죽음   ……하여간 그 그림은 엄청 정교하더라고요. 근데 얼굴도 좀 닮았으면 좋았을걸. 얼굴은 너무 미화했 던데. 특히 예수가 제일 안 닮았어. 실제로 보면 진 짜 못생겼는데. 내가 그 사람들 얼굴 진짜 다 알아 요. 죽을 때 다 내가 받았거든.

지율   무슨 애 받아요?

늙은 죽음   네? 아…… 크크크……. 어. 그러고 보니, 비슷한 것 같은데요. 태어날 때만 산파가 필요한 게 아니에요. 죽을 때도 옆에 누가 있어줘야 되거든. 사람들 다 죽는 게 처음이니까. 처음이라 어떻게 죽어야 하는 지 모르거든요. 아, 제가 한 100년쯤 전에, 산부인과 의사를 받은 적 있거든요? 그때 그 사람이 딱 죽자 마자 그러더라고. "다시 태어난 것 같은데요? 숨 쉬 는 방법이 달라졌어요!" 그러면서 갓난아기들이 이 런 기분이겠구나, 그러더라고요. 애들이 처음 여기에 태어날 때 숨 쉬는 방법이 달라진대요. 응애 하고 울 때 숨길이 탯줄에서 폐로 탁 바뀌는 거래요. 그 얘기 가만히 듣는데, 되게 비슷하더라고. 죽을 때랑. 사람 들 숨넘어간다고 하죠. 숨넘어갈 때 왜 다 힘들어하 는지 알아요? 숨 쉬는 방식이 달라져서 그래요. 뭐 우린 숨을 안 쉬어봐서 모르지만.

지율   말 되게 많네.

늙은 죽음   …….

지율   하여간 우리 옆에 얼씬도 하지 마요. 재수 없으니까.

늙은 죽음   워…… 말이 너무 심하네…….

지율   진짜 재수 없거든요?

늙은 죽음   우리 막 그렇게 나쁜 죽음 아니거든요?

지율   그럼 좋은 죽음도 있어요?

늙은 죽음   당연하죠! 누군가는 우리만 기다리며 살기도 한다고요.

지율   …….

늙은 죽음   그리고, 막상 죽고 나면 다 좋아해요. 고향에 온 것 같다면서.

지율   참 나.

늙은 죽음   숨이 탁 트인다면서, 다들 얼마나 행복해하는데.

지율   뭐야. 죽고 나서도 숨을 쉰다 이거예요?

늙은 죽음   그곳에서 필요한 숨을 쉬죠.

지율   그런 논리라면, 죽어서도 사는 거네요. 죽음 따위 없는 거네.

늙은 죽음   뭐 그럴 수도 있죠.

지율, 자기가 한 말을 되새긴다. '죽음이 없다. 죽음이 없다……?'

사이

지율　　아저씨, 사기꾼이죠.

늙은 죽음　네?

지율　　막 죽음이라고 사칭하고 다니면서, 실제로는 여기 사람들이랑 다 짜고 치는 사기꾼 맞죠.

늙은 죽음　진짜 성격하고는……. 내가 힘들 때 벤치에도 앉혀 줬는데.

지율　　그렇게 접근한 거잖아요.

사이

늙은 죽음　남편 죽을 때도, 그렇게 다 거짓말이라고 하더니.

지율, 늙은 죽음을 본다.

늙은 죽음　그렇게 보지 마요. 그렇게 봐도 해줄 말 없어요. (지율을 보다가) 뭐요. 왜 죽었냐고요? 당신 남편? 우리도 몰라요. 우리가 답을 갖고 있는 게 아니에요. 아니지, 애초부터 답은 없어요. 우린 그저 사람들이 태어날 때부터 평생 옆에 붙어 있는 거예요. 당신들, 우리랑 같이 늙어가는 거라고요. 그런데 사람들이 다들 우리만 너무 미워해. 우리가 죽음이긴 한데, 누구를 일부러 죽이진 않아요. 오히려 구해주기도 하고,

도와주기도 하고, 아플 때 옆에서 간호도 해주고. 그
런다고요.

사이

지율   난요, 죽는 건 다 없어졌으면 좋겠어요. 죽지 않으면
             아무도 고통받지 않잖아요.

늙은 죽음 모르는 소리. 그나마 내가 있으니까 덜 고통받는 거
             예요.

지율, 동의하지 않는 웃음을 띤다.
사이

늙은 죽음 우리를 그냥 친구라고 생각해요. 우리 저승사자 아
             니에요. 누구 죽이려고 득달같이 달려들지도 않아
             요. 그냥…… 늘 당신들 옆에 있어요. 그러다 때가
             되면 손을 잡아주고…… 혹시나 무서워할까 봐 꼭
             안아주기도 하고……. 지율 씨 엄마도, 아빠도, 친구
             도, 그리고 남편도 우릴 보고 다 환하게 웃었어요.

지율   웃었다고요? 난 울었는데. 난, 괴로웠는데. 다들 행
             복해한다고요? 나만 너무 억울하네.

사이

늙은 죽음　그럼 떠난 사람들이 슬프고 괴로웠으면 좋겠어요?
그들은 여기 있는 사람들이 행복하길 원하는데.

사이

늙은 죽음　지금 지율 씨 엄마, 다른 사람들 손 잡는 것보다 내
손 잡는 게 가장 편할 거예요. 친근하고 편안하니까.
무엇보다 우리 둘, 온도가 점점 맞아가거든요.

그때 병실 안에서 다시 기타 소리가 들린다.

늙은 죽음　동생이 기타를 참 잘 쳐요. 엄마가 저 소리를 좋아하
더라고요.

젊은 죽음이 나온다.

젊은 죽음　아직 얘기 중이야?
늙은 죽음　응, 다 했어.
젊은 죽음　그럼 얼른 가자.
늙은 죽음　(지율에게) 또 봐요.

늙은 죽음, 젊은 죽음과 함께 걸어간다.

지율, 동생의 기타 소리를 듣는다.

6

안.

희미한 노랫소리가 들린다.

딸과 아들, 가이드가 걷고 있다.

무대가 콘서트장으로 변한다. 점점 커지는 소리.

아들　　　　　(뭔가 들린다는 듯) 이거 무슨 소리예요?

딸　　　　　　뭐가요?

아들　　　　　무슨 소리 들리지 않아요? 저기 사람들이 환호
　　　　　　　　하는데요.

딸　　　　　　그러게요.

딸과 아들, 사람들이 열광하는 곳으로 간다.

둘도 어느새 사람들 틈에서 함께 열광하며 노래를 따라 부른다.

노래하는 사람　자! 여러분! 오늘 이곳에서, 우리 뜨거운 밤을 보
　　　　　　　　내는 겁니다. 파뤼 투나잇!

춤추며 환호하는 사람들.

딸과 아들, 인파를 뚫고 콘서트장 앞쪽으로 간다.

딸은 가는 길에 들고 있던 가방을 자신도 모르게 잃어버린다.

노래하는 사람　　노래를 부릅시다. 목소리 높여 부릅시다. 여러분, 준비됐나요?

사람들　　예!

노래하는 사람　　자, 여러분의 탄생을 위한 노래, 축! 복! 송!

〈당신은 사랑받기 위해 태어난 사람〉의 록 버전 멜로디.

노래하는 사람　　당신은 마침내 죽기 위해 태어날 사람

　　　　　　　　당신은 마침내 죽기 위해 태어날 사람

　　　　　　　　당신의 삶 속에서 죽음이 함께하지요!

사람들, 열광한다.

가이드　　이 노래는 매일 들어도 늘 감동이에요.

노래하는 사람　　여러분! 이제 얼마 안 남았습니다. 여러분이 태어날 시간이 얼마 안 남았습니다. 준비됐습니까?

사람들　　예!

노래하는 사람　　준비됐습니까?

사람들	예!
노래하는 사람	아니요! 준비만으로는 부족합니다! 준비만으로는 죽을 수 없어요! 준비 그 이상이 필요합니다. 준비했지만 결국 죽지 못하는 사람들이 얼마나 많은지 아세요? 자! 노래합시다!
사람들	예!

딸과 아들도 그 틈에서 같이 환호한다.

노래하는 사람	모두 가방 잘 갖고 계시죠? 그 안에, 길 위에서 받은 것들을 잘 간직하셨죠? 오늘 저도, 여러분께 노래를 드릴 겁니다. 우리에겐 노래가 필요해요. 저 밖에서 우리를 위로하는 건 오직 노래! 자, 제가 노래를 드리기 전에, 먼저 당부합니다. 가방을 잘 지키세요. 누군가 여러분의 가방을 노리고 있습니다. 가방이 없어진 사람들이 다른 사람의 가방을 호시탐탐 엿보고 있습니다. 자, 가방을 꽉 붙드셨나요?
사람들	예!
노래하는 사람	안 들립니다. 자, 가방 꽉 붙드셨나요?
사람들	예!
노래하는 사람	좋습니다. 그렇다면, 이제부터 파뤼 타임!

사람들	예—!
노래하는 사람	자, 이제 이 노래를, 여러분의 가방에 집어넣으세요. 모두 가방을 여세요!

사람들, 가방을 열고 노래하는 사람의 노래를 담으려 한다.

아들과 딸도 가방을 열 준비를 한다.

노래하는 사람	힘이 들면— 내 노래를 기억해.
	포기하고 싶을 때— 내 노래를 기억해.
	내 노래를 기억해도 현실은 바뀌지 않아.
	하지만 현실을 버티는 데 도움이 될 거야아아아!
	명심해.
	너희는 곧 죽을 거야!

사람들, 노래를 가방에 담기 시작한다.

딸	없어요.
아들	네? 뭐가요.
딸	가방이 없어졌어요. 누가 가져갔나?
아들	에이, 잘 찾아봐요.
딸	없어요. 아무리 찾아도 없어요.
아들	정말요? 정말 없어요?

한편 무대에서는 노래하는 사람의 공연이 계속된다.

노래하는 사람   죽음. 죽음. 죽음.

너희는 모두 죽게 될 거야.

그 순간을 위해 태어나는 거야.

죽는 그 순간, 내 노래를 기억해.

워우워!

사람들, 환호한다.

딸과 아들, 가방을 찾으러 다닌다.

가이드   왜 그래요? 무슨 일이에요?

딸   내 가방이 없어졌어요.

가이드   정말요?

딸   네.

가이드   이런, 큰일 났네. 어디서 잃어버렸어요?

딸   모르겠어요.

사람들은 여전히 환호하고, 노래하는 사람은 계속 노래를 부른다.

그때 젊은 죽음이 콘서트장을 찾는다.

노래하는 사람   워. 워. 워. 이게 누구신가요? 와우! 우리의 친구!

죽음이 왔습니다!

사람들, 환호한다.

노래하는 사람   친구, 여긴 무슨 일이죠?

젊은 죽음   저한테 신경 *끄고*, 하던 일 마저 하세요.

노래하는 사람   그러지 말고 친구, 이 위로 올라오는 게 어때요?

젊은 죽음   사양하겠습니다.

노래하는 사람   올라오신답니다! 여러분! 젊은 죽음을 큰 소리
로 맞아주시죠!

사람들에 등 떠밀려 무대로 올라오는 젊은 죽음.

노래하는 사람   당신의 주제곡을 불러주시죠.

젊은 죽음   내 주제곡?

노래하는 사람   기타!

기타, 디리링— 젊은 죽음의 테마곡을 연주한다.

젊은 죽음   아이 참…….

전주가 끝나자 젊은 죽음이 노래한다.

젊은 죽음　　당신은 마침내 죽기 위해 태어날 사람

　　　　　　　당신은 마침내 죽기 위해 태어날 사람

　　　　　　　당신의 삶 속에서 죽음이 함께하지요—.

사람들, 환호한다.

노래하는 사람　　자, 그럼, 지금 여기에서, 누가 죽나요?

젊은 죽음　　에?

노래하는 사람　　누가 죽으니까 여기 온 거 아닙니까? 오호라, 누
　　　　　　　가 가방을 잃어버렸군. 가방을 잃어버리면 시간
　　　　　　　을 채우고 죽을 수 없잖습니까. 누구죠? 생각보
　　　　　　　다 빨리 죽는 그 주인공이? 드럼!

드럼 연주.

노래하는 사람　　자, 하나. 둘. 셋! 하면, 스포트라이트가 그 사람
　　　　　　　을 비추는 거예요. 하나, 둘, 셋!

스포트라이트, 딸을 비춘다.

딸　　　　　어? 어…….

사람들, 딸을 본다.

젊은 죽음	……하이.
딸	…….
젊은 죽음	노래, 담았어요?
딸	…….
젊은 죽음	가방에, 이 사람이 준 노래를 담았나요?
딸	…….
젊은 죽음	가방이 없어서 담을 수 없었죠? 가방이 없으면 당신은 '마침내' 죽을 수가 없게 됩니다. 생각보다 빨리 죽게 되죠.

어느새 콘서트장은 사라지고 가이드와 딸, 아들, 젊은 죽음만 남는다.

딸	죽는 게, 뭔데요……?
젊은 죽음	음…… 태어나는 거……?
딸	……그럼 태어나는 건 뭔데요……?
젊은 죽음	음…… 숨 쉬는 방법이 달라지는 거? 어쩌면. 그런 걸 거예요.
딸	죽으면, 태어나요?
젊은 죽음	네, 여기서 죽으면 그다음으로 태어나고, 거기서 죽으면 그다음으로 태어나고.

딸	그럼, 지금 죽으나, 시간을 채우고 죽으나, 뭐가 다른데요?
젊은 죽음	과정이 없어지겠죠.
딸	과정? 어차피 죽으면 다 똑같은 거 아닌가.
젊은 죽음	(고개를 저으며) 이래서 나는 사람이 어리석다고 생각하는 겁니다. 이래 죽나 저래 죽나, 이래 사나 저래 사나 다 똑같다고 생각하는 사람들. 다르죠. 시간을 채우잖아요. 뭐 난 잘 모르지만, 시간을 채우는 시간 속에서 여러 가지를 느낀다고 하더라고요.

딸, 가이드를 본다.

딸	그럼, 이제 전 어떡하면 되죠?
가이드	…….
딸	태어나지 못하면, 안 좋은 건가요?
젊은 죽음	음…… 좋은 것도 아니고 안 좋은 것도 아닌데요. 그냥 태어나지 못하는 거죠.
아들	그럼 어떻게 되는데요? 좀 알아듣게 말해줘요.
젊은 죽음	두 번째 죽음을 거친 사람들의 세계로 갑니다.
아들	두 번째 죽음?
딸	전 처음 죽는 건데, 왜 두 번 죽은 사람들의 세계

로 가는 건데요?

젊은 죽음   원래 거기서 다 만나게 돼 있거든요. 남들보다 좀 빨리 가는 거죠.

아들   첫 번째 죽음과 두 번째 죽음 사이에, 뭐가 있는데요?

젊은 죽음   삶이요. 살아가는 일이요.

딸   그게 뭔데요!

젊은 죽음   됐고요. 전 죽음만 압니다. 사는 게 뭔지는 몰라요. (가이드에게) 그건 이 사람이 잘 알죠. 좀 말해 줘요. 네? 말해봐요.

사이

가이드   첫 번째 죽음과 두 번째 죽음 사이에는 시간이 있어요. 저 밖의 사람들은 그걸 삶이라고 불러요. 삶은 살아가는 거예요. 여기서도 여러분은 살아왔지만 여기와 저기는 좀 달라요. 저기는 좀 더 치열하고, 힘겹고, 고통스럽고, 때로는 시간을 다 채우고 싶지 않을 수도 있어요. 그런데 그 시간을 채운 사람들의 말을 들어보니, 시간을 채운 보람이 있대요. 채우길 잘했대요. 그 시간을 채우면서 자기가 누군지 알 수 있었대요. 그래서

저희는 저 밖에서도 시간을 다 채우는 걸 추천
하긴 합니다. 채울 수 있는 시간이라는 게, 아무
에게나 주어지는 건 아니거든요. 뭐, 채우고 싶지
않으면 그것도 물론 존중하고요. 그러니까 지금
여러분은 살아가려고 죽으러 가는 길이었어요.
그런데 여기서도 일정한 시간을 채우고 죽어야
결국 저 밖으로 갈 수 있는데, 그 시간을 채우지
못하면 두 번 죽은 사람들과 함께 그 사람들의
세계에서 함께 살게 됩니다. (짧은 사이) 그겁니
다.

사이

딸 그럼 전 그 시간을 경험하지 못하는 거네요?

가이드 …….

딸 나도 내가 누군지 알고 싶은데.

젊은 죽음 그럼 당신도 누군가의 가방을 훔쳐 와요.

딸 네?

젊은 죽음 다른 사람 가방을 훔치면 돼요. 그럼 저 밖에서
살 수 있어요. 뭐, 물론 처음 계획이랑 조금 꼬여
서, 당신이 아닌 그 사람으로 살게 되겠지만.

딸 그건…….

아들   제 걸 나눠 쓰면 안 돼요?

젊은 죽음   나누는 건 안 돼요. 1인 1백(bag). 그게 룰이에
요.

아들   그럼, 이분은 이제 어떻게 되는 건데요?

젊은 죽음   저랑, 가는 거죠.

아들   그쪽이랑요?

젊은 죽음   네, 사실 저기를 나가는 순간부터 저랑 함께 있
긴 할 거예요. 근데, 거기서는 저랑 같이 사는 거
고, 여기서 시간을 못 채우고 죽게 되면…… 저
랑 같이 넘어가는 거죠.

딸   좀…… 무서운데요.

젊은 죽음   무서워할 필요는 없어요. 내가 계속 옆에 있을
거니까. 죽는 건 내 전문이거든요. 내가 다 알려
주고, 옆에 계속 있을 거니까 괜찮아요. 그런데
그것보다 문제는, 지금 보니 당신이 이곳에서의
시간을 채우고 싶어 하는 것 같다는 거죠.

딸   …….

젊은 죽음   맞죠? 다 채우고 싶은 거죠?

딸   …….

젊은 죽음   그런데 이대로는 시간을 채우는 게 아니에요. 시

간을 끄는 것뿐이죠.

사이

아들　　　　그래도, 같이 가요.

딸, 아들을 본다.

아들　　　　여기까지 왔는데, 그래도 한번 가보는 게 어때
　　　　　　요? 또 모르잖아요. 가다가 가방을 찾을지도.
딸　　　　　……그런 경우도 있나요?

가이드, 고개를 가로젓는다.
젊은 죽음, 이들을 바라본다.
사이

가이드　　　그래도. 한번 가보죠.

젊은 죽음, 가이드를 본다.

가이드　　　또 모르잖아요. 가방을 찾게 될지도.

가이드와 딸과 아들, 젊은 죽음을 본다.

젊은 죽음　　　그래요, 뭐. 그러세요.

사이

가이드　　　(딸에게) 그럼, 이제부터는 그냥 가는 거예요. 목
　　　　　　　적 없이. 괜찮겠어요?

딸, 말없이 고개를 끄덕인다.

가이드　　　좋아요. 가봅시다!

7

강연장.

은우가 무대 한가운데에 서 있다.

은우   안녕하세요. 수학자 배은우입니다. 와. 정말 많은 분
들이 와 주셨네요. 이렇게 수학에 관심을 갖는 분들
이 많을 줄은 몰랐는데요? 총 한 달 동안 진행될 이
번 대중 강연 시리즈의 첫 번째 문을 제가 열게 됐습
니다. '삶과 수학'이라는 전체 주제 안에서, 저는 여
러분과 조금 색다른 이야기를 해보려 합니다. (짧은
사이) 삶의 맞은편에는 무엇이 있죠? 네, 죽음이 있
죠. 저는 오늘, '죽음과 수학'에 대해 이야기하려 해
요. 첫 강연부터 죽음이라니. 제가 너무 분위기를 무
겁게 하는 건 아닌가 싶은데. 그래도, 이 강의가 끝
날 때쯤, 그 무거움이 조금은 덜어지기를 바라며 강
의를 시작해보겠습니다.

은우, 한 장의 이미지를 무대 뒤 화면에 떠운다.

에셔의 〈손을 그리는 손〉.

은우   여러분, 이 그림, 본 적 있으세요? 코르넬리스 에셔
의 〈손을 그리는 손〉입니다. 에셔를 잘 아는 분들도
많으실 텐데요, 수학적 그림을 그리는 작가로도 유
명하죠. 2차원과 3차원이 그림 안에 모두 담겨 있는
데요. 그림을 보면 무엇이 먼저인지 알기가 어렵죠.
왼손이 먼저인지, 오른손이 먼저인지 알 수가 없습
니다. 누군가는 이것에 대해 '증명의 역설'을 보여주
는 그림이라고도 합니다. 저는 이 그림을 보면서, 삶
과 죽음이 바로 이와 같다고 생각했습니다. (사이)
여러분, 죽음은 존재하나요? 죽음이 존재한다고 생
각하세요? 죽음은, 정말, 존재할까요? (사이) 저는요,
죽음이 없다고 생각합니다. 세상에. 저 여자 미친 거
아니야? 하시는 분 계시죠. 네, 저 약간 미친 것 같아
요. (웃음) 죽음이 없다니. 그런데 이런 생각을 비단
저만 한 건 아닙니다. 세상의 모든 자연현상을 수학
과 과학의 공식 안에서 탐구하고 싶었던 몇몇의 사
람들이 이런 엉뚱한 탐구를 하고 있거든요. 물론 아
주 소수지만요. (사이) 음. 지난해, 저희 아버지는 돌
아가셨습니다. 지병은 없으셨어요. 노환으로 평안

하게 돌아가셨죠. 돌아가시기 며칠 전에, 병상에 누워 계신 아버지 옆에서 저는 이런 얘기를 했어요. "아빠. 아빠는 지금 죽는 게 아니야. 아빠는 죽지 않아. 다른 곳으로 다시 태어나러 가는 거야. 죽음은 없거든. 다른 에너지로 바뀌는 것뿐이지. 지구의 모든 에너지는 소멸되지 않고, 바뀔 뿐이니까." 저 그때 진심이었거든요? 아버지를 진심으로 사랑하는 마음으로 한 말이었거든요. 그런데 아버지가 그 얘기를 듣더니, 힘없는 팔을 힘껏 들어서, 제 머리통을 한 대 때리시더라고요. "야, 인마! 나는 죽을 날만 기다리며 버티고 있는데, 왜 와서 그런 악담을 하냐! 넌 마지막까지도 나한테 불효를 하는구나." (사이) 죽음이 없다고 말한 저는 아버지에게 불효자식이 됐습니다. 그런데 여러분, 이건 진짜예요. 위치에너지 기억하시죠? 절벽 위에 있는 공이 떨어질 때, 높은 곳에 있던 공의 위치에너지는 운동에너지로 바뀝니다. 우리의 몸도 그렇습니다. 우리가 소위 '죽는다'고 말하는 그 순간, 우리는 다른 에너지로 전환되는 것이죠.

안. 수영장.

물 위에서, 쉬는 사람이 튜브 위에 누워 있다.

가이드도 그 옆에 함께 누워 있다.

아들과 딸은 수영을 하고 있다.

쉬는 사람   그래서, 한 명은 기약 없는 여행 중이다?

가이드   그렇죠.

쉬는 사람   무모하네.

가이드   그렇죠.

쉬는 사람   멋도 있고.

가이드   그렇죠.

쉬는 사람   나도 기약 없이 쉬고 있어. 나도 멋진가?

딸   저기요. 그런데 저희 언제까지 이렇게 쉬어요?

쉬는 사람   거 참. 쉴 줄 모르는 인간이로군. 그냥 좀 쉬어요. 저 밖에 나가면, 이렇게 쉴 일이 없거든. 지금 잘 쉬는 법을 배워놔야, 저 밖에 나가서도 잘 쉴 수 있습니다. 뭐, 딸은 나갈 일이 없겠지만.

아들　　　저…… 저도 이제 그만 쉬고 싶은데.

쉬는 사람　무슨 소리예요. 쉬어요. 쉬어야 합니다. 나가면 쉬고
　　　　　　싶어도 못 쉰다니까요.

딸과 아들, 어쩔 수 없이 다시 누워 쉰다.

가이드는 그새 코를 골며 자고 있다.

쉬는 사람　힘들었나 보네. 잘 쉬네.

수영장의 다른 곳에 있는 혜자와 젊은 죽음.

혜자　　　여긴 어디야?

젊은 죽음　로터리.

혜자　　　로터리?

젊은 죽음　응, 교차로 같은 곳이라 목적지 다른 사람들도 자주
　　　　　　만나. 그런데 여기 어떻게 온 거야?

혜자　　　몰라. 눈 떠보니 내가 여기 있던데?

혜자, 멀리서 쉬고 있는 가이드와 딸과 아들을 본다.

혜자　　　저기 또 누가 있네? 누구지?

젊은 죽음	뭐? (보며) 아, 쉬는 사람들.
혜자	쉬는 사람들? 야, 우리도 가보자.
젊은 죽음	왜—, 나 귀찮아.
혜자	가보자—.

혜자, 사람들을 향해 뛰어간다.

혜자	어. 야, 나 방금 뛰는 거 봤어?
젊은 죽음	어, 봤어.
혜자	몸이 엄청 가볍네.
젊은 죽음	여긴 물이잖아.
혜자	그렇네. 진짜 가볍다, 와. 나도 수영할래.

혜자, 뛰다가 수영을 하다가 다시 뛰면서 쉬는 사람들에게 다가간다.

혜자	안녕하세요!
딸	누구지?
혜자	안녕하세요! 안녕하세요! (딸과 아들 쪽으로 뛰어오며) 안녕하세요! 하나도 숨이 안 차네. 흐흐. 같이 쉬어요!
아들	누구세요……?
혜자	천혜자라고 합니다.

아들	천혜자? 그게 뭐예요?
혜자	제 이름이에요. 두 분은 이름이 뭐예요?

딸과 아들, 서로의 얼굴을 본다.

딸	이름……? 그게 뭔데요……?
혜자	이름, 이름. 이름 없어요?
딸	……그냥 저는 딸이고, 이 사람은 아들이에요.
혜자	딸, 아들……? 아…… 그렇구나. 그렇구나. 딸, 아들. 나도 누군가의 딸이에요. 반가워요. 딸, 아들.

딸과 아들, 인사한다.

혜자	(물 위에 누워서) 저기서 걷고 있다가 여기서 쉬고 있는 사람들이 있다길래 한번 와봤어요. 그런데 여기 어디예요?
쉬는 사람	쉬는 곳이죠. 호들갑 떨지 말고, 누워서 쉬세요.
혜자	싫어요. 나 계속 누워만 있다 왔는데. 이젠 좀 뛰고 싶어요. 움직이고 싶고.
딸	(혜자의 얼굴을 빤히 보다가) 그런데 이분은 여기서 본 사람들이랑 좀 다르게 생겼네요.
혜자	내가? 어떻게 다르게 생겼는데요?

아들	뭐랄까. 얼굴에 뭔가 선들이 많아요. 여기 눈 옆에, 입 주위에, 이마에.
혜자	아. (킥킥 웃으며) 이걸 주름이라고 해요. 나이가 들면 하나씩 생겨요. 이 선 하나 얻으려고, 제가 얼마나 열심히 살았는지 몰라요. 이거 다 제가 살아온 흔적들이에요. 우리 딸은 이거 보고 패턴이라고 하더라고. 내가 어떻게 살아왔는지 이걸 보면 그대로 알 수 있다면서.
딸	……딸? 그거 내 이름인데.
혜자	아. 딸은, 그러니까…… 음…… (설명하려다 마음이 바뀐 듯) 그러게요. 우리 딸이랑 이름이 똑같네. (장난스럽게) 우리 딸인가?
아들	(혜자를 한 번, 딸을 한 번 보고는) 그런데 뭔가, 둘이 비슷하게 생겼네요.

딸, 혜자를 빤히 본다.

딸	그래요? 내가 이렇게 생겼어요?
아들	네, 진짜 비슷해요.
딸	어, 두 분도 비슷하게 생겼어요.
아들	그래요?
혜자	뭐야. 닮기로는 둘이 제일 닮았는데. 둘이 남매예요?

딸	남매……? 그건 또 뭐예요?
혜자	남매. 형제.
아들	형제는 뭔데요?
쉬는 사람	아이 참. 좀 쉽시다, 네? 아무 말 하지 말고 좀 쉬자고요.
혜자	아, 네……. 쉬세요.

딸과 아들이 가만히 일어나, 혜자를 다른 곳으로 데려간다.

아들	저희는 이제 좀 그만 쉬고 싶은데, 계속 쉬라고 해서, 너무 힘들었어요.
딸	그러니까요. 좀 놀아요.
아들	혜자도 쉬는 거 지겨운 것 같았는데. 맞죠?
혜자	(웃으며) 네, 고마워요.

사이

혜자	그런데 두 분 보고 있으니까 내 새끼들 생각나네.
딸	새끼요?
혜자	아, 내 자식. 내 딸이랑 내 아들.
딸	신기하네요, 우리랑 이름이 똑같은 게. 딸, 아들.
혜자	그렇네요. (사이) 그러고 보니 우리 딸이랑 닮았네.

아들	그쪽 딸이랑 아들은 어떻게 생겼는데요?
혜자	(딸, 아들을 보며) 이렇게 생겼어요, 딱 이렇게. 신기하네. 근데 나 죽은 거예요?
아들	어, 죽는 거? (딸에게) 죽는 거면 아까 그거 아니에요?
딸	그러게요. 죽는 거. 숨 쉬는 방법이 달라지는 거, 그거 맞죠?
혜자	웅?
딸	숨 쉬는 방법이 달라졌어요? 그게 아니면 죽지 않으신 것 같아요. 사실 저희도 지금 죽으러 가는 길인데, 제가 시간을 채우고 죽을 수 없게 됐어요. 가방을 잃어버려서.

혜자, 이야기를 가만히 듣는다.

아들	그러고 보니 그쪽도 가방이 없네요.
혜자	가방, 이 있어야 돼요?
아들	그렇대요. 그래야 죽고 태어날 수 있다던데.

혜자, 둘을 빤히 본다.

딸	수는 받으셨어요?
혜자	수?

딸　　　우린 둘 다 0이에요. 한 명은 꽉 채워진 0, 한 명은 비워진 0. 혜자는 무슨 수를 받았어요?

혜자　　　난 수 없는데.

딸　　　어…… 그럼 그쪽도 못 태어날 것 같은데…….

혜자　　　그러니까, 두 사람은 지금 태어나러 가는 길이라는 거죠?

딸/아들　　　네.

혜자　　　아…… 누구의 딸과…… 아들로……?

아들　　　저희는 그냥, 저희로 태어나는 거죠.

혜자　　　아…… 그렇죠. 그쵸……. (사이) 그런데, 그래도, 누군가의 딸과 아들로 태어나게 될 거예요.

아들　　　그나저나 가방을 찾지 못하면 태어날 수 없어요. 그럼 혜자는…….

혜자　　　난 괜찮아요. 다시 태어나고 싶지 않아. 한 번으로 족해요.

아들　　　한 번 태어났었어요?

혜자　　　네, 그런데 잠깐. 딸, 가방 없어졌다면서요. 그럼 딸은 못 태어나요?

딸　　　아마도요.

아들　　　아마 저만 가능할 것 같아요.

혜자, 딸과 아들을 가만히 본다. 마치 과거 자신이 품었던 쌍둥이를 보는 듯하다.

그때 가이드가 딸과 아들을 찾으러 온다.

가이드　　한참 찾았잖아요. 쉬다가 어딜 간 거예요? 하마터면 늦을 뻔했다고요. 자, 빨리 갑시다.

혜자　　안녕하세요.

가이드　　어? 반가워요. (짧은 사이) 기억 못 하시는구나. 나예요, 가이드. 기억 못 해도 돼요. 우리 일이라는 게 다 그렇게 잊히는 거니까. (짧은 사이) 아주아주 오래전에 제가 당신을 이렇게 가이드해줬습니다.

혜자, 가이드를 빤히 본다.

가이드　　저희는 남은 여정이 있어서. 그럼 이만 먼저 가보겠습니다.

혜자　　어디로 가시는데요?

사이

가이드　　문으로요.

혜자　　문?

가이드　　네, 문.

혜자, 이들을 본다.

딸　　　그럼 저희는 먼저 가볼게요.

아들　　　또 봬요.

혜자　　　또 만날 수 있을까요……?

딸　　　글쎄요.

혜자　　　…….

가이드　　자, 어서 갑시다. 어서어서―. 지금 뛰어야 할 판이에
　　　　　요. 자, 어서어서! (가다가 혜자에게) 혜자도 어서 가
　　　　　요. 가서 인사라도 하고 와요. 혜자 딸과 아들한테.

딸과 아들, 가이드를 따라간다.

혜자, 두 사람의 뒷모습을 끝까지 본다.

옆에 있던 젊은 죽음도 가이드와 딸과 아들을 따라간다.

혜자　　　그런데…… 어디로, 가면 되나요?

그때 작게 들리는 기타 소리.

혜자, 기타 소리가 들리는 곳을 향해 걸어간다.

9

병원.

혜자, 깨어난다.

늙은 죽음, 옆에 앉아 있다.

한율과 지율도 혜자 곁에 있다.

한율   깼어?

혜자   어…….

한율   엄마, 괜찮아?

사이

혜자   어…… (사이) 나 배고파. 수영을 너무 오래 했나 봐.

지율   ……어? 수영……?

혜자   응, 먹을 거 있니?

지율   어, 그럼. 그럼 있지…….

혜자   수영장 다녀왔어. 엄청 깊고 넓은 수영장.

지율   ……그랬어? 잘했네…….

한율, 간단한 간식을 혜자 앞에 놓는다.

혜자   맛있겠다. (늙은 죽음에게) 와서 너도 같이 먹어.
늙은 죽음   그럴까? 맛있겠네.

늙은 죽음, 혜자와 마주 보고 앉는다.
지율, 늙은 죽음을 본다.
한율, 혜자가 말을 거는 곳을 본다.

지율   엄마, 이 사람……이랑 같이 갈 거야?

늙은 죽음, 지율을 본다.
한율, 지율을 본다.

지율   이 사람 따라갈 거냐고. 왜 계속 옆에 두는 거야? 왜
          잘해주는데?

한율, 지율과 혜자를 본다.

혜자   지율아, 이제 그만해. 얘 내 친구야.

지율   이 사람 엄마 친구 아니야.

혜자   내 친구 맞아.

지율   아니야.

혜자   맞다니까. 내 친구야.

지율   엄마, 친구는 이렇게 오지 않아. 친구는 이렇게 안
        해. 친구는 계속 살게 한다고. 죽이지 않아.

긴 사이

혜자   지율아. (사이) 내 친구 맞아. 마지막을 나와 함께하
        잖아. 그리고 네 친구이기도 하고.

지율, 늙은 죽음을 본다.
한율, 혜자와 지율과 보이지 않는 죽음을 본다.
늙은 죽음, 혜자 옆에 선다.

혜자   나, 곧 죽어. 너희도 알잖아. 나 항상 무서웠다. 죽
        을 때 혼자일까 봐. 그런데 얘가 있어서 얼마나 다행
        인지 몰라. 혼자가 아니니까. 그러니까 미워하지 마.
        (지율과 한율의 손을 꼭 잡으며) 내 딸, 내 아들.

10

안.

막다른 길 앞에 서 있는 딸과 아들, 그리고 가이드.

딸　　　　　여기예요?

가이드　　　여기예요. 다 왔어요.

아들　　　　사방이 다 막혀 있는데요?

가이드　　　막힌 것처럼 보이는 곳이죠.

딸, 앞에 있는 커다란 벽을 만지기 시작한다. 벽을 만지며 위를 바라본다. 끝없이 높은 어떤 벽.

딸　　　　　와— 여긴 뭔데 이렇게 높아요?

가이드　　　어—. 함부로 만지면 안 될 텐데.

딸　　　　　왜요?

웃음소리. "크크크큭."

목소리	간지러워—.

목소리   간지러워—.

딸   어디서 나는 소리지?

목소리   간지러워어—.

딸   어디 있어요?

목소리   아하하하. 간지러워, 간지러워. 거기 있지 마요. 너무 간지러우니까.

아들, 멀리 떨어져 위를 본다.

아들   우와—.

딸   왜요? 뭐 있어요? 나도 보고 싶어.

아들을 따라 뒤로 멀리 떨어지는 딸. 아래에서부터 위를 쭉 훑어본다. 생각하는 사람이 보인다.

딸   와— 진짜 크다. (아들에게) 제가 발을 만졌나 봐요. (크게) 안녕하세요! 제 말 들려요? 안녕하세요! 저희 보여요?

생각하는 사람   보여요—. 근데 거기 그만 기대요. 너무 간지러워요.

딸   아, 미안해요. 아…… 여기가 발이었구나. 미안해요!

생각하는 사람	괜찮아요.
딸	그런데 지금 뭐 해요?
생각하는 사람	생각해요.
딸/아들	네?
생각하는 사람	생각 중이에요.
딸	(가이드에게) 생각?

그때 젊은 죽음이 들어온다.

젊은 죽음	안녕, 생각하는 사람! 나야!
생각하는 사람	너 왜 여기 있어?
젊은 죽음	나야 뭐, 항상 여기저기 있지.
생각하는 사람	누가 죽어?
젊은 죽음	누구나 죽지.
가이드	선생님, 저희 왔으니 이제 생각을 주시죠.
딸	생각은 또 뭐예요?
아들	받아보면 알겠죠.
가이드	이제 그만 생각하시고, 생각을 주시죠!
생각하는 사람	좀 더 생각하고요.
가이드	계속 생각하셨잖아요. 이제 생각 그만하고 생각을 주세요. 시간이 얼마 없습니다.
생각하는 사람	좀 더 생각을 해야 할 것 같지만……. 그래요.

	알겠어요. 이제 시작하면 됩니까?
가이드	네, 시작하면 됩니다.
생각하는 사람	아…… 그런데 아직 생각이 안 끝났는데…….
가이드	생각이란 원래 끝이 없죠. 그래도 그만 끝내시고, 주세요. 생각. (아들, 딸에게) 자, 가까이 가세요.

딸과 아들, 생각하는 사람에게 가까이 간다.

| 생각하는 사람 | 자, 이제 생각을 줄게. |

사이

딸	그런데…… 전 가방이 없는데요.
생각하는 사람	응? 가방이 없다고? 왜?
딸	잃어버렸어요…….
생각하는 사람	어쩌다.
아들	다른 데 받을 수는 없나요?
생각하는 사람	응? 아, 이건 가방에 받는 거 아니야.
아들	그럼요?
생각하는 사람	이건 그냥 너희들 몸으로 직접 들어가는 거야.
딸	우리, 몸에……?

생각하는 사람   응.

사이

아들   근데 생각이 뭔데요……? 그거 받으면 어떻게

     돼요……?

생각하는 사람   생각하고 행동할 수 있지.

딸   받지 않으면요?

생각하는 사람   생각 없이 행동하겠지.

아들   ……둘이 많이 다른 건가요?

생각하는 사람   그럴걸……. 자, 어서 시작하자. 가까이 와.

딸과 아들, 생각하는 사람에게 가까이 간다.

생각하는 사람   지금부터 내가 질문을 줄 거야. 그 질문에 각

     자 알아서 대답을 하면 돼.

딸   그게 끝?

생각하는 사람   응, 그게 끝. 자, 한 사람씩 귀 좀 내어주겠어?

아들, 귀를 내어준다.

생각하는 사람, 귓속말로 질문을 준다.

아들	너무 어려운데.
생각하는 사람	그래도 생각해. 이제 네 차례야.

딸, 귀를 내어준다.

생각하는 사람, 귓속말로 질문을 준다.

고개를 갸우뚱하는 딸.

생각하는 사람	(딸과 아들을 보며) 음. 좋아, 좋아. 머릿속에서 생각이 여기저기 돌아다니는군. (딸의 머리를 통통 치고는) 생각, 안녕? 요기 있다. 오오, 조기 있다. 우히히히. 엄청 열심히 돌아다니네. 자, 이제 됐어. (가이드에게) 그동안 고생했어.

가이드, 미소를 짓는다.

생각하는 사람	이제, 혼자 떠나.
딸/아들	네?
생각하는 사람	이 생각들은 앞으로 (가이드를 가리키며) 얘 대신이야.
딸	그게 무슨 말이에요?
생각하는 사람	이제 이 생각이 너희의 가이드야.
아들	우리랑 같이 안 나가요?

가이드	전 여기까지예요.
아들	어…….
가이드	제 역할은 여기까지 두 분을 안내하는 거예요.
아들	그럼 저 밖에서는 누가 우리를 안내해주죠?
가이드	생각이요. (짧은 사이) 저보다 더 잘 안내해줄 거예요. 그걸 믿고 가면 돼요.

딸, 머리를 이리저리 흔들어댄다.

아들	뭐 해요?
딸	생각이 막 돌아다녀요. 지금 이 상황에 대해 생각 중이에요.
아들	(가이드에게) 같이 나가요.
가이드	(고개를 저으며) 전 같이 못 가요. 원래 여기서 헤어지는 겁니다.

생각하는 사람, 머리를 이리저리 돌려대는 딸의 머리를 지그시 잡는다.

생각하는 사람	가만히. 가만히 멈춰 생각하면, 생각이 찾아질 거야.

딸과 아들, 가만히 생각한다.

생각하는 사람　　(가이드에게) 자, 이제 진짜 마지막이지?

가이드, 고개를 끄덕인다.

생각하는 사람　　자, 가방이 없는 사람이 누구랬지?

딸　　……저요.

생각하는 사람　　그럼…… 딸은 여기 남고, 아들만 죽는 건가?

가이드　　네.

생각하는 사람　　(딸에게) 알고 있었지?

딸　　……네.

생각하는 사람　　(아들에게) 알고 있었지?

아들　　……네.

생각하는 사람　　그럼 이제, 나가자.

아들, 뭔가를 계속 생각한다.

딸　　　　　　　(아들에게) 잘 죽으세요. 잘 죽고, 잘 태어나세
　　　　　　　　　　요. 저도 물론 죽지만. 둘 다 죽는데, 도착지가
　　　　　　　　　　다르네요.

아들　　네…….

가이드　　어서 가세요.

사이

아들, 떠나지 못한다.

아들　　　　　두 분 없이, 저 혼자…… 가는 거예요……?

가이드, 고개를 끄덕인다.

딸　　　　　덕분에 즐거웠어요.

아들, 고개를 끄덕인다.

생각하는 사람　　자, 그럼 이제 기도하는 사람을 부를게. (먼 곳
　　　　　　　　을 향해) 기도하는 사람! 나오세요! 시간이 다
　　　　　　　　됐습니다!

기도하는 사람이 나온다. 아주 작고 왜소하다.

11

불 꺼진 연구실.

잠시 후, 은우가 연구실로 들어와 불을 켠다. 자신의 자리로 가다가 구석에 앉아 있는 지율을 본다.

은우   깜짝아. 선배, 거기서 뭐 해요?

지율   어, 왔어?

은우   언제부터 여기 있던 거예요?

지율   얼마 안 됐어.

은우   뭐야. 울었어요? 휴지 한 통 다 썼네. 왜 그래요.

지율   아니야.

은우   왜 그래요. 엄마 더 안 좋아지셨어요?

지율   아니, 엄마는 이상할 정도로 좋아졌어.

은우   너무 잘됐네. 그런데 왜 이렇게 울어요, 네?

은우, 지율을 가만히 본다.

지율   그냥 울고 싶어서.

은우   배 속의 아이를 생각해서 그만 우십시오. 아주 태교
        가 눈물이네, 눈물이야.

사이

은우   애들은 잘 자라고 있나? 태어나면 내가 진짜 예뻐해
        줄 거예요. 그거 알아요? 나 선배가 얘네들 가질 거
        라고 했을 때, 진짜 멋있다고 생각했잖아요. 형부 그
        렇게 갑자기 떠나고 다들 정신없을 때 선배가 그런
        결정 내린다고 해서 처음엔 좀 많이 말리고 싶었는
        데, 생각해보니 대단하다 싶더라고요. 이런 사람도
        있구나, 싶었거든요. 그런데 이제 보니 완전 코찔찔
        이네. 요새 너무 울어대는 거 아니에요?

은우, 지율을 지그시 바라본다.

지율   뭘 그렇게 봐. 나 괜찮아.

은우   하나도 안 괜찮아 보이거든요. 차 한잔해요.

은우, 차를 내온다.

지율　　고마워.

두 사람, 가만히 어두운 창밖을 보고 앉아 차를 마신다.

지율　　강연, 잘했다며.

은우　　아. 네, 뭐 그냥.

지율　　안 떨었어?

은우　　막상 하니까, 괜찮더라고요.

지율　　뭐래?

은우　　누가요?

지율　　청중들 반응. '죽음은 없습니다' 하니까 뭐래?

은우　　아―. (피식 웃으며) 뭐, 다들 흥미로워하다가, 그냥
　　　　　한 귀로 듣고 한 귀로 흘리더라고요.

지율　　너도 참 대단하다. 너 그거 이번에 논문으로 낼 거라
　　　　　며?

은우　　저 죽음에 진심인 사람입니다.

지율　　그런 가설은 어떻게 세우는 거야? 딱 들어도 말이
　　　　　안 되는데. 죽음이 어떻게 없냐. 다들 죽는데. 다 죽
　　　　　어나가는데.

은우　　(차를 마시며) 그러게요. 어떻게 그런 가설을 세웠을
　　　　　까.

사이

지율   애네도 죽었어.

은우   ……?

지율   유산이래.

은우   ……!

지율   오히려 잘된 건가……?

은우   …….

지율   다 내 욕심이었던 것 같아. 나 때문인 것 같아. 맞아, 다 내 욕심이야. 무서웠거든. 혼자 이 세상을 살아가는 게 무서웠거든. 그래서 아이를 갖고 싶었던 것 같아. 내 편이 필요했나 봐. 다 죽고 없으니까. 내가 사랑하는 사람들은, 다 죽고 없어. 있지, 나 누굴 사랑하면 안 될 것 같아. 내가 사랑하는 게 문젠가 봐. 그래서 다 죽나 봐. 그래서 애네도 날 떠난 것 같아.

사이

지율   네 말을 믿고 싶더라고. 죽음이 없다는 네 말, 믿고 싶더라. 그런데 내 앞에서 다들 너무 생생하게 죽었으니까……. 또 죽어가니까……. 그렇게 또 죽어 갈 테니까……. 그래서 그 말을 믿을 수가 없어. 그

래서 너무 화가 나. (사이) 은우야. 죽음이, 정말, 없
니……?

은우, 지율을 본다.
두 죽음, 강의실에 들어온다. 차를 한 잔씩 들고 은우와 지율 옆에 둘
러앉는다.
지율, 그들을 본다.

은우   선배. 어릴 때 저희 집에서 강아지를 한 마리 키웠거
든요? 제가 태어나기 전부터 얘가 있었으니까, 나보
다 언니인 셈이었죠. 저 중학교 졸업할 때까지 같이
지냈으니까, 정말 제 인생의 전부였다고 해야 하나.
그런데 얘가 어느 날 이 세상을 떠난 거예요. 그때,
뭐랄까, 정말 세상을 다 잃은 것 같더라고요. 세상이
뒤집어지고, 말 그대로 깜깜해진 것 같은 기분. 저
막 고등학교 들어갔을 땐데, 처음으로 내가 사랑하
는 누군가랑 헤어지는 경험을 하니까 정신을 못 차
리겠더라고요. 그런데 그거 알아요? 부모가 죽으면
3년상을 치른다잖아요. 사람들이 와서 애도도 해주
고. 그런데 강아지가 죽으면 아무도 애도를 안 해줘.
그냥 나 혼자 아파하는 거예요. 얼마큼 슬퍼해야 하
는지, 언제까지 아파해야 하는지, 그런 게 아무것도

없어요. 그냥 혼자 계속 계속 곱씹고 울고 그리워하고, 그러면서 지내야 해요.

두 죽음도 차를 마시며 은우의 이야기를 듣는다.

은우   그런데 그때 아빠가 나한테 그러는 거예요. "파래는 죽은 게 아니야. 네 안에 계속 살아 있어." 이 말이 너무 좋은 거예요. 그때부터 생각했어요. '그래. 우리 파래는 죽은 게 아니다. 죽은 게 아니다. 여기 어딘가에 있다. 다른 형태로, 다른 에너지로, 다른 파장으로. 분명히 그럴 것이다. 왜냐하면 아빠가 그렇게 말했으니까.' 그런데 나중에 아빠한테 얘기했더니 기억 못 하더라고요. 배신감 느끼게. (사이) 그런데요, 선배, 이게 과학적으로도 말이 돼요. 질량보존의법칙에 따라 존재는 어딘가에 늘 존재하잖아요. 그래서 그때부터 연구한 거예요. 그리고 저 그걸로 대학 갔어요.

죽음들   진짜?

은우   (본인도 어이없다는 듯 웃으며) 고등학교 내내 혼자 연구한답시고 거기 매달렸는데, 수시 면접 때 우리 교수님이 굉장히 흥미로운 생각이라면서, 포기하지 말고 끝까지 연구하라고, 그러면서 붙여줬어요.

젊은 죽음 진짜 대단하다—.

지율 그럼 넌 지금도 정말 그렇게 믿어? 죽음이 없다고?

은우 네.

사이

지율 하지만 지금 내 옆에 죽음이 살아 있는데.

은우 네?

지율 그러니까…… 누구나 곁에 죽음이 있다고. 누구나 죽잖아.

은우 표면적으로는요. (짧은 사이) 선배, 저희 아빠도 작년에 돌아가신 거 알죠?

지율, 고개를 끄덕인다.

은우 그런데요, 전 그때 한 번 더 느꼈어요. 아, 정말 죽음은 없구나. 표면적인 죽음은 있지만 실질적인 죽음은 없다. 봐봐요. 우리가 여기 있잖아요. 우리가 여기 있는 건, 엄청난 우주의 패턴 안에 있는 거잖아요. 수많은 진동 안. 그 진동이 뭐예요? 에너지잖아요. 그 진동의, 그 파동의 영향 안에서, 이 우주가 서로를 살게 도와주잖아요. 우리 아빠는요, 살아 있을 때보다 죽어서 저한테 더 크게 영향을 미쳐요. 아빠가 있을 때보다 없는 지금 더 많이 생각나거든요. 영향을 미친다는 증거죠. 그게 나를 변화시키고, 나를 변화시키니까 에너지라고 할 수 있고. 전 그렇게 믿어요. 죽은 자들의 몸은 여기 없지만, 그들의 에너지는 우리와 함께 있다.

지율, 두 죽음을 본다.

지율　　　그럼…… 죽음도 어쩌면…… 죽음이라는 생을 사는 걸지도 모르겠네.

두 죽음, 지율의 이야기를 듣는다.

은우　　　오, 멋있다. 그럴 수 있겠는데요?

사이

지율　　　그거 알아?

은우　　　뭐요?

지율　　　사람들이 너 완전 또라이래.

은우　　　(웃으며) 성공했네.

지율   뭐?

은우   살면서 또라이, 못된 년, 이기적인 년, 이 세 마디 들
              으면 성공한 거래요. 하나는 들었으니까 성공에 가
              까워진 거네.

지율   (어이없이 웃다가) 내 동생도 너 너무 싫대. 자기한테
              죽음은 희망인데, 네가 그 희망을 다 뺏어 가는 것
              같다고. 너랑 친하게 지내지 말라던데.

사이

은우   선배 동생, 싱글이랬죠? 소개 좀 해줘요. 약간 내 스
              타일 같은데.

지율   미쳤냐? 둘이 안 맞아.

은우   왜요. 맞을 수도 있죠. 소개 좀 해줘요.

지율   죽느냐 사느냐부터 생각이 다른데—.

은우   그러니까 더 치열하게 만날 수 있지 않을까요? 나
              그런 거 좋아하는데.

지율   으휴, 변태.

두 죽음, 은우의 이야기를 들으며 웃는다.

그때 혜자가 들어와 두 죽음 옆에 앉는다.

혜자에게서 눈을 떼지 못하는 지율.

은우   선배, 뭐 해요? 선배……?

지율, 계속 두 죽음과 혜자를 본다.

은우   선배, 왜 그래요.

잠시 후, 지율의 전화벨이 울린다.

지율   여보세요? 네……? 엄마가요……?

혜자, 지율에게 다가와 안아준 후 두 죽음과 떠난다.

12

안.

기도하는 사람이 딸을 포옹한다.

그 모습을 바라보는 아들, 가이드, 젊은 죽음.

딸의 손에는 아들의 가방이 들려 있다.

딸　　　진짜 괜찮겠어요?

아들　　……네. 전 여기 있을래요. 여기 사람들이랑 정도 많

　　　　　이 들었고……. 생각해봤는데, 전 죽음을 두 번 겪고

　　　　　싶진 않은 것 같아요.

딸　　　(가방을 보며) 진짜, 제가 이걸 갖고 나가도 괜찮아

　　　　　요?

아들　　가세요. 괜찮아요. 또 잃어버리지만 마요.

딸　　　…….

아들　　어서 가요. 먼저 가는 거 보고 갈게요.

딸　　　……고마워요. 당신 얼굴, 잘 기억하면서 살게요.

아들　　네. 내 얼굴, 꼭 기억해줘요. 내 얼굴 안에, 당신 얼굴

도 있으니까.

딸, 아들과 가이드와 차례대로 포옹한 다음 앞에 놓인 길을 바라본다.

가이드　　자, 이제 시간이 다 되어갑니다!

길 쪽에서 거센 바람이 불어온다.

가이드　　이 바람을 뚫고 가셔야 해요! 뛰는 법 배운 거 잊지
　　　　　　않았죠? 딸, 힘껏 뛰어가세요. 저 밖을 향해서!

딸, 문을 본다.
바람이 거세게 불고, 문이 열리기 시작한다.
딸, 마지막으로 안의 사람들에게 인사를 하고 뛰어나간다.
잠시 후 밖에서 터져 나오는 울음소리.

아들　　　무슨 소리예요?
가이드　　태어난 소리요.

사이

젊은 죽음　자, 이제 우리도 가야지?

아들　　　　어디로 가면 돼요?

젊은 죽음　　(가이드에게) 이제부턴 내가 맡을게.

가이드, 말없이 고개를 끄덕인다.

아들, 젊은 죽음과 가이드를 번갈아 본다.

젊은 죽음　　아까 노래 배웠지?

아들　　　　네.

젊은 죽음　　불러줘요. 난 사람들 노래 들을 때 기분이 좋더라고.

아들, 허밍으로 노래를 부른다.

젊은 죽음, 아들에게 손을 내민다.

아들, 젊은 죽음의 손을 잡는다.

가이드　　　(젊은 죽음에게) 잘 부탁해.

젊은 죽음, 아들의 손을 잡고 가이드에게 인사한다.

아들도 따라 인사한다.

떠나는 아들과 젊은 죽음.

가이드, 이들의 뒷모습을 바라본다.

13

공원 벤치.

지율과 한율이 앉아 있다. 지율의 머리에는 흰 핀이 꽂혀 있다.

쨍한 날, 모든 것이 선명하게 맑은 낮.

커피를 마시는 두 사람.

한율   행복해 보인다.

지율   누가?

한율   저 사람들.

지율, 사람들을 본다.

한율   다들 기다리는 것도 없고, 떠나보낼 것도 없는 표정
들이네.

지율   그러게, 행복해 보이네.

한율   저 사람 보여?

지율   누구?

한율   저기, 킥보드 타는 사람.

지율   어, 보여.

한율   저 사람, 이 시간에 매일 여기 있는 것 같아.

지율   어떻게 알아?

한율   가끔 여기 오면, 항상 저 사람이 저렇게 혼자 킥보드
          를 타고 있더라고. 그리고 가끔 꼬마 애들한테 킥보
          드 타는 법도 알려줘.

지율   재밌는 사람이네.

한율   그러면서 얘기해. 기억해, 까먹지 말고. 꼭 기억하란
          말이야. 그런데 애들은 대부분 잘 기억한다. 엄청 잘
          타더라고.

지율   애들이라 그런가.

사이

한율   엄마도 뭐 배우는 거 좋아했는데.

지율   …….

한율   엄마 마지막, 진짜 예쁘더라. 그치.

지율   ……응.

한율   피부도 너무 곱고.

지율   ……응.

한율   계속 그렇게 옆에 있었는데, 임종을 못 지켰네…….

　　　　　　　엄마 혼자, 외로웠을까?

지율　　　글쎄.

사이

한율　　　누나 몸은, 괜찮아? 왜 진작 말 안 했어.

지율　　　엄마 때문에 정신없는데 뭘 말해.

한율　　　……태어나는 것도 쉽지 않고, 사는 것도 쉽지 않고.

　　　　　　　……죽는 것도 쉽지 않겠지?

그때 젊은 죽음이 이들 옆 벤치에 앉는다.

지율, 젊은 죽음을 본다.

잠시 후, 젊은 죽음 앞으로 공 하나가 날아온다.

그 모습을 보고 놀란 지율이 마시던 커피를 옷에 쏟는다.

한율　　　누나, 괜찮아?

지율　　　어? 어…… 괜찮아…….

한율　　　아휴. 기다려봐. 휴지 하나 사 올게.

한율, 휴지를 사러 간다.

한 소년이 젊은 죽음에게 달려온다.

젊은 죽음   이 공 네 거니?

소년   네.

젊은 죽음   똑바로 던져야지.

소년   죄송해요.

젊은 죽음   이 옷 세탁하고 오늘 처음 입은 건데, 벌써 더러워졌잖아. 오늘 중요한 사람 만나러 가는데. 그 사람이 내가 이렇게 커피나 흘린 걸 보면 어떻게 생각하겠어. 허술하게 볼 거 아냐. 나랑 같이 가도 되나— 싶을 거라고.

소년   그냥 커피를 흘렸구나, 생각할 거예요.

젊은 죽음   그래? 그럼 네 말을 한번 믿어보지, 뭐.

젊은 죽음, 옷에 흘린 커피를 닦는다.

소년   제가 닦아드릴게요.

젊은 죽음   그럴래? 그럼 깨끗이 닦아줘.

소년   네.

소년, 젊은 죽음의 옷에 묻은 커피를 닦아준다.

소년   다 닦았어요.

젊은 죽음   고맙습니다.

소녀가 뛰어온다.

소녀   죄송합니다. 동생이 공놀이를 하다가 잘못 던졌어요.

젊은 죽음   아닙니다. 여기, 공.

소녀   감사합니다. 정말 죄송해요. (소년에게) 너 조심해야지.

소년   죄송하다고 했어.

젊은 죽음   별말씀을요. (사이) 그런데 약속 시간보다 일찍 만나게 됐네요.

소녀   네?

젊은 죽음   우리, 내일 만나기로 했거든요.

소녀   저랑요?

젊은 죽음   네, 동생이랑.

소년   누나, 아는 사람이야?

소녀   아니.

젊은 죽음   약속하고 만나기로 한 건 아니었어요. (짧은 사이) 우선 조심히 들어가요. 공 조심하고.

소녀/소년   네.

젊은 죽음   잘 가, 울지 말고.

소녀와 소년, 길을 떠난다.

젊은 죽음, 벤치에 앉아 마저 커피를 마신다.

지율, 그 모습을 본다.

잠시 후, 자동차의 급정거 소리.

사람들, 웅성웅성거린다. 클랙슨이 울리고, 주위가 시끄러워진다.

젊은 죽음, 커피를 한 모금 마신다.

사이렌 소리가 들린다.

젊은 죽음, 일어나서 지율에게 간단히 인사하고 떠난다.

한율, 휴지를 사서 돌아온다.

한율　　누나, 나 왔어.

지율　　어? 어…….

한율　　누나, 어딜 계속 보는 거야?

지율　　어? 아니 한율아, 아무 소리도 안 들렸어?

한율　　무슨 소리?

지율　　아니야, 아니야.

한율　　괜찮아……?

지율　　어, 괜찮아…….

사이

한율　　누나 좀 쉬어야 할 것 같아. 그동안 너무 무리했어.
　　　　　　몸도 마음도. 힘들면 힘들다고 해. 혼자 다 떠안지

말고.

사이

한율   하긴. 우리가 누구한테 힘들다고 할 사람들은 아니
         지. 그래도 말해, 응? 말하자, 이제.

지율   그래.

한율   난 이제 말할 거야. 힘들면 힘들다고, 슬프면 슬프다
         고. 그래서 하는 말인데, 나 힘들었어.

지율, 한율을 본다.

한율   엄마 보는 것도, 누나 보는 것도. 제일 무서웠던 게
         뭔지 알아? 엄마 죽을 때 내가 혼자 있는 거. 내가
         혼자 엄마의 죽음을 마주할까 봐, 난 그게 너무 무
         섭더라. 그런데 엄마가 혼자 갔네. 내가 이런 생각해
         서 그렇게 된 걸까?

지율, 한율을 본다.

한율, 가만히 지율을 본다.

지율   혼자 아니었을 거야. 그래, 아니었어. 이곳에서의 엄

마의 마지막, 혼자 아니었어. 친구랑 같이 있었어. 내가 알아. 그러니까 우리 미안해하지 말자.

늙은 죽음, 벤치에 와서 앉는다. 커피를 마시며 햇살을 만끽한다.

14

강연장 뒤, 백스테이지.

지율이 강의를 위해 나갈 준비를 한다.

옆에 은우가 있다.

은우   진짜 그걸로 강연할 거예요?

지율   어.

은우   선배, 그거 진짜 이상해요. 하지 마요.

지율   왜. 너도 했잖아.

은우   저는 제가 연구한 걸 한 거고요.

지율   나도 내가 믿는 걸 하는 거야.

은우   수학자가 무슨 믿는 걸 얘기합니까. 증명할 수 있는
           걸 얘기해야지.

지율   내가 그 증명이야.

은우   선배, 누가 보면 우리 수학 집단이 아니라 종교 집단
           인 줄 알겠어요. 한 명은 죽음이 없네, 한 명은 죽음
           이 여럿이네.

지율   네가 시작한 거야.

스태프가 들어온다.

스태프   선생님, 준비되셨죠?

지율   네, 준비됐어요.

스태프   곧 있다가 스탠바이 들어갑니다.

지율   네, 알겠습니다.

지율, 물 한 모금을 마신다.

은우   오늘 패널 토론 진행 제가 하거든요. 진짜 그 얘기

            하지 마요.

지율   너 스탠바이 안 하니?

은우   (한숨을 쉬며) 진짜…… 우리 이제 다 망했어요.

스태프   스탠바이.

지율, 무대로 나갈 준비를 한다.

스태프   지금 나가시면 됩니다.

지율, 무대로 나간다.

지율　안녕하세요. 수학자 채지율입니다. 오늘은 한 달 동안 달려온 '삶과 죽음' 시리즈의 마지막 시간이네요. 저는 오늘 여러분들과 어떤 이야기를 나누면 좋을까 고민하다가, 좀 엉뚱한 이야기를 들려드리려고 해요. (짧은 사이) 여러분, 옆을 보세요. 누가 보이나요? 여러분 옆에, 죽음이 있다고 생각하신 적 있으신가요? 그것도 한 죽음이 아닌, 여러 죽음들이 여러분 양쪽에 앉아 있다면, 어떠세요? 우리가 사는 이곳 곳곳에는, 죽음들이, 가득합니다. 하나의 죽음이 아닌, 여러 죽음들이요. 여러 죽음들만큼이나, 죽음의 모양도 다양하죠. 한 사람에게 붙어 있는, 그 사람만의 죽음. 그렇게 지구상의 사람의 수만큼 방대하게 존재하는 죽음들. 세상에는 하나의 죽음이 아닌, 여러 죽음이 있다는 것. 이것이 수학적으로 가능한지, 그리고 증명할 수 있는 이야기인지, 이제부터 이야기해보고자 합니다.

늙은 죽음과 젊은 죽음이 객석에 앉아 지율을 바라보다가 무대를 향해 걸어 나온다.

0

길.

늙은 죽음과 젊은 죽음이 길에 들어선다.

혜자와 아들이 각각 다른 곳에서 나와 길 위에 선다.

혜자　　　(아들에게) 아들, 여기서 만났네. 태어나지 않은 우리
　　　　　아들, 이제 나와 함께 가자.

혜자와 아들, 손을 맞잡고 늙은 죽음과 젊은 죽음에게 다가간다. 함께
걸어간다. 발걸음이 가벼워 보인다.

아들의 허밍 소리가 크게 울리며,

막

오피스

시간	현재

공간	여러 개의 사무실, 자동차 대리점 내 상담실

등장인물	세범	남, 삼십대 후반
	재이/주영	여, 삼십대 후반
	혜윤/경원/선우/은희	여, 삼십대 중반
	민제/병훈/주찬	남, 삼십대 후반
	민훈/도영	남, 삼십대 후반
	병식/석현/지훈	남, 사십대 초반

———   등장인물 중 한데 묶은 인물들은 한 명의 배우가 연기할
수 있다.

1

사보회사 '당신을 위한 문장'.

오래된 상가 건물 안의 사무실.

책상과 책상 사이에는 낮은 파티션이 둘러져 있다.

무대 상수는 사무실, 하수는 회의실, 사무실 업스테이지에는 대표실로
통하는 문이 보인다. 회의실에는 큰 책상 하나와 여러 개의 의자, 빔 프
로젝터에 사용되는 화이트보드가 놓여 있다.

회의실에서 병식과 민제가 미팅을 하고 있다.

사무실에는 재이가 일을 하고 있고, 다른 자리는 부재중이다.

재이는 시안을 들고 디자인팀을 분주히 오간다.

재이가 자리를 비운 사이, 사무실 전화벨이 울리다가 끊긴다.

병식과 민제가 대화를 나누는 중에도 전화벨이 계속 울린다.

민제　　　아시잖아요. 이렇게는 발행 못 해요.

병식　　　네⋯⋯.

민제　　　이거 저희 협력사 인터뷰예요.

병식　　　네⋯⋯.

민제   협력사 인터뷰라고요.

병식   네…….

민제   네?

병식   네?

민제   네 말고 다른 대답은 없을까요?

병식   (한숨과 함께) 아, 네……. 아니……, 휴―. (전화벨 소리가 거슬린다는 듯) 잠깐만요.

병식, 전화를 받으러 나오지만 끊긴다. 다시 회의실로 들어가는 병식.

병식   계속하시죠.

민제   계속할 것도 없습니다. 그게 다예요. 이렇게는 발행할 수 없다.

병식, 책상에 놓인 인터뷰 출력본을 다시 읽어본다.

민제   이건 거의 안티 수준이잖아요. 내용을 보세요. 저희가 무심하다는 둥, 지원이 야박하다는 둥. 이런 내용이 들어가면 곤란하죠. 협력사 인터뷰인데.

다시 울리는 전화벨 소리.

민제   이거 보고 윗선에서도 불편하다고 하셨어요. 제가
       얼마나 난감했는지 아세요?

병식, 계속 읽는다.
전화벨 소리도 계속 울린다.

병식   잠시만요.

병식, 다시 사무실로 나오지만 이내 전화가 끊긴다.
그때 재이가 커피 한 잔을 들고 자리로 온다.

병식   (작게) 윤 팀장, 전화 좀 받아. 지금 안에—.

병식, 복잡하다는 표정을 짓는다.

재이   아, 네.

병식, 회의실로 들어간다.
재이, 커피를 마시며 전화가 다시 올까 봐 잠시 기다린다. 그러고는 한
손에 커피, 한 손에 시안을 들고 디자인팀으로 간다.
그때 전화가 다시 울린다.
재이, 급하게 자리로 돌아와서 전화를 받는다.

| 재이 | 네, 전화받았습니다. 아— 작가님. 네, 네. 잘 지내
셨죠? 저희도 잘 지내죠. 그런데 무슨 일이세요?
(사이) 아, 고료⋯⋯. 네⋯⋯, 계속 안 나가고 있었
죠⋯⋯. 네⋯⋯, 제가 대표님께 말해서 빨리 처리해
드릴게요. 죄송해요. 지금 회사 상황이 별로 안 좋아
서⋯⋯. 네⋯⋯, 네⋯⋯. 죄송합니다. (한숨을 쉬며)
네, 네, 네. 네, 네네, 네네. 네. 네, 알겠어요. 네, 그럼
들어가세요. 네. |

재이, 전화를 끊고 커피를 마신다.

병식	네?
민제	필자가 누구냐고요.
병식	필자, 요⋯⋯?
민제	전에 저랑 같이 촬영 나갔던 그분 맞죠? 그 남자분.
병식	누구⋯⋯.
민제	있잖아요, 그분. 그, 그, 평범하게 생긴.
병식	(떠올리려 하며) 음⋯⋯.

민훈이 사무실로 들어온다.

| 재이 | 어, 작가님—. |

민훈   팀장님, 계셨네요.

재이   (회의실을 흘끔 보고) 일찍 오셨네요? 오늘 촬영 2시

                아니에요?

민훈   대표님 계세요?

재이   어……, 네…….

민훈   대표실에 계세요? 들어가면 뵐 수 있나요?

민훈, 대표실로 들어가려 한다.

재이   어어―, 거기 안 계세요.

민훈   그럼요? 아, 회의실에 계시나요?

재이   저한테 먼저 말씀하세요. 무슨 일인데요?

민훈   무슨 일이냐고요? 아시잖아요. 1년 치예요, 1년 치.

재이   아, 네…….

민훈   뭔가 조치를 취해주셔야 하는 거 아니에요?

재이   지금 회사 상황이 좀 그래요…….

민훈   제 상황도 좀 그래요. (한숨을 쉬고) 저 고료 얘기 잘

                안 하는 거 아시잖아요.

재이   알죠…….

민훈   그동안 알아서 챙겨주시겠거니 했는데, 정말 아무

                답변이 없으시니까. 저도 답답해서 왔어요.

재이   그런데 지금은 좀……. 광고주랑 계세요.

민훈	미팅 몇 시에 끝나요?
재이	거의 끝날 때 되긴 했는데…….
민훈	기다릴게요.
재이	여기서요?
민훈	그럼 어디서요.
재이	……그러지 말고, 대표님께 나중에 제가 따로 말씀 드릴게요.

민제	제가 따로 얘기하진 않겠습니다. 오늘 인터뷰 차질 없게 잘 좀 부탁드려요.
병식	네, 알겠습니다. (시간을 확인한 후) 시간이 벌써 이렇게 됐네요. 식사 먼저 하시죠. 이따 같이 넘어가셔야 하는데.
민제	그러죠.

민제와 병식, 회의실에서 나오다가 사무실에 있던 민훈과 마주친다.

병식	어, 작가님…….
민제	이분, 이분이에요. 맞죠? (민훈에게) 안녕하세요. 전민제 과장입니다. 기억하세요? 세 달 전에 저희 직원들 부서 촬영할 때 같이 갔었는데.
민훈	(기억이 가물가물한 듯) 음…….

재이, 민훈에게 귓속말을 한다.

민훈   아, 아. 네, 안녕하세요. 오랜만입니다.

민제   원고 잘 보고 있습니다. (예의를 갖춘 조심스러운 태도
             로) 협력사 인터뷰, 작가님이 하신 거죠?

민훈   네? 네…….

민제   이따 오후에도 오세요?

민훈   그럼요.

민제   저도 오늘은 같이 현장에 갈 거라서요. 그럼 저희 오
             후 인터뷰 건도 얘기할 겸, (회의실을 가리키며) 잠깐
             시간 괜찮으세요?

민훈   지금……요?

민제   네. (병식을 보며) 괜찮죠?

병식   어…… 그럼요. (민훈에게) ……작가님, 같이 들어가
             시죠.

민훈   네, 뭐.

민제, 병식, 민훈이 회의실로 들어간다.

재이, 커피를 마신다.

잠시 후, 혜윤과 세범이 사무실로 들어온다.

혜윤   다녀왔습니다.

재이　　　어, 왔어? 인터뷰 잘했어?

혜윤, 아무 말이 없다.
재이, 저기압인 듯한 혜윤을 보고는 세범에게 표정으로 묻는다.
세범, 난감한 표정을 짓는다.

재이　　　성 대리—.

혜윤, 대답하지 않는다.

재이　　　오늘 촬영 별로였어?

재이, 다시 한 번 세범에게 무슨 일 있었냐고 표정으로 묻는다.
세범, 여전히 난감한 표정이다.

재이　　　성 대리, 괜찮아?
혜윤　　　네.
재이　　　커피 한잔 마실래? 원두 새로 샀는…….

그때 혜윤의 휴대폰 벨소리가 울린다. 혜윤, 받지 않는다. 또다시 벨소리가 울리지만 이번에도 받지 않는다. 혜윤, 스트레스 받는다는 듯 자리에서 일어나 나간다.

재이   왜 이렇게 저기압이야. 무슨 일 있었어요?

세범, 카메라 가방을 내려놓으며 난감한 한숨을 내쉰다.

재이   왜요, 작가님?
세범   별로 안 좋았어요.
재이   왜요? 어렵게 잡은 인터뷰라 잘 나와야 하는데.
세범   와서 성격 좀 부리시던데…….
재이   성격을 부리다니요?
세범   저희 두 시간 기다렸거든요. 미안하단 말 한마디는
        할 줄 알았는데, 오자마자 다짜고짜 짜증만 부리더
        라고요. 사보 누가 본다고 이런 인터뷰를 잡았냐, 내
        가 한가한 줄 아냐, 시간만 버렸다, 막 그러면서 매
        니저를 쥐 잡듯이…….
재이   참 나. 아니, 그럴 거면 애초에 거절을 하든가. 섭외
        할 땐 그렇게 살살살살 웃더니 어디서 꼰대 짓이야.
        ……아, 죄송해요. 아우, 이 일 하면서 성격만 나빠
        졌어요.
세범   하하…….
재이   하긴. 그 사람 예전에 인터뷰할 때도 그랬어요. 그게
        10년 전인데 아직까지도 그러네. (짧은 사이) 그나저
        나 작가님 저희랑 첫 촬영이었는데 어쩌나. 첫인상이

중요한데.

세범   인터뷰이가 그런 건데요, 뭐.

재이   일이 참, 내 맘 같지 않아요, 그쵸?

세범, 말없이 웃는다.

재이   참, 내일도 인터뷰 있는 거 아시죠?

세범   오전 맞죠?

재이   네. 그런데 오늘은 성 대리랑 같이 가셨지만, 다음엔
               사진이랑 원고 직접 다 해주셔야 해요. 아시죠?

세범   네, 그럼요.

재이   그래도 이렇게 사진, 원고 다 하시는 분 만나서 제가
               정말 한시름 놨어요. 사보 예산을 계속 줄이네요. 인
               건비도 안 나오게.

세범   요즘 다들 워낙 사정이 안 좋으니.

재이   이해해주셔서 감사해요. 앞으로 저희 정말 잘해봐
               요, 작가님.

세범   저야말로 잘 부탁드립니다.

혜윤, 물잔을 들고 들어온다.

재이   성 대리, 그냥 똥 밟았다 생각해. 여기 있다 보면, 그

런 일 비일비재해.

혜윤의 휴대폰 벨이 울린다. 혜윤, 또 받지 않는다. 다시 울린다. 수신
거부.

혜윤   팀장님.

재이   어, 왜?

혜윤   우리, 필자들한테 고료 언제 지급해요?

재이   고료……? (세범의 눈치를 보며) 다 들어갔을…… 텐
       데……?

혜윤   김 작가님, 신 작가님, 박 작가님, 계속 전화 와요.
       하루에 두세 번씩요. 오늘도 인터뷰하는데 계속 전
       화 와서 미치는 줄 알았어요.

재이   다들 왜 너한테 전화를 하지……?

혜윤   대표님이랑 팀장님이 전화 안 받으시니까 그러겠죠.

재이   어……? 내가 전화를 왜 안 받아…….

혜윤   작가님들이 그러시던데. 두 분 다 전화 피한다고.

재이   전화를 왜 피해. 다들 이상하시네.

혜윤   그럼 저 이 전화 받아요?

재이   뭐……?

혜윤   지금도 계속 전화 오거든요. 팀장님이 그냥 직접 받
       으실래요?

재이 성 대리, 잠깐 나 좀 볼까?

사이

재이, 대표실로 들어간다.

혜윤, 따라 들어간다.

잠시 후, 두 사람이 다시 사무실로 나온다. 분위기가 좋지 않다.

민제 제 말…… 무슨 의미인지 아시겠죠?

민훈 …….

민제 저희도 압니다. 요즘 저희 회사 여론 안 좋죠. 여기
저기 시위하고 언론에서도 계속 때리고 있고. 그래
서 지금 저희도 정말 분위기 안 좋아요. 얼마 전 일
어난 협력사 일은…… 저희도 수습하고 있어요. 그
것 때문에 홍보실 직원들 다 비상입니다. 그런데 이
럴 때일수록 사보가 중요하잖아요. 저희가 이거 왜
만듭니까. 직원들 사기 진작 차원에서 만드는 거잖
아요. 그런데 내용이 이러면 발행 의도와 너무 어긋
나는 것 아닙니까. 그리고 솔직히 말해서, 그 대표님
이 자ㅅ…… 극단적인 선택을 한 게 꼭 저희 때문이
라고는 할 수 없어요. 협력사도 자생력을 키워야죠.
저희랑 상생을 해야지, (조심스럽게) 기생을 하면, 안

되지 않습니까.

민훈 네?

민제 협력사 인터뷰 코너, 제가 만든 거예요. 어떻게 하면
저희 같은 대기업과 중소기업이 같이 윈윈할 수 있
을까 모색하면서 제가 만든 코너라고요. 그런데, 여
기에 이런 내용이 실리면, 제가 윗선에 뭐라고 말합
니까. (병식을 보며) 대표님, 아시잖아요. 김영란법으
로 종이 사보 다들 폐간할 때, 이거 남겨두자고 설
득한 게 저랑 저희 부장님이에요. 그리고 저희 여기
에 적지 않은 예산 쓰고 있습니다. 아, 물론 30퍼센
트 예산 줄었죠. 그래도 이 시국에 이렇게 사보에 돈
쓰는 기업, 없는 걸로 아는데요. 입찰 때 저희 경쟁
률 높았어요. 아시잖아요. 국내에서 잘나가는 업체
들, 다 달라붙었어요. 저희 결제 깔끔하잖아요. 밀린
적 있나요? 그때그때 바로 지급하잖아요. 물론 이런
말 하는 이유는 생색을 내려는 게 아니라 저희도 당
위문과 좋은 관계를 유지하고 싶어서입니다. 그러면
당위문에서도 저희에게 좋은 원고를 주셔야죠. (원고
를 가리키며) 이건 솔직히, 거의, 테러 아닙니까.

민훈 테러, 라뇨…….

민제 단도직입적으로 말씀드릴게요. 저도, 저희 부장님도,
지금 회사에서 아주 난처해요. 시안 나오면 저희만

검토하는 거 아니에요. 윗선에서도 개입하신다고요.
그런데도 원고가 계속 이렇게 나오면 저희도 더 이
상 방법이 없어요.

민훈   인터뷰 내용이 실제로 이렇습니다. 이게 현실이에
요. 협력사에서 좋은 말을 안 해줘요. 인터뷰해달라
고 요청만 해도 욕하고 끊는다고요. 그런데 책은 나
와야 하잖아요. 꼭지 콘셉트도 무시할 수 없고. 이번
에 여기도 사정사정해서 섭외한 거예요. 그런데 답변
내용까지 제가 어떻게 할 순 없지 않습니까.

민제   유도하셨어야죠.

민훈   네?

민제   (난처하다는 듯 웃으며) 아, 진짜 왜 이러세요, 작가님.
전문가시잖아요. 이거 신문 아니에요. 사보예요, 사
보. 아 물론, 작가님께서 전에 인터넷신문 쪽 계시다
가 오셨다는 얘기 들었습니다. ……설마, 헷갈, 리시
는 건 아니죠?

민훈   뭘…….

민제   ……노파심에서 말씀드리지만 이거 국민을 위해 만
드는 거 아니에요. 저희 회사를 위해 만드는 거예요.
그럼 어떤 내용이 나와야 원고가 되는지, 딱 하면
딱— 견적 나오잖아요. 그때 보니까 인터뷰도 노련
하게 잘하시던데. 이렇게 끝낸 건, 솔직히, (사이) 문

	제죠.
민훈	문제요?
민제	아니면 고의든가.
민훈	네?
민제	저희 노조에서 발행하는 잡지, 직접 만드신다고요.

민훈, 병식을 본다.

병식, 눈길을 피한다.

민제	거기서 노조위원장이랑 협력사 단체장들, 다 인터뷰 하신다면서요. 참 나. 이거 아무리 사보지만, 그래도 상도라는 게 있는 거 아닙니까? 돈 주면 여기저기 다 인터뷰하시는 거예요? 노조 가서 얘기 듣고 오니까 저희 사보에도 영향을 미치는 거 아니에요.
병식	자자, 잘 알겠습니…….
민제	제가 이런 말까지는 안 하려고 했는데 좀 적당히 하세요.
민훈	사보라고 해서 직원들한테 무조건 회사 입장만 어필해달라고 할 순 없죠. 그러면 인터뷰 의미가 없지 않습니까. 지금 상황도 상황인데.
민제	지금 저 가르치시는 거예요?
민훈	현실 파악을 좀 하시라 이겁니다.

민제	현실 파……. 참 나. 그리고, 직원이라니요? 이 사람들, 직원 아닌데요.
민훈	네?
민제	이 사람들, 협력사 사람들이지, 저희 직원 아니에요.
민훈	그런 말이 아니지 않습니까.
병식	(민훈을 저지하며) 작가님─.
민제	그리고 상황이 상황이라고요? 제 말이 그겁니다. 지금 저희 회사 상황 아시잖아요. 이런 상황에 그런 내용을 계속 고집하시면 어떡합니까. (사이) 이거, 저희 돈으로 만드는 저희 사보예요.
병식	……저, 잘 알겠습니다. ……원고 내용은 저희가 다시 잘 수정해서 드리도록 하겠습니다. 작가님은 현장에서 직접 듣는 분이다 보니까 상황 컨트롤이 잘 안 된 것 같아요.
민제	그래서 제가 협력사 인터뷰만큼은 내부 직원이랑 꼭 동행해달라고 말씀드렸잖아요. 이렇게 외주 작가만 달랑 내보내고, 대표님 너무 신경 안 쓰신 거 아닙니까? 저희 그래도 나름 중요한 클라이언트인 걸로 아는데요.
병식	…….
민제	(한숨을 쉬며) 답답하네, 정말.

민제, 회의실에서 나온다.

재이	말씀 다 나누셨어요?
민제	아니요. (사이) 저 물 한잔 마실 수 있을까요?
재이	이쪽으로 오세요.

재이와 민제, 탕비실로 간다.

병식	작가님—.
민훈	이러실 거예요?

병식, 한숨을 내쉰다.

민훈	노조 발행지, 여기서 만드는 책인 거 저 사람 몰라요?
병식	…….
민훈	그거 숨기려고, 그래서 저한테 턴키 맡긴 거예요?
병식	…….
민훈	와—, 참 나. 대표님, 제가 말씀드렸죠. 그래요, 사보 회사, 언론사도 아니고 출판사도 아니에요. 광고주 입장만 잘 지켜서 책 만들면 되죠. 그래도 여기저기 아무 데나 계약하지 마시라고 제가 얘기했죠. 그러

다 망하는 거 많이 봤다고. (긴 한숨 쉬고) 이건 얘기
해야겠네요. 저 혼자 뒤집어쓸 순 없죠.

병식   작가님.

민훈   예—.

병식   작가님 입장 알지만, 이렇게 나오시면 저희도 정말
난감합니다. W그룹, 저희 밥줄이에요. 끊기면 당장
작가님 고료 드리는 것도 힘들어진다고요.

민훈   제 고료요.

병식   네—.

민훈   지금도 이미 충분히 못 받고 있는데요.

병식   아니, 그건…….

민훈   1년 치 밀린 거 아시죠. 1년간 고료도 못 받았는데,
이런 수모까지 겪어야 합니까?

병식   그건…… 저도 빨리 처리해드리려고 합니다…….

민훈   제가 드릴 말씀은 아니지만, 대표님, 정말 이런 식으
로 하지 마세요.

병식   네……?

민훈   광고주한테 너무 잡혀 살지 마시라고요. 아무리 돈
줄 쥐고 있다고 해도, 여기서 버릇 잘못 들이면, 그
뒷감당, 결국 현장에서 저희 같은 프리랜서가 다 해
야 합니다. 지금 말하는 것도 보세요. 상전도 저런
상전이 없어요.

병식	우선, 이번만 좀 참아주세요. 제가 잘 얘기해볼 테니. (시계를 보며) 시간 얼마 없어요. 이따 오후 촬영도 가신다면서요.
민훈	오늘 저 사람 왜 온대요? 감시하러?
병식	작가님―.

민훈, 한숨을 내쉰다.

병식	(시계를 보며) 우선 진정하시고, 제가 나가서 전 과장 데려올게요.

병식, 회의실 문을 나서다가 커피를 들고 웃으면서 들어오는 민제와 재이를 본다.

민제	그거 진짜 괜찮은데요?
재이	그래요?
민제	네, 계열사별로 구성을 다 다르게 한다는 거잖아요. 딱 모아 놓으면 전집 느낌 나게 디자인도 맞추고.
재이	요즘은 간행물이 곧 브랜드잖아요. 특히 W그룹 정도면 사보도 아무렇게나 만들 순 없죠. 뭐랄까. 한정판 출판물처럼, 심플하고 모던하게 가는 거죠. 그리고 아직 생각 중이긴 한데, VIP 라인은 레이블을 따

로 붙일까 싶기도 하고요.

민제　구상을 많이 하셨네요.

재이　더 해야죠.

민제　기회 되면 저희도 꼭 그렇게 기획해보고 싶은데.

재이　그러세요?

민제　그런데 비용이 많이 들지 않을까요?

재이　그걸 조율하는 게 제 일이죠.

민제　어, 그럼 이거 나중에 좀 더 구체적으로 얘기해볼까요? (병식을 보고) 나와 계셨네요?

병식　식사하러 가셔야죠.

민제　(시계를 보며) 시간이 벌써 이렇게 됐네—. 바로 가죠, 뭐. 아차, 인쇄소 건도 더 얘기해야 하는데.

병식　그건 처리했습니다. 윤 팀장, 처리했지?

재이　네? 아, 그게. (혜윤을 보며) 성 대리, 처리했어?

혜윤　네? 어, 그게…….

병식　(재이에게) 성 대리한테 미뤘어?

재이　……제가 다른 미팅 때문에 좀 시간이 없어서요.

병식　내가 직접 하라고 했잖아.

재이　…….

민제　(병식에게) 대표님, 그 정도는 직접 얘기해주셔야죠. 중요한 일인데. (한숨을 쉬며) 식사나 하러 가시죠. 시간도 없는데.

병식	……네.
민제	(재이에게) 팀장님도 같이 가시죠.
재이	아니에요. 세 분이서 드세요.
민제	같이 가요.
재이	아니에…….
병식	오늘은 저희끼리 가시죠. 중간에 드릴 말씀도 있고.
재이	…….
병식	(민훈에게) 작가님, 식사 같이 하시겠어요?
민훈	전 괜찮습니다.
병식	그럼 그러세요. 저희 다녀오겠습니다. (세범을 보고) 오셨네요. (직원들에게) 나 갔다 올게.
재이/혜윤	네ㅡ.

민제와 병식, 나간다.

민훈과 혜윤, 생각에 잠긴다.

그러다가 민훈과 세범, 눈이 마주친다. 서로 가볍게 목례한다.

재이	식사, 다들 어떻게 하실래요ㅡ?
혜윤	전 생각 없어요. 세 분 다녀오세요.

혜윤, 회의실로 들어간다.

재이   (민훈에게) 작가님은요?

민훈   저도 그다지. 두 분 다녀오세요.

민훈, 회의실로 들어간다.

재이   ……저도 별로 생각 없는데. 작가님은요?

세범   저도 뭐…….

재이   그럼 저희 바로 얘기할까요? 앞으로 진행할 것들도
         있으니.

세범   네네, 그러세요.

재이   회의실로 가시죠.

재이, 회의실로 간다.

세범, 따라간다.

민훈   아…… 여기서 말씀 나누시게요?

재이   네…….

민훈   자리 비켜드릴게요.

재이   대표님 방에 가 계시면 될 것 같아요.

민훈   네. (혜윤에게) 대리님, 가요.

혜윤, 뭔가 불만인 듯 일어나 다소 거칠게 의자를 정리한다. 민훈과 나

가려던 혜윤이 의도치 않게 재이의 어깨를 치고 지나간다.

재이   아야—! (짧은 사이) 후—.

혜윤   ……죄송합니다.

재이   (나가려는 혜윤에게) 성 대리.

혜윤   ……네?

재이   대현그룹 사사, 수습 다 했어?

혜윤   네?

재이   '네?'라니—.

혜윤, 재이를 본다.

재이   인쇄 잘못 나왔잖아. 인쇄소 가서 확인 다시 했냐고.

혜윤   팀장님이 마지막으로 확인한다고 하셨……잖아요.

재이   네가 담당이잖아. 내가 확인한다고 해도, 네가 마지
         막으로 가봐야 하는 거 아니야? 왜 이렇게 일 처리
         가 똑 부러지질 못해. 오후 인터뷰 끝나고 인쇄소
         들러서 확인하고 와.

혜윤, 재이를 본다.

재이   왜? 할 말 있어?

혜윤　　지금 인쇄소를 어떻게 가요.

재이　　왜 못 가? 사고가 났으면 가야지.

혜윤　　그럼 대금을 납부하시든가요.

재이　　뭐……?

혜윤　　인쇄소 대금, 언제 납부하실 거예요? 인쇄소에서도
　　　　계속 전화 와요. 이제 사장님 아들한테까지 연락 온
　　　　다고요. 이런 것 좀 바로바로 처리하시면 안 돼요?
　　　　결제권, 팀장님한테 있잖아요.

재이　　(세범과 민훈을 의식하며 낮은 목소리로) 성 대리, 오늘
　　　　계속 이럴 거야?

혜윤, 한숨을 쉰다.

재이　　너 잠깐 나 좀 봐.

재이, 대표실로 가려고 한다.

혜윤　　그냥 여기서 말씀하시죠.

재이　　(혜윤을 노려보며) 나 좀 보자고.

혜윤　　후—.

혜윤, 대표실로 간다.

| 재이 | (세범에게) 작가님, 죄송해요. 저 잠깐―. |
| 세범 | 네네, 그럼요……. |

재이, 대표실로 간다.

회의실에는 세범과 민훈이 남겨진다. 어색한 두 사람.

민훈, 커피를 타러 회의실 문 앞까지 갔다가 뒤돌아 묻는다.

민훈	커피 드려요?
세범	네……?
민훈	저 한잔 내리러 갈 건데.
세범	네, 그럼 저도 한잔…….
민훈	따? 아?
세범	네? 아아.
민훈	아?
세범	아아아아뇨. 저는 (조심스럽게) 따…….
민훈	네, 콜―.

민훈, 탕비실로 간다.

세범, 빈 회의실에 혼자 앉아 있다가 책상에 놓인 원고들을 본다. 빨간

펜으로 찍찍, 교정된 흔적들. 들고 읽어본다.

민훈, 들어온다.

세범, 원고를 황급히 내려놓는다.

민훈   빨간펜 선생님이 생각보다 빡세더라고요.

세범   …….

민훈   자, 따아.

세범   감사합니다.

민훈과 세범, 커피를 한 모금 마신다.

민훈   오늘 누구 만나러 오셨어요?

세범   ……팀장님요.

민훈   아…… 여기, 당위문이랑 일 처음 하세요?

세범   당위문이요……?

민훈   여기 회사요. 당신을 위한 문장. 줄여서, 당 위 문.

세범   아— 당 위 문……. 네, 처음이에요.

민훈   처음이시구나. 그럼 여기 어떻게 알고 오신 거예요?

세범   여기저기 포트폴리오를 다 돌렸어요—.

민훈   소개로 오신 게 아니고?

세범   네……, 소개받는 게 쉽지 않던데.

민훈   아이고, 맨땅에 헤딩하셨네—. 대단하시네요. 그럼
         어떤 꼭지 진행하세요?

세범   그냥 뭐, 보험회사 인터뷰요.

민훈   아, 거기 광고주 사람 괜찮아요.

세범   잘 아시나 봐요.

민훈	그럼요. 원래 제가 했던 건데.
세범	아⋯⋯.
민훈	이번 호 연락이 왜 안 오나 했는데, 작가님한테 갔구나—.
세범	⋯⋯.
민훈	열심히 하세요. 거긴 뭐, 거저먹기니까.
세범	⋯⋯.
민훈	사진도 찍으시나 봐요.
세범	네⋯⋯.
민훈	그래서 나한테 연락이 안 왔구나—.
세범	⋯⋯.
민훈	힘들지 않아요? 사진 찍으랴 인터뷰하랴 원고 쓰랴.
세범	뭐— 요샌 다 하길 원하는 데가 많더라고요.
민훈	그러니까요. 도둑놈의 새끼들. 자기들 진행비 줄이려고 아주 그냥 프리랜서만 들들 볶는다니까. 작가님, 그렇다고 해서 애네들 입맛에 다 맞춰주고 그러면 안 돼요. 그러면 결국 우리 다 같이 죽는 거예요.
세범	전 그냥⋯⋯ 일을 좀 따려고⋯⋯.
민훈	그러니까요. 단가 낮추면서 일 따는 게, 장기적으로 보면 다 제 살 깎아 먹기라고요. 두 개 다 한다고, 두 배 벌어요? 아니잖아요.
세범	⋯⋯.

민훈 건당 얼마 받아요? 50? 60? 아니다. 그렇게 줄 거면 사진 따로 섭외했겠지.

세범 …….

민훈 아, 제가 실례했나요? 그냥 뭐, 전, 프리 입장이 다 똑같으니까. 서로 정보 공유하면서 시세 확인도 하고, 그러면 좋으니까—.

세범 네…….

민훈 (커피를 마시며) 이 일 한 지 오래됐어요?

세범 아뇨. 뭐 그냥, 적당히.

민훈 전 10년 됐어요.

세범 아, 네.

민훈 아이 씨, 근데 10년 전이나 지금이나, 이 바닥은 나아지는 게 없어요. 광고주도 점점 양아치만 많아지는 것 같고.

세범 그런가—.

민훈 아니에요?

세범 아니, 뭐 전…….

민훈 좋으신가 봐요.

세범 네?

민훈 그러니까, 이 일.

세범 전, 네, 뭐. 일이 들쑥날쑥한 거 빼고는……. 그래도 다양한 사람 만나잖아요.

민훈   고료 밀려본 적 없으시구나. (커피 한 모금을 마시고) 고료 밀리면, 그땐 진짜 지옥이에요. 애들도 학교 들어가기 시작해서 돈 들어갈 데 투성인데.

세범   애들이 있으세요?

민훈   네. 싱글이세요?

세범   네.

민훈   에이, 그럼 할 만하겠네. 좋겠다ㅡ. 열심히 하세요. 당위문이랑 일하시면 저랑도 자주 보겠네요. 아니다, 프리끼리는 볼 일 없나?

세범, 커피를 마신다.

민훈   그나저나ㅡ 두 분 얘기가 길어지나 보네. (비밀을 말하듯) 저 둘, 사이 안 좋아요. (짧은 사이) 윤 팀장이랑 성 대리.

세범   아ㅡ.

민훈   눈치챘죠? 처음에는 윤 팀장이 너무한다 싶었는데, 나중에 보니까 성 대리도 보통이 아니더라고요. 지금은 여기 비는 자리 많지만, 전에는 꽉 찼었거든요. 성 대리 말고도 기획팀에만 세 명 더 있었어요. 권 대리, 임 대리, 오 주임. 다 그만뒀어요.

세범   왜요?

민훈   (잠시 고민하다가) 뭐 이건 제 사견이지만, 음……. 윤
         팀장이 성 대리를 엿 먹이려고 한 거죠.

세범   네?

민훈   그런데 성 대리도 보통이 아닌 게, 처음에 성 대리가
         여기서 따돌림당했거든요. 얘기하자면 길지만 대충
         말하면, 성 대리가 윤 팀장이랑 나이 차이가 얼마 안
         나요. 끽해봐야 두세 살? 성 대리가 공부를 오래 했
         다더라고. 그래서 사회생활을 늦게 시작했다나. 아
         무튼. 나이는 있지, 사회생활은 처음이지, 당연히 일
         은 서툴지, 그러니까 윤 팀장이 지적하지. 그런데 뭐
         하나 지적을 받으면 성 대리가 다른 애들 같지 않게
         그냥 넘어가질 않는 거야. 전에 제가 봤는데 윤 팀장
         앞에서 눈 딱— 뜨고 그러더라고. "설명을 듣지도
         않았는데 눈치로 알아서 잘하라는 건 너무 막무가
         내 아닌가요? 저 일 서툰 거, 다 감안하고 연봉 책정
         했습니다. 그러니까 이렇게 인격적인 모욕 하지 말
         아주세요." 와—. 근데 그것도 한두 번이지. 윤 팀장
         도 꼭지 돌지—. 하여간. 그렇게 사이 틀어지면서 무
         리가 지어지고, 성 대리랑 다른 직원들 사이 나빠지
         면서 모두 파멸.

세범   …….

민훈   근데 결국 성 대리가 다 이겼어요. 대단하죠. 세상에

서 제일 힘든 게 박힌 돌 빼는 건데.

세범   …….

민훈   내가 봤을 땐 오늘도 성 대리가 이길 것 같아요.

세범   지금 두 분 싸우러 들어가신 거예요?

민훈   아이 참, 눈치 왜 이러세요. 딱 보면 딱이지. 근데 제
       가 다 겪어봐서 아는데, 성 대리 저러다 잘려요.

세범   잘리셨어요?

민훈   네? 아, 네ㅡ. 그냥 뭐, 작은 인터넷신문 다녔는데,
       편집장이랑 대판 했거든요. 그거 알죠? 데스크에서
       평기자 절대 보호 안 해주는 거. (그때를 떠올리며) 으
       휴, 개새끼. 아, 죄송합니다. 그때만 생각하면 꼭지가
       돌아서……. 작가님은 왜 잘렸어요?

세범   전 안 잘렸는데요.

민훈   그럼 여기 왜 이러고 있어요?

세범   제가 뭐 어떻게 하고 있는데요?

민훈   아니, 그러니까…….

혜윤   (목소리) 제가 하려는 말은 그거 하나예요. 저한테 미
       루지 말고 직접 해결하시라고요!

재이   (목소리) 너 목소리 낮추지 못해?

혜윤, 대표실 문을 쾅 닫고 나온다.

잠시 후, 재이가 따라 나온다.

재이   너 지금 뭐 하는 거야?

혜윤   뭐가요?

재이   지금 태도가 이게 뭐야?

혜윤   무슨 태도요? 그동안 아무 말 안 하고 참은 태도요,
         아니면 참고 참다가 이제야 제 의견 말하는 태도요?

재이   야, 성 대리. 내가 네 팀장이야. 아무리 회사가 편하
         다고 해도 이런 식으로 하면 안 되지 않니?

혜윤   제 말이 그 말이에요. 팀장님 제 팀장님이잖아요. 그
         런데 왜 한낱 대리인 저한테 일을 미루시냐고요. 그
         리고 저 이 회사 다니면서 한 번도 편한 적 없었어
         요. 편하게 일할 수 있는 컨디션, 만들어주기나 하셨
         어요?

재이   지금 네가 이렇게 대드는 게, 내가 편하게 해줬다는
         증거야—, 알아? 그리고 너 그 나이에 신입으로 여
         기 들어온 거, 누구 덕분이야? 내가 대표님 설득해
         서 들어온 거야. 너 뽑은 사람이 나라고, 어? 그런데
         이렇게 사사건건 걸고넘어지고 대들면 곤란하지. 권
         대리, 임 대리, 오 주임, 왜 다 그만뒀지? 너 때문이잖
         아. 네가 다 이겨먹어서 걔네들도 힘들다고 회사 나
         가버린 거잖아. 회사 물 좀 적당히 흐려라. 자격지심

이니 열등감이니? 그래—, 나이 먹을 수 있어. 일 못
할 수 있어. 공부하다가 인생 늦게 출발할 수 있다
고. 그럼 양심이라도 좀 있어야 하는 거 아니야?

혜윤　(재이를 빤히 보다가) 대현그룹 사사 건—, 마지막으
로 확인하고 인쇄 넘긴 사람 팀장님이잖아요. 사사
는 버짓(budget) 크니까 인쇄 사고 나면 안 된다고
마지막으로 직접 보고 넘기신다면서요. 잘못한 건
팀장님인데 광고주한테 뭐라고 했길래 거기서 저한
테 그렇게 화를 내요? 제가 그렇게 만만하세요?

재이　너야말로 내가 지금 만만하니?

혜윤　인쇄소 사장님, 쓰러진 거 아세요?

재이　뭐?

혜윤　사장님 뇌출혈로 쓰러졌대요. 여기서 대금 납부 안
해서, 인쇄소 자금 막히고, 대출 끌어 쓰다가, 이자
만 엄청 불어서, 더 이상 감당 못 하게 됐대요. 그걸
로 사장님 스트레스 받아서 혈관 터졌고요.

재이　무슨 말 같지도 않은 소리야. 야, 그런 식으로 하면
나는 열 번도 더 넘게 쓰러졌겠다, 어? 인쇄소 사장
님 쓰러진 게 왜 우리 때문이야. 너 그런 전화 다 받
아주는 거야?

혜윤　팀장님은 월급 1년 밀려도 괜찮은가 봐요.

그때 병식과 민제가 테이크아웃 커피를 한 잔씩 들고 들어온다.

혜윤은 이들을 보지 못하지만 재이는 보고 있다.

혜윤   그리고 이제 와서 인쇄소를 바꾼다고요? 광고주가
             싫어하니까? 네, 다 얘기했어요. 했더니, 여기 고소한
             대요. (혜윤의 휴대폰 벨소리가 울린다) 마침 사장님 아
             들이네요. 받으실래요? 싫으세요?

재이   ……

혜윤   아, 독립은 언제 하세요?

재이   ……뭐?

혜윤   인쇄소 사장님이 그러시던데. W그룹 안 뺏기게 조
             심하라고. 인쇄소 알아보고 다니신다면서요.

병식   뭐야, 윤 팀장. 사무실 분위기 왜 이래?

재이   …….

병식   나가기 전까지 회사 분위기 흐리지 말라고 했지.

재이, 나간다.

혜윤, 자리로 돌아가 나갈 채비를 한다.

민훈   저는 먼저 인터뷰 가 있겠습니다…….

병식   (나가려는 민훈에게) 작가님.

민훈   네?

| 병식 | 저랑 얘기 좀. (짧은 사이) 제 방에 잠깐 계시겠어요? |
| 민훈 | 네, 그러죠……. |

민훈, 대표실로 들어간다.

| 민제 | 대표님, 전 먼저 가보겠습니다. 아휴, 회사 분위기가 참……. 여하튼 (민훈이 들어간 대표실을 보며) 아까 제가 얘기한 거 잘 처리해주세요. |
| 병식 | ……들어가세요. |

민제, 나간다.

병식	(혜윤에게 가서) 무슨 일이야? 왜 그래?
혜윤	…….
병식	어?
혜윤	…….
병식	성 대리.

혜윤, 참았던 눈물을 터뜨린다.

| 병식 | 후— 지금 광고주 표정 봤어? 가뜩이나 아슬아슬한데 왜 다들 이러냐고, 도대체가—. |

세범, 분위기가 좋지 않자 슬슬 회의실로 피한다.

병식   이 회사 하나 건사해보겠다고 이렇게 아등바등 매
          달리는데, 도대체 왜 그래, 어? 내가 뭐 어떻게 해야
          해. 뭐 어떻게 해야 하냐고! 내가 말했지. 윤 팀장 곧
          나가니까 조금만 참으라고. 그새를 못 참고 이런 거
          야? 지금 광고주 하나둘씩 다 떨어져 나가고 있어.
          회사 사정 어떤지 알잖아. 가뜩이나 뒤숭숭한데 성
          대리까지 이래야겠냐고! 전 과장이 뭐랬는지 알아?
          다 바꿔달래. 인력풀 다 바꿔달래요. 담당자부터 필
          자까지, 싹 다. 당장 오늘 오후 촬영부터!

민훈, 대표실에서 나온다.

혜윤, 민훈을 보다가 복잡한 마음으로 사무실을 나간다.

민훈   싹 다 바꾸래요? 오늘 오후부터?

병식   아, 작가님……, 그게…….

민훈   그럼 저 오늘 어떡할까요? 인터뷰 빠질까요?

병식   저 그게……. 죄송합니다. 광고주가…….

민훈   광고주, 광고주— 그놈의 광고주. 저 가보겠습니다.
          고료나 넣어주세요. 1년 치예요, 1년 치. (나가려다)
          그리고 대표님, 광고주 눈치 좀 그만 보세요. 그 뒷

감당, 이렇게 다 밑에서 하게 되잖아요.

민훈, 나간다.

병식, 골치 아프다는 듯 이마를 감싸고 있다.

세범, 회의실에서 조심스레 나와 갈 채비를 한다.

세범   저도 가보겠습니다. 그럼 안녕히……

병식   저, 작가님.

세범   네?

병식   원고랑 촬영 같이 하신댔죠?

세범   네?

병식   오늘 오후에 다른 일정 있으세요?

세범   어…….

2

6개월 후, 자동차 대리점 내 상담실.

두 개의 책상과 두 대의 컴퓨터가 놓여 있다. 상담실 유리문 밖은 대리점 전시장이다.

세범과 병훈이 인터뷰 중이다. 세범은 노트북에 병훈의 말을 녹취한다.

병훈   음…… 뭐, 특별한 비결은 없습니다. 다만, 음……
         음…… 저 이거 꼭 녹음을 해야 하나요?

세범   네? 아, 이거. ……아까도 말씀드렸지만 정말 별거
         아니고 제가 (노트북을 가리키며) 이 파일을 여러 번
         날려봐서, 만에 하나를 위해 하는 거니까, 신경 쓰지
         말고 편하게 말씀해주세요.

병훈   네…….

세범   그럼 계속하시…….

그때 병훈의 휴대폰이 울린다.

병훈   (발신자를 확인한 후) 어, 죄송합니다. 잠깐 전화 좀
       받아도 될까요?

세범   그럼요. 편하게 받으세요.

병훈   저 그럼. (몸을 돌려 조심스럽게, 젠틀하게, 상냥하게) 여
       보세요? 네, 안녕하십니까. 네네, 고객님. 네네. 아하
       하. 잘 지내셨죠? 저도 잘 지냈습니다. 네네. 아―
       네, 그 모델, 그럼요. 오늘 시승 예약돼 있습니다. 네
       네, 아, 그런데 제가 지금 인터뷰 중이어서요. 아휴,
       별건 아니고, 저희가 이번에 전 지점 통틀어 판매왕
       을 했거든요. 네네. 아하하하. 네, 감사합니다. 다 고
       객님 덕분이죠. 네네. (사이) 네? 아…… 윤 대리한테
       요……? 음…… 그럼 고객님, 그건 이따가 다시 얘
       기해도 될까요? 네네, 제가 인터뷰 중이라. 네네. 네
       네. 네에―, 들어가십시오. 네에―. (전화를 끊고) 죄
       송합니다.

세범   아니에요. 고객인 것 같은데, 받으셔야죠.

병훈   이해해주셔서 감사합니다. 어…… 질문이 뭐였죠?

세범   전국 판매 1위 대리점이 될 수 있었던 비결…….

병훈   아, 맞다, 맞다. 음. 뭐, 특별한 비결은 없습니다. 다
       만……. (어색하다는 듯) 아, 이거 녹음되는 거였죠?

세범   아, 네.

병훈   고객이랑 통화 내용이 녹음되면 좀 그런데…….

세범	걱정 마세요. 다 지울 거예요.
병훈	네⋯⋯. 질문이 뭐였죠?
세범	전국, 판매, 1위, 대리점이 될 수 있었던⋯⋯.
병훈	아, 맞다, 맞다. 네네. 음. 아, 특별한 비결. 음. 특별한 비결은 없습니다. 다만, 제가 직원들 교육할 때 한 가지 강조하는 게 있습니다. '단 무 지' 판촉.
세범	(노트북에 녹취하며) 단 무 지 판촉?
병훈	네, 제 영업철학을 그대로 담고 있는, 제가 만든 말입니다. 단순. 무식. 지속. 그래서 단 무 지.
세범	아―.
병훈	영업은 그것밖에 없어요.

병훈의 휴대폰이 울린다.

병훈	자기가 성실하면 다 됩니다. 전단지 하나를 뿌려도 전화가 올까 안 올까, 이런 고민을 하는 게 아니라 그냥 단순하게 하면 되는 거예요.
세범	전화 먼저 받으시죠.
병훈	그래도 될까요?
세범	네, 그럼요.
병훈	정말 죄송합니다. 그럼⋯⋯. (휴대폰에 대고) 네, 여보세요. 고객님, 네네. 다시 전화 주셨네요. 네네. 네

에— 네? 윤 대리랑 통화를 하셨어요? 음……. 네에……, 그럼요. 아주 능력 있는 친구죠. 그런데…… 김 과장도 좋은데. 네, 우리 김석현 과장 세일즈 경력이 아주 오래됐어요. 네네. 고객님은 또 퍼포먼스에 관심이 많으시니까 김 과장 그 친구가 아주 잘 설명해드릴 겁니다. 네네. 수입차랑 비교해서 상세하게 설명해준다니까요. 그럼요, 네네. 그럼 제가 인터뷰 끝나고 다시 전화드리겠습니다. 네네. 들어가세요, 고객님—. (전화를 끊고) 아이고, 죄송합니다.

세범 ……아닙니다.

병훈 어디까지 했죠?

세범 단 무 지…….

병훈 네. 단 무 지. 영업은 사실 정말 별게 없어요. 매일매일, 꾸준, 단순, 무식, 지속적으로 하면 다 판매왕이 될 수 있습니다. 이 일은 생각을 깊게 하면 오히려 안 좋아요. 그냥 해야 돼요, 그냥. 사람 상대하는 일이라, 생각을 깊이 하면, 계속 생각에 빠지거든요.

세범 아…… 네……. 마지막으로 대리점 자랑 좀 해주세요. 앞으로 목표도요.

병훈 자랑이라면 당연히 분위기죠. 아마 저희 대리점 분위기가 전국에서 가장 좋을 겁니다. 서로 돕고, 협력하고, 신뢰하는 분위기 속에서 각자 알아서 일을 잘

하거든요. 제가 터치할 게 별로 없어요. 직원들이 다 일심으로 애를 쓰니까.

세범 감사합니다. 이 정도면 될 것 같아요. 혹시 제가 놓친 부분이나 좀 더 얘기하고 싶은 내용이 있으면 말씀 덧붙여주세요.

병훈 아뇨, 아뇨. 없습니다. 말을 잘했나 모르겠네요.

세범 잘해주셨어요. 이거 정리해서 저도 잘 쓰겠습니다. 아, 그리고 윤경원 대리님? 오늘 그분 인터뷰도 진행할 거예요. 본사에서도 그분한테 관심이 많던데. 이 브랜드에서 유일한 여성 세일즈 직원이라면서요.

병훈 아, 네…….

세범 홍보 담당자도 그분 얘기를 꼭 잘 실어달라고 하셨어요.

병훈 윤 대리를요……?

세범 네—. 여기서 인터뷰해도 되겠죠? 그러고 나서 사진 촬영 전체적으로 진행하겠습니다.

병훈 아, 네……. (사이) 그런데 사진도 직접 찍으세요?

세범 네.

세범, 멋쩍은 웃음을 짓는다.

병훈 오—, 아니 저희가 이런 촬영 몇 번 해봤거든요. 그

때 보니까 못해도 보통 두세 분이 같이 오시던데. 작

가님은 혼자네요.

세범   아, 네.

병훈   아이고, 혼자 노트북에 카메라에 장비만 한 짐이네.

무거우시겠어요.

세범   뭐, 이게 생활이라, 괜찮습니다.

병훈   무거울 것 같은데……. 아, 그런데 본사에서 뭐래요?

세범   뭘요?

병훈   윤 대리에 대해, 본사에서 뭐래요?

세범   그분 덕에 이 지점이 판매왕 됐다고—.

병훈   윤 대리 덕분에 우리가 판매왕……? (사이) 윤 대리

덕에 우리가 판매왕…….

세범   그분 매스컴도 많이 탔다고 들었는데.

병훈   아, 네. 몇 번 방송 나가긴 했죠. 근데…… 저는, 잘

모르겠어요. 방송 그런 거—.

세범   …….

병훈   그러니까 뭐…… 솔직하게 작가님이니까 얘기하

면……. 이게 제가 대표잖아요. 회사 분위기를 생각

안 할 수가 없어요. 한 사람이 스포트라이트 받으면,

다른 사원들 사기가 떨어지거든요. 매출이 저 친구

한테 완전 쏠려 있으니까 다들 의기소침해지고…….

사실 제 입장에서는 좀 아슬아슬합니다……. (조심

스럽게) 말마따나 대리점 입장에서는 그 친구 나가면 그냥 폭삭 주저앉을 수도 있으니까요.

세범 아…….

병훈 본사에서도 그냥 이슈 거리 잡아서 몰아가려는 건데, 균형을 좀 맞춰주면 좋겠어요—. (사이) 아휴— 제가 처음 보는 작가님 앞에서 별말을 다 하네요. 하하…….

세범 아니에요. 그럴 수도 있죠. ……그럼 한번 건의해보시지 그러세요.

병훈 뭐라고 건의합니까. 직원 한 명이 너무 잘나가서 회사가 불안하니까 기름 끼얹지 마세요. 뭐 이렇게요?

세범 아니, 그렇게라기보다는…….

병훈 작가님도 저희 회사 사정 잘 아시잖아요, 별로 안 좋은 거. 밖에서 노조 시위하고, 싸우고 다치고, 브랜드 이미지 바닥 됐어요. 그럼 누구만 피 봅니까. 저희예요, 저희. 차가 안 팔려요, 차가. 도대체 이런 적이 없어요.

세범 ……그래도 신차 나오고 다들 고무적인 것 같던데. 저번 호에 디자인팀 인터뷰했거든요. 다들 패기 넘치시던데—.

병훈 디자인팀 가셨어요? 뭐래요, 그 자식들.

세범 네?

병훈	아니, 디자인하라고 뽑았으면 디자인을 해야 할 것 아닙니까, 디자인을. 본사에서 편하게 따박따박 월급 받아 처먹으면서 왜 디자인을 안 하냐고, 디자인을. 우리끼리 하는 농담이 뭔지 아세요? 디자인 감각 없는 놈들만 죄다 모아놓은 데가 디자인팀이라고ー. 아니 구려도 좀 적당히 구려야지. 신차 나오면 뭐 하냐고. 팔리지도 않아요. 경쟁사에서 이번에 차 새로 뽑은 거 봤죠? 그건 내가 봐도 진짜 끝내주더라. 솔직히 말해서 이번 우리 신차, 그게 예뻐요? 무슨 라이트는 꼭 도깨비 눈같이 뽑아가지고. 자동차 카페 가면 사람들이 죄다 뭐라고 하는지 알아요? 도깨비불이래요, 도깨비불.
세범	…….
병훈	고객들이 마지막에 도장을 안 찍는 결정적 이유도 그거예요. '아ー 뭐 다 그럭저럭 괜찮은데, 라이트가 좀ー' 이러면서.
세범	전 괜찮던데…….
병훈	괜찮아요, 그게? 취향 독특하시네ー. 차 뭐 타세요?
세범	네?
병훈	차ー 뭐예요?
세범	아, 전 그냥 뭐……, 경차…….
병훈	아…… 경차……. 그럼 뭐ー.

세범	그럼 뭐요?
병훈	아뇨. (말을 찾다가) 하하…… 뭐 그렇다 이거죠—.
세범	…….
병훈	하여간, 작가님. 제가 드리고 싶었던 말씀은, 음…… 그…… 윤 대리 말고 다른 직원 인터뷰하면 어때요?
세범	다른 직원이요?
병훈	네, 저희 김석현 과장이라고, 그 아우디, 응? 아우디에서 일하다 온 친구 있거든요. 그 친구가 아주 똘똘해요. 고객들도 좋아하고.
세범	어…… 그런데 윤 대리님 꼭지는 단독으로 나갈 거예요. 그래서 인터뷰이를 바꾸는 건 좀 힘들 것 같습니다.
병훈	아…… 윤 대리가 단독으로.
세범	네.
병훈	그렇구나. 윤 대리가 단독으로…….

석현, 들어온다.

석현	대표님—.
병훈	어어, 김 과장.
석현	계약서 가져왔습니다. 이따 오후에 고객님 오신다고 해서—.

병훈　　어어—, 거기 놔, 거기 놔.

석현, 파일을 놓고 나간다.

병훈　　저 친구예요.

세범　　아…….

병훈　　고객들이 저 친구도 진짜 좋아하는데. 저도 영업 경
　　　　력이 꽤 됐지만, 저 말고 이 정도로 잘하는 친구는
　　　　처음 봐요. 윤 대리 오기 전에는 저 친구가 여기 1등
　　　　이었어요.

세범　　아…… 그런데 어쩌죠. 인터뷰 대상은 바꿀 수가 없
　　　　어요. 제 마음대로 정할 수 있는 게 아니어서요.

병훈　　왜요……? 본사에서 나오셨잖아요. 작가님이 이거
　　　　책임지고 만드시는 거 아니에요? 그렇게 들었는데.

세범　　제가 책임지고 만드는 건 맞는데, 저는 본사에서 나
　　　　온 게 아니에요. 기획사에서 나왔어요. 마지막 컨펌
　　　　은 본사 전 과장님이 해주시는 거고요.

병훈　　전 과장? 아……. 그런데 기획사에서 나오셨다는 게
　　　　무슨 말이에요?

세범　　네, 그러니까…… 본사에서 이 사보를 어떤 기획사
　　　　에 외주를 주면, 그 기획사에서 또 저한테 외주를 주
　　　　는 거죠. 전 프리랜서 작가입니다.

병훈	(알겠다는 듯) 아—, 하도급.
세범	…….
병훈	(세범을 위아래로 훑어보다가) 아휴, 그럼 일하는 거 정말 힘드시겠다. 기획사에서 일을 줘야, 또 일이 생기는 거잖아요.
세범	네, 뭐 그렇죠.
병훈	그럼, 이렇게 전국을 다니시는 거예요?
세범	네, 뭐 그렇죠.
병훈	고되시겠네—. 그럼, 한 달에 몇 명 인터뷰하세요?
세범	뭐— 적당히 합니다.
병훈	그러니까 몇 명? 먹고살려면 그래도 한 스무 명은 해야 하는 거 아니에요? 하나에 20만 원만 쳐도, 스무 명 곱하면 400인데. 그 정도는 돼야 처자식 먹여 살리지.
세범	…….
병훈	아. 전— 그냥 뭐, 같은 처지인 것 같아서. 반가워서 그런 거예요, 반가워서.
세범	반가우세요?
병훈	……아휴, 제가 또 직업병이 나왔네요. 공통점 찾기. 일하다 보면 고객이랑 저랑 그렇게 공통점을 찾으려고 해요. 죄송합니다—.
세범	…….

병훈   그래도 전국구로 일하면 좋으시겠어요. 우리는 이
        지역으로 딱— 한정이 돼 있어가지고는 차를 더 팔
        고 싶어도 한계가 있는데.

세범   (주변을 정리하며 무심하게) 네에—.

병훈   그럼, 작가님은 우리로 치면 글을 파는 셈이네요?
        그렇잖아요. 인터뷰해서 가공한 글을 파는 거. 그러
        고 보면 이것도 일종의 영업이네—.

세범   …….

병훈   영업 노하우가 있으십니까—?

세범   뭐, 단 무 지 같은 거요?

병훈   네, 뭐—.

세범   아니요. 없습니다.

병훈   있어야죠. 그게 우리 같은 개인사업자들이 오래갈
        수 있는 비결인데.

세범   안타깝게도 전 없네요. 윤 대리님이랑 바로 여기서
        인터뷰 진행해도 되겠죠?

사이

병훈   아, 작가님.

세범   네—.

병훈   아까 저한테 마지막으로 하고 싶은 말 있냐고 물으

셨죠?

세범 제가요? (마지막 질문을 생각하고는) 아, 있으세요?

병훈 네.

세범 그럼, 잠시만요. 녹음을 다시…….

병훈 아뇨, 아뇨. 녹음기에 담지 마시고. 그냥 마음에 담아서……, 원고에 적지는 마시고, 가서 본사 쪽에 꼭 얘기 좀 해주세요.

세범 본사에요?

병훈 네. ……사실 우리 대리점들이 요새 너무 힘듭니다. 아시다시피 우리 브랜드가 이 시장에서 점유율이 얼마 안 되잖아요. 그러다 보니 영업도 쉽지 않은데, 본사에서도 우리를 너무 안 도와줘요. 지금 회사 밖에서도 이런저런 문제로 시끌시끌하고. 가뜩이나 이미지도 실추됐는데……. 아, 이럴 때 본사에서 우리 같은 대리점 응원도 해주고, 응? 그러면 얼마나 좋습니까. 어떤 유무형의 지원이 있어야 또 저희가 힘내서 열심히 일하고 그럴 것 아닙니까? 그런데 너무 모른 척을 하니까…… 그러니까, 음…… 이렇게 직원 한 명이 잘나간다고 계속 그 직원만 조명을 하면, 저희가 좋아할 것 같죠?

세범 네.

병훈 물론 좋죠. 그런데 꼭 좋은 것만은 아니에요. 영업이 개인플레이 같죠? 아니에요. 조직이 떡— 하니 버티고 있는 곳에서, 개인플레이 할 수 있는 데는 어디에도 없어요. 그건 뭐냐. 개인플레이로 승부하는 것 같이 보여도, 결국은 다 같이 가야 한다, 는 겁니다. (사이) 그래서 제가 하고 싶은 말은. (짧은 사이) 전, 다 같이 가면 좋겠습니다. 윤 대리 저한테 정말 고마운 친구죠. 또 대단하기도 하고요. 나이 들어서 신입으로 들어오는 게 쉽습니까? 아니거든요. 그런데 열심히 하고, 또 성과도 남보다 뛰어나게 내고 정말 대단해요.

세범 그런데 뭐가 문제예요?

병훈 그러니까요.

세범 네?

병훈 아니, 그러니까 그 친구가. (한숨을 쉬며) 이따 보시면 아시겠지만 말이 너무 없어요. 인터뷰하기 힘들걸요.

세범 말이 없는데, 어떻게 영업을 해요?

병훈 제 말이요—.

세범 (어쩌라는 건지 싶어 어색하게 웃으며) 그럼 뭐, 가성비 좋은 거 아니에요? 최소 멘트로 최대 판매.

병훈 그런데 대표 입장에서는 다른 직원들 생각을 안 할 수가 없으니까요. 어우러지지가 않으니까……. (무슨 말을 하려다 말고) 쨌든— 이건 윤 대리를 생각해서 하는 말이기도 해요. 그래서 하는 말인데요. 저……
인터뷰 다른 사람으로 가죠, 네? 이게 별거 아닌 것
같아도 본사 임원들 사보 다 본다면서요. 그럼 여기
직원들한테는 또 나름 중요한 거기도 해요. 은근 신
경전 있다고요. 다른 직원으로 바꿔주세요, 네? 부
탁드립니다. 네? 바꿔주세요, 네?

세범 　……그럼 본사 전 과장님이랑 직접 얘기하시겠어
요? 저도 힘이 없습니다…….

그때 노크 소리.

병훈 　네—.

경원, 조심스럽게 문을 열고 들어온다.

경원 　저…….

병훈 　어, 윤 대리 왔어?

경원 　네……, 인터뷰…… 여기서…….

병훈 　어, 그래. 들어와.

경원, 들어와 앉는다.
병훈, 옆의 테이블로 옮겨 앉는다.

경원, 병훈이 나가지 않는 걸 보고 의아한 표정을 짓는다.

병훈   이따 고객 한 분이 오실 거라 준비를 좀 해야 돼. 나 여기 있어도 괜찮지?

경원   아…….

병훈   (세범에게) 저 여기 있어도 되겠죠? 저희가 근무 환경이 좀 그래요.

세범   네, 전 괜찮습니다. (경원에게) 괜찮으세요, 대리님?

경원   …….

사이

병훈   나갈, 까……?

경원   아니, 요……. 괜, 찮아요.

병훈   그래에—. 우리 뭐, 다 한식군데. (세범에게) 편하게 하세요.

세범   ……네. 그럼, 인터뷰 진행할게요. 제가 혹시 놓치는 게 있을까 봐 녹음을 좀 진행하려고 하는데, 괜찮으세요?

경원   네…….

세범   (녹음기를 켜고) 그럼 시작할게요. 윤경원 대리님 맞으시죠? 저는 인터뷰 진행하는 정세범입니다. 안녕하세요.

경원, 가벼운 목례를 한다.

세범　　대리님, 전 지점 통틀어 올해 VIP 사원으로 뽑히셨는데, 소감 먼저 말씀해주세요.

경원　　음…… 감사, 합니다.

세범　　(타이핑을 하며) ……그리고요? (사이, 타이핑을 멈추고) 좀 더 길게 말씀해주시면 좋을 것 같은데……. 저도 쓸 게 있어야 하니까…….

세범, 멋쩍게 웃는다.

경원　　좋은 직원으로 인정해주셔서 기쁩니다…….

세범　　……음, 네. 많은 분들이 궁금해하는 내용인데요. 사실 뭐, 요즘 직업에서 남녀 경계가 많이 허물어졌다지만, 그래도 자동차 영업은 여전히 남성 직원이 대부분이잖아요. 이 분야로 들어선 계기가 있나요?

경원　　……하고 싶었어요.

사이

세범   (타이핑을 하며) 그리고요?

경원   ……하고 싶었어요.

병훈, 옆에서 '제 말이 맞죠?'라는 표정을 지어 보인다.

세범   아하하…… 말수가 정말 적으시네요.

경원   …….

세범   (병훈에게 도와달라는 듯) 이게 정말 편견이 무서운 게, 저도 영업하시는 분들은 무조건 말이 많을 거라고 생각했나 봐요. 이렇게 말수가 적으신데 정말 조용하게 영업하시나 보네요—?

경원   …….

세범   (낮은 한숨을 쉬고) 입사하실 때, 신입치고는 비교적 늦게 시작하셨다고 들었어요. 그럼 그 전에는 다른 일을 하셨던 거예요?

경원   ……네.

세범   어떤 일요?

경원   음…….

그때 똑똑, 노크 소리.

병훈   네?

석현　　　(조심스레 문을 열며) 말씀 나누고 계세요? 죄송합니다. 제가 이따 고객을 만날 거라 여기서 준비를 좀 해야 해서.

세범　　　어어, 네. 들어오세요.

석현　　　네. (조심스럽게 들어오며) 죄송합니다. 저 신경 쓰지 말고 마저 하세요.

세범　　　네.

경원　　　…….

석현, 자리에 앉아 서류를 정리한다.

석현　　　(낮은 목소리로 병훈에게) 이따 3시에 최우리 고객님 시승 맞죠?

병훈　　　(경원을 의식하며) 어? 어, 그런가?

석현　　　3시 아니에요? 최우리 고객님.

병훈　　　글쎄…… 잘 모르겠네…….

경원　　　……최우리 고객님요?

사람들, 경원을 본다.

석현　　　왜?

경원　　　제, 고객이신데…….

석현   (어이없다는 듯 웃으며) 그분이 왜 윤 대리 고객이야.

경원   제 고객인데요.

석현   참 나ー.

병훈   아, 그거ー 이따가 얘기하자, 이따가.

경원, 병훈을 본다.

병훈   (세범을 의식하며) 그러니까 그게, 그 고객님이 퍼포먼
           스를 좀 더 자세하게 설명받고 싶으시대. 그래서 나
           한테 전화가 왔었어. 다른 직원 소개 좀 시켜달라고.

경원   ……

병훈   이따가 인터뷰 끝나고 내가 다시 자세하게 설명할
           게.

경원   ……

어색한 사이

병훈   (세범에게) 작가님, 인터뷰 마저 하세요.

세범   ……대리님? (짧은 사이) 괜찮으세요?

경원   ……

세범   여기 집중 안 되시면ー.

병훈   우리 때문에 방해돼? 나갈까……?

경원 괜찮아요. (세범에게) 계속하세요.

세범 (질문지를 보며) 자동차도 분야가 많잖아요. 그런데 영업을 택하신 특별한 이유가 있을까요?

긴 사이

경원 소개하는 거 좋아해요. ……그래서 시작했어요.

석현이 피식, 코웃음을 친다.
경원, 석현을 본다.

세범 아— 그럼 영업이 천성이라는 의미네요? 괜히 VIP 직원이 아니시네요.

석현, 조롱하듯 고개를 끄덕끄덕거린다.
경원, 그런 석현을 느낀다.

세범 그럼 일하면서 가장 뿌듯했던 시간들이 있을 것 같은데, 언제인가요?

경원 ……고객들이랑, 만날 때요.

세범 사람 만나는 거 좋아하세요? 하긴. 그러니까 영업을 하시겠죠.

경원　　그게, 그러니까, 진짜로…… 만날 때요.

세범　　진짜로 만날 때……?

경원　　사람과, 사람으로…… 그렇게 진짜 만날 때. 그때가
　　　　좋아요.

석현, 경원의 말에 구제불능이라는 듯 고개를 절레절레 흔든다.

세범　　음…… 그럼 기억에 남는 고객이 있으세요?

경원, 석현이 신경 쓰인다.

세범　　대리님?

경원　　네?

세범　　기억에 남는 고객요.

경원　　……저한테 사과하셨어요. '편견을 갖고 있었다. 미
　　　　안하고 고맙다.' 그분, 기억나요…….

세범　　오— 그래요? 정말 기분 좋으셨겠어요.

석현　　(작게) 좋—으시겠어요.

경원, 석현을 본다.

병훈, 조용히 석현에게 주의를 준다.

세범	그럼 힘들었던 때는 언제인가요? 아무래도 사람을 대하는 일이다 보니 힘든 점도 많을 것 같은데.
경원	……..
세범	대리, 님?

사이

세범	대리님?
경원	……..
세범	저…….

긴 사이

경원, 아무 말 하지 않는다.

병훈과 석현도 하던 일을 멈추고 경원을 신경 쓴다.

서로 눈만 마주치는 병훈, 석현, 세범.

세범	저…….
경원	……..
석현	윤 대리, 물으시잖아. 언제가 제일 힘들었냐고.
경원	……..
석현	야, 물으시잖아.
경원	……..

석현   어?

세범   (석현을 조심스럽게 저지하며) 저…… 제가 하겠습니다. 대리님, 괜찮으세요?

사이

경원   지금요.

세범   네?

경원   지금 같을 때가 제일 힘들어요.

세범   아, 제가 너무 질문을…….

석현   지금이 왜 힘들어―. VIP 직원 인터뷰하겠다고 작가님 일부러 오셨는데.

경원, 석현을 노려본다.

석현   사람 뚫겠다, 뚫겠어. (세범에게) 윤 대리는 힘들 때 없을 거예요. '처음부터 워낙' 잘했거든요―. 뭘로 고객들 관심을 끌 수 있는지 딱 알아서, 차를 딱 팔아 온다니까요. 그러니까 손님도 제 발로 걸어 들어오고―. 대단하죠. (뭔가 생각난 듯) 어― 그리고 보니 대표님, 윤 대리가 진정한 세일즈맨이네요. 대표님이 그러셨잖아요. 판매 사원은 방문하는 고객에게 물건

을 팔지만, 세일즈맨은 고객이 방문하도록 유도한
다. 맞죠—?

병훈, 석현에게 그만하라는 눈짓을 보낸다.

석현   어? 근데 판매 사원이나 세일즈맨이나 똑같은 거 아
니에요? 한글이냐 영어냐, 그것만 다르지.

병훈   야—.

석현   농담이에요, 농담. 분위기 좀 풀어보려고. (경원에게)
윤 대리, 농담이야. 표정 풀어—.

세범, 중간에서 난감하다.

세범   대리님, 저희 나가서 인터뷰할까요?

병훈   (석현의 등을 가볍게 때리며) 아닙니다. 여기서 하세요.
저희 조용히 있을게요. 이 친구가 워낙 장난기가 심
해서. 너 그만해—.

석현   아이 참, 웃자고 한 말이에요. 분위기가 너무 경직돼
있잖아요. 윤 대리, TV 출연도 많이 해본 사람이 왜
그래, 프로답지 않게. 웃어. 좀 웃으라고, 어? 웃으면
서 좀 잘 해봐—.

사이

경원   너나 잘해.

일동, 얼음.

석현   ……뭐?

경원   선배님, 너나 잘하시라고요.

석현, 당황한 웃음을 짓는다.

석현   하, 참 나. 뭐야―. 윤 대리―, 너 지금 뭐라고 했냐?
            지금 장난해? 왜 반말이야.

경원   너는 왜 반말인데요.

석현   아, 진짜―.

경원   부러워? 부러우면 그냥 부럽다고 하세요. 그렇게 뒤
            에서 사람 괴롭히지 말고.

석현   (기가 막힌 듯 웃으며) 야. 너, 진짜 많이 컸다.

경원   니가 키웠죠.

석현   하―. 너 지금 뭐 믿고 이러냐?

경원   믿을 데가 없어서 이런다, 왜.

석현   너― 야, 너― 야, 너― 내가 그렇게 우스워? 너만

잘났어? 너만 잘났냐고. 야, 말이 나왔으니 말이지만, 어? 너 오고 나서 여기 물 다 흐렸어. 알아?

병훈 (석현을 데리고 나가려 하며) 나가자, 나가자. 손님도 오셨는데 이게 뭐야아—.

석현 이거 놓으세요, 대표님. 이 인터뷰 막아준다고 하셨잖아요. 근데 왜 계속 진행하고 있는 건데요. 쟤가 우리 간판이에요? 여기 영업점 다크호스라도 되냐고요. 아, 솔직히 툭 까놓고 저희 같은 세일즈가 뭐 먹고 삽니까? 결국 인정 먹고 사는 거 아닙니까. 고객들한테 당하는 수치는 이제 다 그러려니 한다 이겁니다. 하지만 이건 다른 문제죠. 대표님도 모든 기회를 죄다 윤 대리한테만 몰아주니까 밖에서 지금 다 불만이에요. 저나 되니까 이렇게 들어와서 말하는 거라고요.

병훈 야, 김 과장!

석현 대표님. 저, 밖에 차장님, 부장님, 이 과장, 다 가족 있는 사람들이에요. 가족 먹여 살릴 기회는 주셔야죠. 얘가 고객들 다 쓸어 가면 저희는 집에 뭐 가져가냐고요. 사실 대표님도 계속 윤 대리 편 들고 있잖아요. 그래요. 고객들 몰아오니까, 좋으시겠죠. 그래도 저희한테 최소한의 기회는 주셔야 할 거 아닙니까. 이왕 말 나온 김에. 그래요, 지금 이게 회사예

요? 회사냐고요. 귀하신 윤 대리님 소속사 아니에
요? (경원에게) 너도 알지. 너 왕따인 거. 왜 그러겠냐.
여기 사람들이 다 이상하고, 속 좁고, 그래서 그러
겠어? 어? 네가 하는 행동들 잘 좀 생각해. 야, 막말
로 너 고객 열 명 들어오면, 그중에 몇 명은 다른 직
원들한테 좀 돌리면 안 되냐? 어? 이런 것까지 구차
하게 우리 입으로 얘기해야 돼? 너 사회생활이 뭔지
몰라? 같이 가는 거잖아, 같이! 같이 나눠서 가는 거
라고! 꾸역꾸역 다 네 실적으로 돌리고, 챙기고, 쌓
으면 좋냐? 좋아? 어? 선배들 한 달에 가져가는 돈
뻔히 알면서?

병훈　　애가 왜 이래, 진짜!

석현　　(병훈에게) 그래요. 저 여기 총대 메고 들어온 겁니다.
다들 이거까지는 좀 못 하게 막아보라고 해서요. (세
범에게) 작가님, 밖에서는 그럴 수 있어요. TV에서는
애 띄워줄 수 있다고요. 하지만 회사 안에서도 그러
는 건 좀 아니죠. 안 그래요? 작가님, 사보— 직원들
위해 만드는 거라면서요. 직원들 사기 진작하는 데
목적이 있다면서요. 저희도 다 알아요. 이거 사보, 별
거 아닌 것 같아도 회장님 사장님 이사님 다 눈여겨
보시는 거. 여기 소개돼서 본사 직속으로 들어간 사
람도 제법 있는 거, 우리 다 안다고요. 대표님, 저 여

기 힘들 때 들어와서 이만큼 일으켜 세우는 데 일조
했어요. 대표님도 인정하셨잖아요.

병훈   하아—.

석현   최소한의 의리 있으시면, 이제, 저희 들러리 세우는
거 그만하세요. 쟤 혼자 승승장구하는 거, 저 더 이
상 못 봐요.

석현, 나간다.

병훈, 긴 한숨을 내쉰다.

긴 사이

병훈   윤 대리.

경원   …….

병훈   잠깐 나 좀 볼까—.

병훈, 밖으로 나간다.

경원, 말없이 따라 나간다.

세범, 혼자 상담실에 남겨진다. 나가야 하나 말아야 하나, 전 과장에게
전화를 해야 하나 말아야 하나, 온갖 생각에 사로잡힌 세범. 전화를 들
었다 놨다, 들었다 놨다를 반복한다. 그러다 한숨도 쉰다.

길지도 짧지도 않은 시간이 흐른 후, 경원이 들어온다.

사이

세범   대리님……, 괜찮으세요……?

경원, 아까 앉았던 자리에 앉아 눈물을 훔친다.

세범   대리님……. 아휴, 참…….

세범, 책상 위의 티슈를 한 장 뽑아 경원에게 줘야 하나 말아야 하나
망설이는데,

경원   작가님.

세범   네……?

경원   저희, 인터뷰 마저 할까요?

세범   괜찮, 으시겠어요……?

경원   대신, 그냥 얘기할게요. 그냥, 제가 얘기할게요. 그래
        도 돼요?

세범   (고개를 끄덕이며) 그럼요.

경원   아까 질문이 뭐였죠? 왜 자동차 영업을 하기 시작
        했냐……. (사이) 전 운전을 늦게 시작했어요. 딱 서
        른이 됐을 때 면허를 땄거든요. 엄마가 좀 아팠어요.
        엄마 죽기 전에 여기저기 같이 여행 가려고, 그래서
        운전 배운 거예요. 그런데 막상 면허 따고 딱 도로에
        나서는데, 정말 너무 무섭더라고요. 나만 죽으면 다

행인데, 괜히 애먼 사람까지 다치는 거 아닌가 싶어서요. 오죽하면 엄마도 그러더라고요. "야, 죽더라도 난 교통사고로 죽기는 싫다." (사이) 한번은 혼자 벌벌벌 떨면서 운전을 하는데, 제 앞으로 신호가 걸린 거예요. 가만히 서 있었죠. 그런데 그때 제 옆 차선으로 어떤 트럭이 와서 멈추더라고요. 진짜 낡은 트럭 알죠. 당장 퍼져도 전혀 이상하지 않은, 진짜진짜 오래된 트럭. 그 차를 무심코 그냥 이렇ー게 보는데, 그 안에, 그 트럭만큼 나이 든 할아버지가, 한여름에 러닝만 걸치고, 뼈만 앙상하게 남은 팔을 창문에 턱ー 걸쳐놓더니 어깨를 막 들썩거리는 거예요. 음악에 맞춰서. 그거 보는데, 그래 맞아, 운전, 사람이 하는 거였지, 싶더라고요. 그래, 그럼 나도 할 수 있지 않을까 싶었어요. 나도 사람이니까. 그래서 저도 그 할아버지 따라 한답시고 창문 내리고 팔 하나 걸치고, 음악도 틀었어요. 진짜 한결 편해지더라고요. 근데 그때 신호가 바뀌어서 딱 출발하려고 하는데, 그 할아버지가 갑자기 절 불러요. "이봐, 아가씨! 초보야?" 너무 무섭더라고요. 저도 모르게 창문을 올리려는데, 그 할아버지가 더 큰 소리로 그래요. "왜 이래! 쫄지 마! 도로 위에서 만나는 사람은 다 친구라고! 그러니까 누가 시비 걸면 무조건 반말부터 해! 왜, 이 새끼야, 이렇게! 알았지?"

세범, 웃는다.

경원도 웃는다.

경원　　　그러더니 한마디 추가. "근데 뒷바퀴 터졌어!"

같이 웃는 두 사람.

세범　　　그래서 어떻게 했어요?

경원　　　어떻게 하긴요. 타이어 가게로 갔죠. 그런데 거기서
　　　　　　긴급출동 부르지 왜 여기까지 왔냐면서. 진짜 그 할
　　　　　　아버지, 정작 필요한 건 안 알려주고. (짧은 사이) 근
　　　　　　데 참 이상하죠. 도로 위에서 그냥 스쳐 간 말일 뿐
　　　　　　인데, 그다음부터 제가 그대로 행동하더라고요. 누
　　　　　　가 시비 걸면, 참고 또 참다가, 반말해버려요. '왜, 이
　　　　　　새끼야. 너나 잘해.' 여긴 도로니까. 도로 위에선 다
　　　　　　친구니까.

세범　　　좋네요. 친구끼린 무조건 새끼죠.

경원　　　한번 막말 나가니까, 도로가 만만해지더라고요. 그
　　　　　　리고 그때부터 차가 좋아졌어요. 그리고 나니까 제
　　　　　　가 좋아하는, 모든 자동차에 대해 설명하는 게 너무

신나는 거예요. 그래서 영업 시작했어요. 전 정말 다 설명할 수 있어요. 우리나라에 있는 차 전부 다. 수입차까지. 작가님은 차 뭐예요?

세범　저요? 전 그냥 뭐, 경차……

경원　경차요?

세범　왜요?

경원　아니에요…….

세범　왜요—.

경원　SUV 몰게 생겼는데…….

세범　경차 유지도 빠듯해요. 다음 질문 넘어가겠습니다. SUV 사려면 돈 벌어야 되거든요. 자, 다음 질문—.

경원　작가님.

세범　네?

경원　저 이런 인터뷰, 적지 않게 해봤거든요.

세범　그런데요?

경원　그런데, 그런데…… 제가 원하는 대로 기사가 나간 적은 한 번도 없었어요.

세범　네?

경원　제가 정말 하고 싶은 말은 다 사라지고, 사람들이 듣고 싶어 하는 말만 남아요. 저를 보여주는 말은 다 없어지고, 제가 아닌 말들만 남아 있더라고요. (사이) 이 인터뷰도 그렇게 되나요?

사이

경원   그래서 말인데요. 질문지 한 번만 봐도 돼요?

세범   네?

경원   질문, 한 번만 봐도 돼요?

세범   ……그러세요.

세범, 노트북을 경원에게 보여준다.

경원, 노트북 속 질문을 읽다가 조심스럽게 키보드에 손을 갖다 대고
타이핑하기 시작한다.

세범   뭐 하시는 거예요?

경원   실례 좀 하겠습니다.

세범   뭐 하세요—?

경원, 빠르게 타이핑한다.

경원   됐다. 이거예요.

세범, 경원이 쓴 글을 본다. 질문이다.

세범   이게 뭐예요?

경원	질문이 바뀌지 않으면, 답변도 바뀌지 않을 테니까.
세범	…….
경원	이거 물어봐주세요. 꼭 이거 물어봐주세요. (사이) 다음에 만나면. 만날 수 있다면.
세범	네?
경원	어쩌죠. 인터뷰는 하셨는데, 필요 없는 인터뷰를 하셨네요.
세범	네?
경원	저 잘렸어요.
세범	네?
경원	대표님이 더 이상 같이 가는 건 어렵겠대요. "알잖아. 우리가 실적만으로 직원을 평가하진 않아. 우린 함께 갈 수 있는 사람이 필요해." 전 함께 가고 있다고 생각했는데. (일어나서 나가려다가) 작가님. 뭘 쓰든, 오늘 여기서 들은 거, 그대로 써 주세요, 그대로. 꼭, 부탁드려요.

경원, 나간다.

세범, 잠시 멍하니 앉아 있다가 경원이 쓴 질문을 다시 읽어본다.

3

사보회사 '블랙 & 화이트'.

단독주택을 개조해 만든 곳으로, 인테리어가 모던하고 심플하다.

무대 하수는 회의실, 상수는 응접실. 응접실에는 길고 키가 큰 원목 테이블이 놓여 있고, 한쪽에는 커피머신, 벽에는 책들이 꽂혀 있다. 흡사 카페처럼 보이기도 한다.

재이와 민제가 회의실에서 회의를 하고 있다.

민제   이렇게 발행하면 되겠어요.

재이   마음에 드세요? 그럼 이대로 인쇄 넣을게요.

민제   네, 그러면 될 것 같아요. (시안을 보면서) 특히 윗분들이 협력사 인터뷰랑 직원들 인터뷰 꼭지가 좋다고 하셨어요.

재이   아무래도 W그룹이 계열사도 많고 부서도 워낙 다양해서 서로 잘 모르는 경우가 많잖아요. 이것만 봐도 서로 하는 일을 잘 알 수 있도록 내용 작성하려고 노력했습니다.

민제   전문적인 내용이 꽤 많아서 어려웠을 텐데. 수고하
     셨네요.

재이   수고는요, 무슨. 당연히 해야 할 일인데.

민제   아, 특히 지난 호 그 대리점 인터뷰요. 원고 잘 나왔
     다고, 다들 꼭 전해주라고 하셨어요. 원고 나오기까
     지 우여곡절이 많았는데, 다행이네요.

재이   그러게요.

민제   책 하나 낼 때마다 이렇게 쉽지 않아서야. 그죠?

재이   (말없이 웃다가) 저, 그런데.

민제   네?

재이   그분은, 그만, 두신 거죠?

민제   누구요?

재이   그, 판매왕, 대리님?

민제   아아— 네, 뭐. 그죠.

재이   네……. 결국…….

민제   왜요?

재이   아니, 그냥 좀……. 아니에요. 그런데, 괜찮, 겠죠?

민제   인터뷰한 거, 원고로 만드는 것까지는 하겠다고 얘
     기했어요. 옛정이 있으니 윤 대리님도 그러라고 했고
     요.

재이   그런데…… 인터뷰 내용이랑 너무 다르게, 원고가
     나가서…… 괜찮, 겠죠……?

민제   (재이를 빤히 보다가) 그걸 왜 저한테 물으세요?

재이   ……네?

민제   여기서 책임지고 만드시는 거잖아요.

재이   과장님께서 그냥 원고 만들라고 하셔서…….

민제   저는 의견을 얘기한 거고, 결국 최종 결정이나 진행
       은 여기서 하신 거잖아요.

재이   ……그렇죠.

민제   (발간된 사보를 다시 넘기며) 디자인도 좋더라고요. 지
       훈 팀장, 아니 지훈 대표님이 디자인하신 거죠?

재이   네.

민제   당위문에서는 지훈 팀장 아니, 지훈 대표님 디자인
       이 이 정도로 좋다고 생각한 적 없었는데.

재이   네…….

민제   그럼 창립 멤버가 어떻게 되는 거예요? 대표님이랑
       지훈 대표님, 두 분?

재이   네, 저희 둘로 시작했어요.

민제   두 분이 부부이신 건 몰랐어요.

재이   그러셨겠죠. 저랑은 많이 보셨지만, 그때도 지훈 대
       표는 디자인팀에 있어서 별로 볼 일이 없었으니―.

민제   부부가 한 명은 글 쓰고, 한 명은 디자인하고. 회사
       차리기 딱 좋은 조합이네요.

재이, 말없이 웃는다.

민제   서울에 이 정도 규모 사무실 얻기 쉽지 않으셨을 텐데.

재이, 형식적으로 웃는다.

민제   그러니까 여기를 집 겸 사무실 겸 쓰시는 거죠? (대답을 듣지 않고) 좋네요. 전에 당위문 사무실보다 훨씬 운치 있고.

재이   거긴 그냥 상가 건물이었잖아요.

민제   하긴. 앞으로 계획이 어떻게 되세요?

재이   계획이랄 게 있나요. 열심히 입찰 따야죠. 이제 곧 시즌이니까.

민제   아, 맞다, 입찰. 오늘 그것 때문에 왔는데. 다음 입찰이요.

재이   아, 네.

민제   우선 입찰 들어오세요. 위에서도 대표님이랑 계속 일하기를 원하시더라고요.

재이   아, 그래요?

민제   네. 블랙, 화이트 나눠서 VIP 라인 따로 진행하는 것도 마음에 드신대요.

재이   좋게 봐주시니 감사하네요.

민제	지금처럼만 나오면 계속 진행한다고 하실 거예요, 아마도.
재이	네.
민제	아, 그런데 아마 내년엔 사보 예산이 좀 삭감될 것 같아요.
재이	……얼마, 나요?
민제	글쎄요. 한, 적어도 10프로?
재이	……이번에도 좀 줄이셨잖아요.
민제	그렇죠. 요새 회사 상황이 별로 안 좋아서.
재이	네…….
민제	그리고 격월로 가던 거를 월간으로 가길 원하세요.
재이	예산을 10프로 줄이는데, 격월에서 월간으로요?

민제, 말없이 고개를 끄덕인다.

재이	음…….
민제	그런데 너무 부담 가지실 필요 없는 게, 페이지는 좀 얇아져도 돼요.
재이	…….
민제	그리고 예산이 좀 줄었어도 그동안 버짓이 많은 편 이었으니까, 진행하는 데 크게 무리는 없을 것 같은 데─

재이	……그럼 지방으로 가는 촬영들은 다 없애는 게 어떨까요?
민제	왜요? 저희 협력사 대부분 지방에 있잖아요.
재이	기름값 교통비 이런 것도 무시 못 해서.

사이

민제	아, 맞다. 한 가지 더 말씀드린다는 걸. (짧은 사이) 휴먼코스메틱 아시죠?
재이	네, 화장품회사.
민제	거기 홍보팀장이 저랑 지인인데, 사보회사 한 군데 소개해달라던데.
재이	네―.
민제	그래서 제가 여기를 소개할까 싶었거든요.
재이	…….
민제	저희랑 계속하면 제가 이렇게 소개할 수 있는 곳이 몇 군데 있을 거예요.
재이	네……. (쓸쓸하게) 감사합니다.
민제	에이, 별말씀을. (앞에 놓인 책을 괜히 만지작거리다가) 아, 이 원고들, 전에 그 작가님이 쓰셨더라고요?
재이	네, 맞아요.
민제	글이 둥글둥글, 가시도 없고, 저희 생각도 잘 전달되

고―. 괜찮네요. 그런데 사진은 좀…… 바꿔야겠던
데…….

재이   사진요?

민제   네―. 글은 뭐 괜찮은데, 사진이 너무 약해요. 그냥
일당백으로 사보 정도 찍는 분인 게 티가 나더라고
요. 뭐, 그것 말고는 괜찮습니다.

재이   아, 네……. (사이) 커피 한잔하실래요?

민제   좋죠.

재이   잠시만 기다리세요.

재이, 응접실로 간다.

지훈이 이어폰을 끼고 음악을 들으며 응접실로 들어온다.

지훈   (이어폰 하나를 빼며) 끝났어?

재이   아니, 아직.

지훈   (작게) 뭐래?

재이   마음에 든대―.

지훈   근데 표정이 왜 그래?

재이, 피곤하다는 듯 고개를 절레절레 흔든다.

지훈   왜―.

재이   나중에 얘기해.

지훈   입찰 들어오래?

재이, 말없이 커피를 내린다.

지훈   어?

재이, 생각에 잠긴다. 머리가 복잡하다는 듯한 표정이다.

지훈, 재이를 쓱 보고는 다시 이어폰을 낀다.

재이   (지훈을 보지 않은 채) 자기야.

지훈, 못 듣는다.

재이   자기야.

지훈, 못 듣는다.

재이   (지훈을 보며) 이사님.

지훈   어?

재이   지금 한가하게 음악이나 들을 때야?

지훈   왜, 무슨 일인데.

재이, 커피 한 잔을 더 내린다.

재이   모르겠어. 여기랑 계속 일해야 하는 거겠지?

지훈   당연하지. 왜? 입찰도 들어오라고 했다며.

재이   어. 그런데 예산 줄인대.

지훈   또?

재이   그리고 월간으로.

지훈   (황당한 표정으로) 당위문에서 여기로 갈아탔으니까,

           덕 본 대가 치러라 이거네.

재이   그런 거지?

지훈   어, 차비도 안 나오겠다. 그냥 턴키로 맡겨.

재이   턴키로? 누구한테.

지훈   누구긴.

재이   세범 작가?

지훈   응.

재이   그럴까.

지훈   우선 빨리 들어가. 이따 마저 얘기해.

재이   응.

재이, 회의실로 들어간다.

선우와 도영, 밖에서 들어온다.

도영은 카메라 가방과 백팩을 메고 있다.

선우	다녀왔습니다ㅡ.
지훈	어, 왔어?
선우	아, 힘 드 러ㅡ. (지훈의 커피를 보며) 어, 커피다. (늘 하는 장난인 듯) 사장님, 여기도 커피요.
지훈	쉿, 지금 안에 광고주 와 있어.
선우	(작게) 누구요?

지훈, 손으로 W를 그려 보인다.

선우	여기로 아주 출근을 하네. 오냐오냐해줬더니 여기서 왕 놀이 하려 그래.
지훈	조용하라니까.
선우	맞잖아요ㅡ.
지훈	(도영에게) 작가님, 수고하셨어요.

도영, 가볍게 목례한다.

선우	사장님ㅡ 여기도 커피요ㅡ. 아아 두 잔이요. 작가님, 아아 괜찮죠? 하나는 더블샷ㅡ.
지훈	예예ㅡ.
선우	(도영에게) 오늘 진짜 힘들었죠?
지훈	힘들긴 뭐가 힘들어. 사장이 이렇게 커피도 내려주

는데―.

선우　대표님이 점심도 못 먹고 하루에 인터뷰 두 탕 뛰어
　　　보세요. 이젠 체력이 안 돼요, 체력이.

지훈　네가 벌써 그러면 난 어떡하냐―.

선우　그러니까 대표님은 사무실에 앉아 있는 사장님 하
　　　는 거잖아요. 전 밖에 돌아다니는 직원 하는 거고.
　　　대표님, 저 할 말 있습니다.

지훈　예예, 하세요.

선우　다음에는 스케줄 이렇게 좀 잡지 말아주세요.

지훈　스케줄이 왜―.

선우　오전에는 동물보호협회, 오후에는 제약회사. 이게 뭐
　　　예요.

지훈　그게 왜.

선우　왜냐니요. 그 회사 뭐 하는 덴지 모르세요?

지훈　약 만드는 데겠지.

선우　이거이거, 동물실험 하는 데잖아요. 반려견 유튜버
　　　사이에서 진짜 유명해요.

지훈, 가지가지 한다는 표정을 짓는다.

선우　저 노른자 집사로서, 그 인터뷰 아주 힘들었어요.

지훈　(도영에게 커피를 건네며) 작가님, 커피 드세요.

도영 감사합니다.

선우 진짜 힘들었다고요.

지훈 좀 더 진하게 드릴까요?

도영 (커피 한 모금을 마시고) 딱 좋습니다.

선우 작가님도 고양이 키운대요. 이름이 뭐랬죠?

도영 시금치—.

선우 맞아, 시금치. 저희가 집에 가면 시금치랑 노른자 얼굴을 어떻게 보냐고요. 여기 가면 이 장단, 저기 가면 저 장단. 저도 인간으로 태어난 이상, 일관성이라는 걸 좀 지키고 싶다고요.

지훈 야, 그렇게 해서 돈 언제 벌어, 어? 이게 다 너 월급 주려고 이러는 거 아니야.

선우 (입 삐쭉하며) 맨날 내 핑계—. 월급이나 좀 올려주든가—.

지훈 으휴. 아, 작가님. 오늘은 채 대리랑 같이 가셨지만, 다음엔 사진이랑 원고 직접 다 해주셔야 해요. 아시죠—.

도영 네, 그럼요.

선우 이거 봐, 이거 봐. 쥐꼬리만 한 고료 주면서 다 뽑아 먹기는. 작가님, 하지 말라니까요. 페이 더블로 주면 한다고 하세요. 프리랜서 무서운 줄 알아야지—.

지훈, 한숨을 쉰다.

도영　　전 괜찮아요.

지훈　　이해해주셔서 정말 감사합니다. 앞으로 저희 정말
　　　　　잘해봐요, 작가님.

도영　　저야말로 잘 부탁드립니다.

선우　　또, 또, 프리랜서 시장의 악순환. 그 거래가 성사되었
　　　　　군.

지훈　　야, 너 들어가.

선우　　들어갈 거거든요. (도영에게) 작가님, 고료 한 달이라
　　　　　도 밀리면 바로 전화하세요. 아, 두 분 부부예요. 세
　　　　　상에서 제일 무서운 게 가족 사업인 거 아시죠? 명
　　　　　심하세요.

지훈　　아휴―, 진짜―.

선우가 사무실로 가려는데, 세범이 들어온다.

선우　　어, 작가님―.

세범　　대리님, 안녕하세요.

지훈　　오셨어요?

세범　　네―.

지훈　　오신다고 얘기 들었어요. 지금 안에 전 과장 와 있는데.

세범   아, 그래요……?

지훈   광고주가 작가님 글 마음에 든다고 했나 봐요. 지난
      호 인터뷰도 그렇고 다들 칭찬이 자자하네요.

세범   아, 네…….

지훈   뭐. 과정은 좀 어려웠지만, 그래도 결과가 잘 나와서
      다행이에요.

세범   …….

지훈   이번 호, 대리점에 다 배포되고, 블로그에도 올라갔
      어요. 아, 그런데 그분이 알려지긴 했나 봐요. 조회수
      가 압도적으로 높던데.

세범   그분요?

지훈   그, 여자, 세일즈 대리님?

세범   아…….

지훈   그럼 들어가보세요.

세범   네.

세범, 사무실로 들어간다.

재이   오셨네요?

세범   네—.

민제   원고 잘 봤습니다. 앉으세요.

세범, 자리에 앉는다.

재이   작가님도 차 한잔 드려요?

세범   아니요, 괜찮습니다.

재이   네, 그럼. 근데 할 말이 뭐예요, 작가님? 같이 논의할

       게 있다고 하지 않으셨어요?

세범   네……

재이   뭔데요?

세범   그게…….

선우   가만 보면 정 작가님도 안 그런 척— 은근 철판이

       야.

지훈, 선우한테 슬쩍 눈치를 준다.

도영   왜, 요……?

선우   그때 인터뷰, 분위기 안 좋았다고 들었는데.

지훈   흠흠.

선우   근데 웬걸. 원고 보니까 하하호호, 대리점 분위기 완

       전 좋던데—. 아무리 사보여도 이렇게 소설 써도 되

       는 거예요? 따돌림의 흔적은 전혀 없던데…….

도영   따돌림요……?

민제   아니, 그게 무슨 말씀이세요?

세범   말씀드린 대로예요.

민제   그러니까 그게 무슨 얘기냐고요.

재이   정정 원고라뇨. 이번 호에 당장 그걸 넣어달래요?

세범   네―.

민제   참 나. 이게 무슨 신문도 아니고.

재이   안 쓰면요⋯⋯?

세범   본인이, 직접, 쓰시겠답니다⋯⋯.

민제   네? 본인이? (기가 막히다는 듯 웃으며) 참 나. 아니,
          이게 무슨.

재이, 한숨을 쉰다.

민제   됐습니다, 됐어요. 그런 거에 어떻게 일일이 대응을
          합니까. 뭐, 중요한 내용도 아니네요. 이미 인쇄 넘겨
          서 힘들다고 하세요. (재이에게) 아, 대표님. 다음 호
          기획안 이번 주까지 보내주세요. 그리고 작가님, 원
          고는 괜찮은데 사진이 너무 좀 그렇더라고요. 사진
          도 좀 신경을 써서 잘해주세요. 조명 안 쓰시나 보
          던데.

세범   작은 거 하나 쓰긴 하는데―.

민제   얼굴이 다 죽어서 나오더라고요. 지난번에 저희 소장

	님 인터뷰 사진도 영 별로였고요. 신경 좀 써주세요.

세범   네.

민제   그럼 이만 정리하죠. 더 할 말 없으시면 저 가보겠습
       니다.

세범   (일어나려는 민제에게) 저―.

민제   네?

세범   한 줄이라도 넣으면 어떨까요. 맨 뒤 페이지에.

재이   (낮게) 작가님…….

민제   그걸 왜 넣습니까. 그거 넣을 공간 없어요.

세범   그래도 그냥 한 줄 정도만, 그건 어렵지 않잖아요.

민제   후―, 한 줄 뭐라고 넣어요.

세범   뭐, 그냥…….

민제   대리점 안에서 사내 따돌림이 있었습니다. 윤경원 대
       리님께 심심한 사과를 표합니다. 뭐, 이렇게 넣어요?

세범   아니, 그러니까 제 말은…….

민제   아, 참 나. 그만하시라고요. 그럴 필요 없으니까 좀
       넘어가자고요.

세범, 민제를 본다.

민제   왜 그렇게 보세요.

세범   (나직한 한숨을 뱉고) 아니, 전―. 그러니까. 그분도 저

한테 어렵게 연락하셨어요. 당당하게 '정정해주세요' 이런 게 아니고, 정말 조심스럽게 연락 주셨다고요. 본인이 했던 말과 너무 다르게 나갔다고. 그냥 넘어 갈 수도 있지만, 그렇게 포장되지 않았으면 좋겠다 고. 그냥 딱 한 줄, 아니 몇 마디만 다음 호에 적어주 면 안 되냐고. 간곡하게 물어보셨어요. 그 정도는 해 줄 수 있지 않습니까.

민제   그 정도 뭐요, 뭐. 아니, 그리고 작가님, 지금 무슨 생 각으로 계속 이러시는 거예요?

세범   네?

민제   상식적으로 이해가 안 되잖아요. 그리고 제가 그렇 게 하자고 할 리가 없잖아요. 거기에 쓸 페이지도 없 고, 그럴 가치도 없으니까. 아니, 생각해보니까 정말 그렇네. 결국 사보에 사내 따돌림 내용을 넣자는 거 잖아요. 도대체 무슨 생각으로, 저한테 그 얘기를 하 시는 거냐고요.

세범   저는 그 윤 대리님께서―.

민제   이제 윤 '대리님' 아닙니다. 퇴사하셨다면서요.

세범   아니, 그러니까, 전―.

민제   (한숨을 쉬며) 이거 사보예요, 사보―. 네? 사설 쓰세 요? 저희― 날카로운 글 필요 없어요. 누굴 두둔하 는 글도 필요 없고, 특정 사람의 생각과 입장이 담긴

글도 필요 없다 이겁니다. 저희 회사 입장만 잘 나타
나면 돼요. 작가님은 그걸 써주시면 되고요. 아니, 왜
이런 거에 시간 낭비를 하게 하세요. (한숨을 쉬며) 당
위문도 그렇고 여기도 그렇고. 외주업체에만 오면,
제가 무슨 독종이 되는 것 같아요. 저를 왜 이렇게
난감하게 만드시는 거예요. 하아, 진짜. (짧은 사이)
대표님, 저희 별거 아닌 거에 피곤하게 대응하고 싶
지도 않고 그럴 시간도 없습니다. 그러니까 괜히 시
끄러워지지 않도록 잘 처리해주세요. (나가려다가 멈
춰 서서) 작가님 아니어도, 저희한테 날카로운 펜촉
을 갖다 대는 사람은 정말 많습니다, 네? 그런데 저
희 돈으로 만드는 저희 사보에서도 그걸 겪어야 합
니까? (짧은 사이) 가보겠습니다.

민제, 나간다.
응접실에 있던 지훈, 선우, 도영도 일어난다.
일동, 얼음.
재이, 긴 한숨만 내쉰다.

재이 작가님. 전 과장, 방금까지만 해도 작가님 글 좋다
고 진짜 만족했었는데. (머리가 아프다는 듯) 아후, 왜
그러셨어요. W그룹 저희 VIP인 거 아시잖아요. 저

희 밥줄이에요. 그 돈 받아서 작가님 고료 드리는 거
잖아요. (사이) 그 일은 잘 처리해주세요. 아니, 정정
원고 안 쓰면 도대체 뭐 어떻게 한다고요?

세범   ……본인이 써서 직접 올리시겠대요.

재이   어디에 올리겠다는 거예요?

세범   올릴 데야 많죠…….

재이   완전 협박이네, 진짜. 그거 통화해서 잘 처리해주세
         요. 아셨죠? (세범의 눈치를 보다가) 저희 매체 하나
         더 딸 것 같단 말이에요. 휴먼코스메틱 아시죠.

세범, 재이를 본다.

재이   전 과장이 소개해준대요. 그거 받으면 W그룹이랑
         묶어서 작가님한테 턴키로 다 맡기려고 했는데—.

세범   …….

재이   이거 다 하면, 금액 꽤 되는 거 아시죠……? 저희랑
         계속 일하면, 큰 건으로 가져가실 수 있게 저희도 애
         쓸 거예요. 그러니까— 잡음 나오지 않게 잘 처리해
         주세요, 네?

사이

세범   대표님.

재이	네?
세범	독립 왜 하셨어요?
재이	네?
세범	독립할 때, 어떤 마음으로 하셨어요?
재이	그야 뭐……, 제 일이 하고 싶어서 했죠.
세범	어떤 일이요?
재이	……그냥 뭐. 아니, 전에 당위문 대표님 밑에서 일하는 거 너무 답답했어요. 아시잖아요, 그분 스타일. 일 처리도 늦고, 광고주 눈치도 너무 많이 보고―. 그 대표님 밑에서 일하면 무슨 목각 인형 된 것 같았다니까요. 그리고 무엇보다 책을 너무 못 만들잖아요. 좋은 책 만들고 싶어서 나왔죠, 뭐.
세범	그러셨구나. 좋은 책. 좋은 책…….

그때 재이의 휴대폰이 울린다.

| 재이 | 여보세요? 네, 전 과장님. 네네. 네, 지금 같이 있어요. (조심스럽게 나가며) 잠시만요. 나가서 받을게요. |

재이, 나간다.

그 모습을 보고 지훈도 따라 나간다.

분위기가 좋지 않자 선우도 자신의 자리로 간다.

세범이 물을 마시러 도영이 앉아 있는 응접실로 나온다.

도영   ……안녕하세요.

세범   네? 아, 네.

도영   백도영이라고 합니다.

세범   아, 네…….

세범, 물을 마시고 한숨을 쉰다.

도영   괜찮으세요?

세범   네? 네.

도영   안에서, 엄청 심각하던데…….

세범   …….

도영   일이 좀 복잡하게 돌아가나 봐요.

세범   …….

도영   전 오늘 여기랑 처음 일해요.

세범   그러세요?

도영   문제가, 있었나 봐요…….

세범   아뇨, 뭐.

도영   일 못 해먹겠죠? 저도 이 바닥 한 10년 있다가, 다
       른 일 해보겠다고 다른 데 갔었는데, 배운 게 도둑질
       이라고 다시 돌아오게 되더라고요.

세범	아, 네.
도영	(말을 돌리듯) 여기 회사가 참 예뻐요. ……여기랑 일한 지 오래되셨어요?
세범	뭐, 그냥 적당히.
도영	그런데 여기는 사진을 꼭 찍어야 한다고 그러더라고요. 그렇다고 고료를 더블로 주는 것도 아니던데……. 그래도 요새 일이 워낙 줄어드는 추세니까 어쩔 수 없이 왔어요. 저희 같은 프리가 힘이 있나요. 하라면 해야지. (다시 사무실로 들어가려는 세범에게) 아, 그런데, 이런 질문 좀 실례일 수 있지만……. (사이) 여기, 고료는…… 안 밀리나요? 신생이라 입금 깔끔하다고 해서 왔는데, 정말 그런지 확인할 길이 있어야 말이죠……. 사람들은 괜찮아요? 아까 보니 남자 대표님은 성격 좋아 보이시던데. 여자 대표님은 좀 깐깐해 보이시고. 대표님 성격이 좀 서글서글해야 일하기가 편하더라고요.

세범, 물을 더 마시고 싶어 컵을 보는데 비어 있다. 도영을 피하듯 물을 가지러 한쪽으로 가는 세범.

도영	(그런 세범을 따라 다니며) 대표님들은 어디 출신이에요? 매거진? 홍보사? 출판사? 출신에 따라서 일하

는 스타일이 너무 다르니까…….

세범   저도 모릅니다. 나중에 직접 물어보세요.

도영   직접 물어보기 좀 그래서……. 슬쩍 힌트만 좀 주시
         면 안 돼요……?

세범, 괜히 도영을 피하고 싶다.

하지만 도영은 세범을 따라 다니며 계속 얘기한다.

도영   근데…… 밖에서 들었는데……. 작가님 사보에 직
         원 따돌림 받은 얘기 쓰려고 하셨어요?

세범   네?

도영   아니, 들렸어요. 제가 잘못 들은 건지 모르겠지만.

세범, 도영의 얘기가 피곤하다.

도영   이 일 시작한 지 얼마 안 되셨어요?

세범   후—.

도영   아니—, 그러니까. 오해하지 마세요. 제 말은, 이거
         저 사람들 돈으로 만드는 책인데, 저 사람들 까는
         내용을 쓰는 게 상식적으로 이해가 안 돼서……. 우
         리 고료가 어디서 나옵니까. 결국 다 저 사람들한테
         서 나오는 거잖아요.

세범   그만하시죠.

도영   아니—, 딱 보니까 제가 이 바닥 선배 같아서 하는
말이에요. 그런 식으로 하면 일 계속 끊겨요. 제 꼴
난다고요. 저도 일 다시 잡는 거 얼마나 힘들었다고
요. 패기도 알겠고, 열정도 알겠는데, 물인지 불인지
는 가리고 뛰어드는 게 좋다—, 이겁니다.

세범   …….

도영   사보 원고, 공식 뻔하잖아요. 직원 소개, 성과, 포부,
계획, 회사에 감사한 점. 이것만 쓰면 돼요. 정 안 되
겠다 싶으면, 애매한 문장 삭삭 골라서 글 만들면
되고. 아무리 사무적인 인터뷰여도 건질 만한 문장
하나 정도는 있잖아요. 중립적이고, 애매하고, 이도
저도 아닌 그런 말—. '성장하는 시간이었던 것 같아
요' 아니면 '다 나름의 의미가 있겠지요' 혹은 '제 인
생에 중요한 경험이었던 것 같습니다' 이런 거. (짧은
사이) 혹시라도 기분 나쁘게 듣지 마세요. 그냥 안타
까워서 그래요, 안타까워서. 후배 같기도 하고. 턴키
도 맡긴다는데. 물론 턴키 맡으면 개고생은 하지만,
그래도 몇백이 손에 들어오잖아요. 잘 좀 해보세요.
자존심은 잠깐, 생활고는 오래갑니다.

세범   네, 고맙습니다.

재이, 전화를 끊으며 들어온다.

그 뒤를 따라 지훈도 들어온다.

재이　　　(세범에게) 작가님, 지 잠시만─.

재이, 회의실로 들어간다.

그 뒤를 이어 지훈과 세범도 들어간다.

홀로 응접실에 앉아 커피를 마시는 도영.

그렇게 얼마간의 시간이 흐른 후, 세범이 나와 도영에게 가볍게 목례하

고 나간다.

회의실에서 나온 지훈과 재이가 그 모습을 본다.

지훈　　　잘한 건지 모르겠다.

재이　　　그럼 어떻게 해. 바꿔달라는데.

지훈　　　(재이에게) 그럼 턴키 누구한테 맡길 거야.

재이　　　필자 다시 구해야지, 뭐. 쌔고 쌨는데.

사이

도영　　　저…… 혹시 다른 필자, 구하세요?

재이와 지훈, 도영을 본다.

4

몇 개월 후, 웹콘텐츠회사 '트라이앵글컴퍼니'.

IT회사 느낌의 차가우면서도 세련된 인테리어. 파티션 없는 사무실 풍경. 직원들끼리 활발하게 책상과 의자에 걸터앉아 커피를 한 잔씩 들고 대화를 나누고 있다. 한편에는 무선 헤드셋을 쓴 채 일하는 직원들이 있다. 게임 소리, 캐릭터 소리, 애니메이션 소리가 사무실을 가득 채우고 있다.

은희   신 팀장, 설명 좀 해줘.

주찬   (프로그램을 앞에 두고) 네, 먼저 제가 시범 보일게요. 우선 질문은 광고주가 준 걸로 정해져 있고요. 저희는 답변만 입력하면 됩니다.

은희   광고주한테 질문지 왔어?

주찬   네.

은희   몇 개?

주찬   600개요.

은희   600개?

주찬 네, 그래서 작가 필요하다는 거였어요.

은희 600개면 진짜 빡세네. 질문은 뭐 뭐 있어?

주찬 천차만별이에요.

은희 뭐 있는데.

주찬 (패드로 질문을 보며) 보자……. "요즘 영화 뭐가 재밌
어?" "나 대신 돈 좀 벌어줄래?" "나 대신 일 좀 해줄
래?" 뭐 이런—.

은희 진짜 쓸데없네.

주찬 대답이 좋아야 돼요. 의외의 대답이 나와야 회전율
이 높대요. 약간 B급 감성으로 해달라는데.

은희 B급 같은 소리하고 있네. 진짜 B급으로 가면 다 킬
할 거면서. 근데 몇 시야?

주찬 이봐, 수. 지금 몇 시야?

수(Sue) (목소리) 오후 1시 48분입니다.

주찬 오늘 누구 면접 보러 온다고 하지 않았어요?

은희 어, 올 거야. 2시에.

그때 민훈이 기웃기웃 회사 안으로 들어온다.

주찬, 민훈을 본다.

주찬 누가 오신 것 같은데.

은희 (민훈을 보며) 혹시 오늘 미팅하기로 한 작가님?

민훈   아, 예. 안녕하세요. 이민훈입니다.

은희   어서 오세요. 이쪽으로 앉으세요. 찾아오는 데 어렵
         지 않으셨어요?

민훈과 은희만 남고 직원들은 모두 각자의 자리로 흩어진다.

민훈   네, 괜찮았어요.

은희   여기 앉아 계세요. 밖에 덥죠.

민훈   네, 좀 덥네요.

은희   마실 것 좀 드릴까요?

민훈   좋죠.

은희   다른 분 더 오시면 그때 같이 드릴게요.

민훈   다른 분이 더 오나요?

은희   네, 저희가 좀 여러 명을 모집했어요.

민훈   아.

그때 주영이 들어온다.

은희   안녕하세요. 오늘 미팅하기로 한 작가님이시죠?

주영   네—.

은희   이주영 작가님.

주영   네, 맞아요.

은희　　　이쪽으로 오세요.

민훈과 주영, 한 테이블에 앉는다.

은희　　　주찬 씨, 여기 커피 두 잔만.

주찬　　　네, 두 잔이면 되나요?

은희　　　어─, 내 것까지 네 잔.

주찬　　　네.

주영　　　누가 또 오시나요?

은희　　　네, 오늘 세 분 오실 거예요.

그때 세범이 두리번거리며 들어온다.

은희　　　정세범 작가님?

세범　　　안녕하세요.

은희　　　이쪽으로 오세요.

세범　　　네.

세범, 자리에 앉는다.

은희　　　그럼 다 오신 것 같으니, 바로 얘기할까요?

민훈/주영　그러시죠./네.

은희   우선 저희 트라이앵글컴퍼니에 지원해주셔서 감사
해요. 저희는 IT 기반 회사고요, IT 기기나 소프트웨
어에 콘텐츠를 입히는 작업을, 이번에 저희가 새롭게
하게 됐습니다. 그래서 전문 작가님들을 모신 거예
요. 해주실 일은 챗봇에 콘텐츠를 입히는 거예요. 시
리(Siri) 사용하시죠?

민훈/주영   (동시에) 네.

세범   (동시에) 아니요.

은희   아, 사용 안 해보셨어요……?

세범   아……니요. 해, 해봤어요. 사용합니다.

은희   ……네, 그런 걸 만든다고 생각하면 됩니다. 분야가
다양하지만, 이번에 저희가 하는 건 '킬링 봇'이에요.

민훈   킬링, 봇이요?

은희   그러니까 시간 죽이는 봇이라는 의미로. (커피를 주고
가는 주찬에게) 고마워. (면접자들에게) 음. 이거 한번
보시겠어요? (준비한 자료를 주고) 질문은 광고주가
다 정해줬어요. 답변만 만들어주시면 돼요. 이 질문
은 빅데이터로 다 집계가 된 거라서, 이제 얼마나 기
발한 답변이 나오느냐, 그게 관건이죠. 요즘 이 시장
이 커지다 보니까, 기업들이 너 나 할 것 없이 다 뛰
어들고 있어요. 그래서 저희한테도 좀 중요한 프로
젝트입니다.

민/주/세	아ㅡ.
은희	맡으실 질문은 각각 200개 씩.
민/주/세	200개요?
은희	좀 많죠. 그만큼 다양한 대답들이 필요하다는 의미로 생각하시면 될 것 같아요. 자유롭게 하시면 됩니다. 단, 종교, 정치, 사회적으로 민감한 사안들은 피해주셔야 하고요. 다들 아시다시피 이거 만드는 회사 모기업이 Y그룹이에요. 그러니까 그 기업에 민감한 내용들이 들어가는 것도 안 됩니다. 은연중에 깔아놓는 것도 안 돼요. 연상되는 것도 안 돼요. 정말 가볍고 캐주얼하고 소모할 수 있는 대답들로 부탁드려요. 그런데 별로 걱정하실 건 없는 게, 질문 자체가 난감하거나 날카로운 것들은 없으니까 어렵진 않으실 거예요.
주찬	대표님, 전화요. 광고주예요.
은희	어ㅡ, 알겠어. 저 잠깐 통화만 하고 올게요. 저희가 몇 개 샘플로 넣었거든요? 한번 작동해보세요. 직접 입력하시거나 음성으로 넣거나. 다 됩니다. 아, 얘 이름은 수(Sue)예요.

은희, 나간다.

민훈과 주영과 세범, 어정쩡하게 컴퓨터 앞에 앉아 있다.

사이

민훈이 키보드로 뭔가를 입력하자, 스피커에서 음성이 나온다.

수(Sue)	(목소리) 저도 반갑습니다.
민훈	오―.
세범/주영	하하…….

민훈, 뭔가를 다시 입력한다.

수(Sue)	(목소리) 이번 주말에 약속이 없으신가 봐요. 전 바빠서요.
민훈	오―.
세범	하하…….
주영	다른 거 물어보세요.
민훈	어떤 거요?
주영	너 누구야, 이런 거?
민훈	그건 답변 없을 것 같은데. 해볼까요?

민훈, 입력한다.

수(Sue)	(목소리) 제 이름은 수. 언제나 당신과 함께하는 동행자, 당신의 친구입니다. 힘들고 외롭고 심심할 땐,

　　　　　저와 대화를 나눠보세요.

민/주/세　　오—.

민훈　　　　이런 일 해본 적 있으세요?

세범　　　　아니요. 처음이에요.

민훈　　　　저도 이런 건 처음 해봐요.

세범, 주영과 민훈의 얼굴을 들여다본다.

세범　　　　그런데 저희, 어디서 뵀던가요?

주영　　　　저도 두 분 다 낯이 익다 싶었는데.

민훈　　　　글쎄요. 그런가? 이 일 하면서 한두 번 스쳤을 수도
　　　　　　있죠.

세범　　　　……네. 하긴.

주영　　　　전 여행 작가로 일했어요. 혹시 두 분도?

민훈/세범　아니요.

주영　　　　아.

민훈　　　　전 그냥 이것저것 다 썼어요. 여행 작가면, 좋으시겠다.

주영　　　　좋긴 한데, 일이 안 들어오네요. 언제 일이 다시 들어
　　　　　　오려나. 이런 것도 한번 물어볼까.

주영, 입력한다.

수(Sue)	(목소리) 제가 대답할 수 있는 질문이 아니네요.
주영	실드 치네. 그럼 다른 거.

주영, 입력한다.

수(Sue)	(목소리) 제가 대답할 수 있는 질문이 아니네요.
주영	뭐야, 재미없게. 입력된 질문이 좀 약하네.

은희, 돌아온다.

은희	좀 해보셨어요?
민훈	네, 재밌네요.
주영	그런데 질문이 몇 개 입력 안 됐나 봐요. 다 대답할 수 없는 내용이라는데요.
은희	네, 이제 막 태어난 애라 (자기 머리를 가리키며) 든 게 별로 없어요. 그걸 작가님들께서 채워주셔야 합니다. 그럼 한 분씩 먼저 계약할까요? (민훈을 가리키며) 작가님 먼저 오시겠어요? 두 분은 잠시 여기서 기다리세요.
민/주/세	네.
은희	이쪽으로.

은희와 민훈, 다른 회의실로 간다.

남은 주영과 세범 사이에 어색한 공기가 감돈다.

주영 어색하네요.

세범 네?

주영 항상 질문만 했는데, 대답을 해야 한다니.

세범 그러게요.

주영 (은희가 준 자료 중 주어진 질문을 읽어보면서) 이거 생

각보다 어려울 것 같은데요?

세범 왜요?

주영 질문이 뭐 이래.

세범 별로예요?

주영 한번 보세요.

세범, 질문지를 본다.

은희, 다가온다.

은희 주영 작가님, 계약하시죠.

주영 네, 알겠습니다. (일어나며) 그럼 다음에 봬요, 뵐 수

있으면.

주영, 은희를 따라간다.

세범, 앞에 놓인 컴퓨터를 가만히 보다가, 사무실에 일하는 사람들을 보다가, 컴퓨터에 뭔가를 입력한다.

수(Sue)　　(목소리) 제가 대답할 수 있는 질문이 아니네요.

세범, 다른 문장을 입력해본다.

수(Sue)　　(목소리) 제가 대답할 수 있는 질문이 아니네요.

세범, 잠시 생각한 후 다른 문장을 입력해본다. 과거에 경원이 자신에게 남긴 질문이다.

수(Sue)　　(목소리) 당신과 대화하는 이 순간. 유후.

세범, 다시 질문을 입력해본다.
사이

수(Sue)　　(목소리) 제가 당신을 궁금해해야 하나요? 질문을 하려면 정보가 필요하니, 검색을 시작하겠습니다. (사이) 정 세 범. 15만 7838건의 정보가 검색되었습니다. 이 중 당신은 누구신가요?

세범, 피식 웃고는 사무실을 한번 둘러본다. 게임 소리, AI 기계음 목소리, 애니메이션 소리가 더 크게 들리는 듯하다.

막

산악기상관측

산에 들어간 사람들에게 일어난
세 가지 일

이 극은 세 편의 단막희곡으로 이루어져 있다.

첫 번째 이야기

코:
당연히 여겼던 것들의
실종

시간	어느 때		
공간	병원		
등장인물	주한	남, 환자, 사십대
	경원	여, 환자, 사십대
	정인	여, 의사, 사십대

정인 앞에 주한이 코를 손으로 부여잡은 채 앉아 있다.

정인   보자……. 쯧쯧.

주한   어때요?

정인   어쩌다 이렇게 다치셨어요.

주한   아아, 살살 해주세요.

정인   아프세요?

주한   아니요…….

정인   엄살은. 넘어지셨어요?

주한   그런가…….

정인   그런가?

주한   일어나보니 산속이었어요.

정인   (차트에 뭔가를 기록하며) 일어나보니 산속……. 산에
가셨어요?

주한   그런가…….

정인   그런가?

주한   일어나보니 산속이었어요.

정인   흠…… 그리고요?

주한   그리고…… 눈앞에서 도망가고 있었어요.

정인   확실한가요?

주한   네?

정인   도망간 게 확실해요?

주한	네, 확실해요. 제가 거기는 절대 들어가면 안 된다고 했는데, 엄청 잽싸게 도망갔어요.
정인	그러니까 정리해보면, 어떤 냄새가 나는 곳을 향해 걸어갔는데, 그곳이 출입이 금지된 산이었고, 다시 집으로 돌아가려고 발걸음을 돌리던 순간에 코가 빠졌다. 그리고 코가 도망을 갔다. 맞나요?
주한	네.
정인	그 코를 잡으러 달려가다가 산에서 넘어졌고.
주한	네.

정인, 주한의 코를 이리저리 살펴본다.

정인	걱정하지 않으셔도 됩니다. 종종 일어나는 일이에요.
주한	코가 도망을 가는 게요?
정인	네.
주한	왜요?
정인	글쎄요. 그걸 알았으면, 종종 일어나지 않겠죠?
주한	…….
정인	수술 시간 잡으시겠어요?
주한	바로 되나요?
정인	맞는 코만 있으면 금방이죠. 그럼…….

경원, 상담실 문을 열며 들어온다. 한쪽 귀를 손으로 가리고 있다.

정인   어떻게 오셨죠?

경원   저…….

정인   네, 말씀하세요.

경원   귀가 빠졌어요.

정인   아—, 여기 앉아보시죠.

경원   (자리에 앉으며) 길을 가는데 갑자기 귀가 툭, 빠져서
        바로 여기로 왔어요. 귀가 제 눈앞에서 도망을 갔어
        요. 갑자기. 저쪽으로, 진짜 빠르게, 달려갔어요. 아
        니, 굴러갔나?

정인   네, 근데 잠깐만 조용히 해주시겠어요? 검사를 좀
        먼저 할게요.

경원   아, 네.

사이

경원   근데 저 정말 그런 거 처음 봤어요. 선생님, 저 괜찮
        을까요?

정인   네, 그런데 잠깐만 조용히…….

경원   아. 네.

사이

경원   저, 그런데 선생님.

정인   잠시만요, 잠시만.

경원   그게 아니라요, 선생님.

정인   후—. 좀 잠시만요.

사이

경원   남은 귀도 빠질 것 같아요.

정인   네?

경원   남은 귀요. 어어어.

정인   왜요?

경원   (반대쪽 귀를 잡으며) 도망가려고 한다.

정인   네? 어어어. 잘 붙잡으세요.

경원   어어어.

정인   어어어.

경원   어어어. 선생님, 선생님.

정인   안 되겠다. 붕대 좀 감을게요.

정인, 급한 대로 경원의 귀를 고정시키기 위해 붕대를 감는다. 양쪽 귀
를 다 가린 상태다.

정인　　　괜찮으세요? 괜찮으시죠?

경원, 못 듣는다.

정인　　　환자분, 들리세요?

경원　　　네?

정인　　　(입 모양을 크게 하며) 들 리 시 냐 고 요.

경원　　　아—, 네—. 아니요—.

정인, 코 빠진 주한과 귀 빠진 경원을 본다.

주한　　　(경원을 보다가) 저…… 그럼 이분도 수술해야 하나
　　　　　　요?

정인　　　그렇죠.

경원　　　뭐라고요?

정인　　　수술한다고요, 수술.

경원　　　네?

정인　　　(입을 크게) 수 술. 수 술.

경원　　　아, 저 수 술 해 요?

정인, 손으로 그렇다는 표시를 한다.

경원	무슨 수술이요?
정인	귀 다시 붙이는 수술이요.
경원	어떻게요? 제 귀는 없어졌는데요.
정인	새로운 귀가 올 겁니다.
경원	새로운 귀요?
정인	(샘플 귀를 꺼내 보이며) 보급형 귀가 있습니다. 물론 보급형 코도요. 어떻게, 수술하시겠어요?
경원/주한	네, 뭐…….
정인	그럼, 여기 잠시만 기다리세요.

정인, 나간다.
주한과 경원 사이에 어색한 침묵이 흐른다.

경원	코가 없으시네요.
주한	아, 네…….
경원	도망갔나 봐요.
주한	아, 네…….
경원	저, 좀 크게 얘기해주실래요. (귀를 가리키며) 하나밖에 안 남아서.
주한	아, 네.

어색한 사이

경원	어쩌다 도망갔어요?
주한	모르겠어요. 그냥 냄새만 맡았는데…… 도망가더라고요. 그러는 그쪽은…….
경원	저도 모르겠어요. 나도 그냥 소리만 들었는데.
주한	아…….
경원	점심 먹고 산책하는데, 어디선가 처음 듣는 소리가 들리는 거예요.

경원, 그 자리에서 들었던 소리를 흉내 낸다.

경원	이게 무슨 소린지 아세요?
주한	음…….

경원, 다시 흉내 낸 다음 주한에게 눈빛으로 질문을 건넨다.

주한	음…….
경원	모를 줄 알았어요. 이게 새소리래요.
주한	새소리요?
경원	네, 제가 그 소리가 너무 좋아서 거기 가만히 서서 눈을 감고 계속 들었거든요. 그랬더니, 그 소리가 귀를 타고 제 안으로 쑥 들어와서는 이 안에 딱 자리를 잡더라고요. 그러고 나니까 배 속에서 후후— 후

후— 휘히히— 난리가 났죠. 아이 참. 그런데 그때 경비 아저씨가 빨리 나가라고 엄청 소리를 질러대서, 들어왔던 소리도 나가고, 그 소리 따라서 귀도 빠졌어요.

주한　(경원을 가만히 바라보다가) 저도 그랬는데.

경원　그래요?

주한　네. 저도 잠깐 산책하던 중에 코가, 도망갔어요.

경원　어디로요?

주한　모르겠어요. (사이) 아마, 냄새가 나는 쪽으로……?

경원　무슨 냄새요?

주한　그게, 음…….

주한, 없는 코로 킁킁거리며 당시를 기억해내기 위해 애쓴다.

주한　그러니까 그게. (킁킁거리며) 지금은 아무 냄새도 맡을 수가 없네요.

경원　저도 이쪽은 하나도 안 들려요. (사이) 어어어— 어어어—.

주한　왜왜왜, 왜요?

경원　어, 내 귀. 내 귀. 야, 안 돼. 넌 제발 붙어 있어. 어어어어.

주한　어어어.

경원   어어어! 헉.

경원의 하나 남은 귀가 결국 도망간다.

경원   어! 저기! 저거 잡아주세요!
주한   네?
경원   잡아주세요! 귀! 귀요! 내 귀!

주한, 경원의 도망간 귀를 본다.

구석에 몰린 귀.

주한   어, 저기 있다. 제가, 제가 잡을게요. (손가락으로 입을
           가리키며 조용히 하라는 듯) 쉬잇…….

경원의 귀가 인기척을 들을까 봐 숨죽인 두 사람.

주한, 살금살금 귀에게 다가간다. 발소리도 나지 않게 아주 조용히.

하나, 둘, 셋. 잡으려는 찰나, 정인이 문을 열고 들어온다.

그 사이를 비집고 잽싸게 귀가 나간다.

경원   안 돼! (사이) 안 돼…….
정인   왜 그러세요? 무슨 일 있었어요?
경원   내 귀…….

정인	네?
경원	하아…….
주한	……남은 귀마저 도망갔어요.
정인	정말요? (문밖을 한번 빼꼼 보더니) 아이고, 이거 참. 뭐, 어쩔 수 없죠.
경원	귀가 다 없어지다니…….
정인	(안쓰럽게 경원을 보다가) 괜찮아요. 물론 타고난 귀가 가장 좋긴 하지만, 한번 도망간 애들은 찾기가 힘들더라고요. 어쩔 수 없이 양쪽 다 수술하셔야겠네요.

경원, 정인이 가져온 귀를 본다.

정인	바로 수술합시다.
경원	아, 수술. 선생님 살살 해주세요.
정인	간단하니까 걱정 마세요. 수술받고 나면 오히려 귀 없어지길 잘했다 생각하실걸요. (주한에게) 이분 먼저 시작해도 되겠죠? 더 급하신 것 같아서.
주한	그럼요.
정인	여기 누우세요.
경원	아, 네.
정인	그럼 시작합니다.
경원	네…….

경원, 간이 수술대에 눕는다.

정인, 수술을 시작한다. 귀를 끼워 넣는다. 왼쪽 딸깍, 오른쪽 딸깍.

정인   (경원의 어깨를 툭툭 치며) 됐습니다.

경원   끝났어요?

정인   네, 간단한 수술이라고 했잖아요. 어떠세요?

경원, 몸을 일으켜 새로운 귀를 테스트한다.

고개를 흔들거나 아— 아— 하고 소리를 내본다.

경원   말 좀 걸어주실래요?

정인   어떠세요?

경원   한 번만 더.

정인   잘 들 리 세 요?

경원   네, 오, 좋아요. 잘 들리네요. 그런데, 약간, 버퍼링이.

정인   링크되는 중이에요.

경원   그런데 원래 제 것보다 음질이 좀 떨어지는 것 같은
             데.

정인   그건 사용하다 보면 좋아질 겁니다. 이게 진짜 기가
             막힌 게, (리모컨을 하나 주며) 원하는 소리만 선택해
             서 들을 수 있어요. 듣기 싫은 소리는 볼륨을 낮추
             거나 아예 음 소거도 가능하고, 계속 듣고 싶은 소

리는 무한 재생도 할 수 있어요.

경원   오ㅡ. 그럼 혹시, 새소리도 들을 수 있어요?

정인   새소리요? 그게 뭐죠?

경원   새소리, 모르세요?

정인   글쎄요.

경원, 시무룩해진다.

정인   뭔진 모르지만, (리모컨을 주며) 이걸로 한번 선택해
         보세요. 없는 소리가 없으니까.

경원, 리모컨을 작동해본다. 새소리가 나온다.

경원   와ㅡ.

정인   나와요?

경원   네.

정인   작동하는 걸 자주 연습하는 게 좋아요. 다들 처음에
         는 어색해하시더라고요. 귀가 작동된다는 걸 까먹기
         도 하고. 그러니까 손에 익숙해지도록, 연습 자주 하
         세요.

경원   네.

정인   (주한에게) 자, 그럼 이제 환자분 수술할까요?

주한   아, 네.

정인   여기 누워보세요.

경원, 귓가에 들리는 새소리를 흉내 낸다.

주한, 눕는다. 경원을 본다.

정인   먼저 검사 좀 하겠습니다. 좀 볼게요. (검사하더니)

        어…….

주한   무슨 문제라도 있나요?

정인   음……. 뭐, 조금 애매하긴 한데, 큰 문제는 아니에

        요. 바로 수술 들어갈까요?

주한   네…….

정인   (주한의 코를 보다가) 어……?

주한   왜요?

정인   이러면 안 되는데.

주한   왜요, 선생님?

정인   잠깐만요.

주한의 코에서 뭔가를 계속 살피는 정인.

정인   쯧쯧쯧. 이런…….

주한   무슨 문제라도…….

정인   선생님 굉장히 특이한 케이스구나.

주한   네?

정인   평소에 숨은 잘 쉬셨어요?

주한   네, 뭐…….

정인   냄새도 잘 맡았고요?

주한   네, 뭐…….

정인   이상하다. 힘드셨을 텐데.

주한   뭐가 잘못됐나요?

정인   잘못됐다기보다, 아이고. 쯧쯧쯧.

주한   왜요.

정인   아이고…….

주한   왜요―.

정인   그게…… 그러니까. 음……. 홀(hole)이 다 막혔네
        요.

주한   막히다니요?

정인   그러니까…… 음…… 최대한 쉽게 설명을 하자면,
        보통 사람들 코 안쪽에는 구멍이 다섯 개가 있습니
        다. 그 구멍에 맞춰서 이 보급형 코를 끼우는 거예요.
        그런데 환자분은 다 막히고 한 개밖에 안 남았네요.

주한   한 개요?

정인   네.

주한   왜요?

정인   글쎄요. 정확히 원인을 알 순 없지만, 이런 경우는
         보통 선천적인, 기형이라고 할 수 있죠.

주한   저 지금까지 아무 문제 없이 잘 살아왔는데.

정인   지금까지는 그랬겠죠. 그런데 시간이 더 지나면 문
         제가 생겼을 거예요. 어떻게 보면 이번 기회에 알게
         된 셈이에요. 오히려 잘된 걸 수 있어요.

주한   ······그럼 어떻게 해야 하나요? 수술할 방법이 없는
         건가요?

정인   방법이 아예 없는 건 아니에요. 얼굴을 고치면 됩니
         다.

주한   네?

정인   이 코에 맞춰서 얼굴을 좀 고치면 돼요. 막힌 구멍을
         뚫고, 넓히고, 늘리고. 지금으로선 그게 최선이에요.

주한   제 얼굴을, 코에 맞춘다고요?

정인   네.

주한   그렇게까지······ 해야 하나요?

정인, 그저 미소만 짓는다.

주한   ······얼굴을 바꾸면, 수술이 가능한 거예요?

정인   해봐야 압니다.

주한, 고민한다.

경원   (주한에게) 그렇게 해요. 이거 완전 괜찮아요.

정인   큰 수술 같아도, 후회는 안 하실 거예요. 원하는 냄
       새만 골라서 맡을 수 있는 건 물론이고, 맡고 싶은
       냄새도 맡을 수 있어요. 상상 속의 냄새, 기억 속의
       냄새, 잃어버린 냄새, 어디 있을 법한 냄새. 모든 냄새
       를 다 맡을 수 있죠. 그리고 하나 더. 이후에 나이가
       들어서 혹시라도 폐 기능이 저하되면 이 코가 인공
       호흡 기능도 해줄 겁니다.

주한, 선뜻 결정하지 못한다.

정인   고민되세요?

주한   네, 좀……

정인   음……. 혹시나 결정에 도움이 될까 봐 말씀드리는
       데. (사이) 사실 저도 이거 제 코 아니에요. 눈 코 귀,
       심지어 저는 혀까지, 다 수술했습니다. 정말 저 같은
       경우도 드물 거예요. 아니 글쎄, 얘네가 한 번에 다
       같이 도망을 간 거예요. 처음엔 저도 당황스럽고 이
       게 뭔가 싶었죠. 감각이 한날한시에 다 없어졌으니,
       아무것도 볼 수도, 맛볼 수도, 맡을 수도, 말할 수도

없어서 정말 답답하더라고요. (짧은 사이) 그때 저도 가능하다면, 수술 없이 그냥 해결하고 싶었어요. 도망간 이 감각들을 어떻게든 죄다 수소문해 찾아와서 다시 제 몸에 붙이고 싶었죠. (짧은 사이) 그런데 그러지 않기로 했어요. 그냥 수술하기로 했죠. (짧은 사이) 왠지 아세요?

주한　왜, 요⋯⋯?

정인　그때 도망친 입이 저한테 했던 말이 마음에 남더라고요. "우리 그만 헤어져. 우린 입맛이 너무 안 맞아. 대화 스타일도 너무 달라. 넌 너무 없는 말을 많이 해. 그런 너의 혀로 사는 게 더 이상 행복하지가 않아. 느끼는 대로 말하지도 못하는데, 내가 왜 살아야 돼? 이럴 거면 나 그냥 콱 죽고 싶어! 나, 이제 정말 너랑 그만하고 싶어." 그러라고 했어요. 그 말을 듣는데 더 붙잡을 수가 없더라고요. 느끼고 싶다는데. 맛보고 싶다는데. 제가 뭘 더 어떻게 할 수 있겠어요. 그래, 가라. 난 새로운 입과 살겠다. 그리고 수술한 거예요. (사이) 환자분. 이 상황이 아주 당황스러우시겠지만, 환자분의 코도 원하는 곳을 향해 떠난 겁니다. 그러니 그만 놓아주시죠. (짧은 사이) 수술합시다.

사이

주한, 생각한다.

정인   정말 후회 안 하실 거예요. 저분도 저렇게 좋아하시
잖아요. 지금은 좀 힘드시겠지만, 결과에 정말 만족
하실 겁니다.

주한, 고개를 끄덕인다.

정인   그럼 결정하신 거죠?

주한   네…….

정인   좋습니다. 자, 그럼 다시 누워보시겠어요?

주한, 눕는다.

정인   먼저 막힌 구멍을 뚫어야 합니다. 소리가 좀 클 거
예요. 너무 놀라지 마시고요. (경원에게) 좀 시끄러울
수 있어요. 볼륨 끄세요.

경원   아, 네.

경원, 귀를 음 소거 한다.

정인, 주한의 코에 드릴을 갖다 댄다.

정인　　　자, 시작합니다.

구멍을 뚫는다. 위이이잉ㅡ. 계속되는 드릴 소리.

위이이잉ㅡ. 주한, 아파한다. "아아아."

위이이잉ㅡ. 주한, 아파한다. "아아아."

정인　　　왜 이렇게 안 뚫어지지.

주한　　　안, 되나요……?

정인　　　잠깐만요.

정인, 다시 구멍을 뚫어본다. 위이이이잉ㅡ.

주한　　　아아아ㅡ.

정인　　　어어어ㅡ 움직이지 마세요.

주한　　　아아아ㅡ.

정인　　　어어어ㅡ 움직이면 안 됩니다. 조금만 참으세요.

주한　　　아아아ㅡ.

정인　　　어어어ㅡ.

주한　　　아아ㅡ.

정인　　　어어ㅡ 자자, 되고 있습니다.

주한　　　아아아ㅡ!

정인　　　자자ㅡ.

주한, 고통에 비명을 지르지만 경원은 듣지 못한다.

드릴 소리와 주한의 비명이 섞인다.

주한의 코에서 피가 흥건히 쏟아진다.

정인	거의 다 됐습니다! 자자. 거의, 거의 다 됐어요!
주한	아아아!
정인	자! 이제 끼우기만 하면 됩니다.
주한	아아아─.
정인	끼울게요. 하나, 둘, 셋!

딸깍.

정인	끝났습니다.

잠시 후, 주한이 수술대에서 일어난다. 코가 생겼다. 하지만 얼굴은 피로 흥건하다.

경원	축하드려……. 어……?

경원, 코를 막고 주한에게서 멀어진다.

정인	출혈이 조금 있긴 했지만…… 결과는 좋네요. 괜찮

으시죠?

주한, 코를 부여잡고 있다.

정인   자, 한번 쭉— 들이마셔보세요. 들이쉬고, 내쉬고. 들
         이쉬고, 내쉬고.

주한, 정인의 말대로 따라 한다.

정인   숨 잘 쉬어지죠?

주한, 잘 모르겠다.

정인   냄새는요?

주한, 냄새를 맡아본다. 킁킁거린다.

정인   어떠세요?

주한, 얼굴에 묻은 피 냄새를 맡는다. 손으로 코를 닦는다. 피가 손에
흥건히 묻어난다. 그 손을 코에 갖다 대고 냄새를 맡는다.

경원   (코를 막으며) 어우…….

주한, 자신의 손에 묻은 피 냄새를 킁킁 맡는다.

주한   선생님…….

정인   네?

주한   이거 너무 무거워요. 얼굴이 가라앉을 것 같은데.

정인   아, 좀 무겁긴 하죠. 그래도 곧 적응하실 거예요. 그
        럼 두 분 모두 수술이 잘 끝났으니, 간단한 검사만
        하고 돌아가시죠. 잠시만 계세요.

정인, 나간다.

주한과 경원, 서로의 귀와 코를 본다.

경원   코가 생겼네요.

주한   그쪽도.

경원   냄새 잘 맡아져요?

주한   그럭저럭. 잘 들려요?

경원   저도 그럭저럭. (주한의 코를 가만히 보다가) 많이 무
        거워요?

주한   네, 덤벨 하나가 여기 붙어 있는 것 같아요.

경원   얼굴에 비해 좀 큰 것 같은데.

주한	그래요?
경원	네. 저는요?
주한	나쁘지 않은데요.
경원	(주한을 빤히 보다가) 기분이 어때요?
주한	어떤 기분요?
경원	코가 다시 생긴 기분.

사이

주한	보고 싶어요.
경원	아, 거울 드릴까요?
주한	(고개를 저으며) 도망간 코요.
경원	그만 보내줘요. 떠난 이유가 있겠죠.
주한	…….
경원	그거 알아요? 옛날 눈 코 입들은 사람들을 떠나지 않았대요.
주한	말도 안 돼.
경원	진짜래요. 정말 그런 시절이 있었대요.
주한	그때는 안 떠났는데, 지금은 왜 떠나는 건데요?
경원	그걸 알면, 이렇게 속절없이 떠나보내진 않았겠죠. (짧은 사이) 그러게. 도망간 눈 코 입은 다 어디로 갔을까?

경원, 일어나 병실 창밖을 본다.

경원　　저 소리 한 번만 더 들어보고 싶다.

주한　　새소리요?

경원　　네.

주한　　가서 다시 들어요.

경원　　(고개를 가로저으며) 싫어요. 저기 갔다가 이번엔 아저
　　　　　씨처럼 코도 도망가면 어떡해요.

경원, 창밖을 본다.

경원　　어……?

주한　　왜요?

경원　　어……?

주한　　왜요.

경원　　산이, 자라고 있어요.

주한　　네? 무슨 말이에요?

경원　　산이 자라고 있어요.

주한, 경원 옆에 서서 창밖을 본다.

경원　　무슨 소리가 들리는데?

주한	무슨 소리요?
경원	쉿.

경원, 소리를 듣는다.

고요한 사이

경원, 소리 없이 놀란다.

주한	왜요.
경원	쉿.
주한	뭔데요.
경원	말도 안 돼.
주한	뭔지 얘기 좀 해주시면 안 돼요?
경원	저거 뭐처럼 보여요?
주한	산이라면서요.
경원	아니래요.
주한	그럼요?
경원	저거, 산이 아니고…….

그때 뭔가 툭, 하고 떨어지는 소리.

주한, 소리가 나는 쪽을 본다. 경원의 코다.

| 주한 | (경원의 떨어진 코를 보고) 어. (코가 없는 경원의 얼굴을 |

가리키며) 어—.

경원, 자신의 얼굴을 만져본다.

경원　　어. 내 코. 어. 내 코. 어. 내 코.

주한　　(도망가는 경원의 코를 가리키며) 저기. 어. 저기. 어. 저
　　　　　기로.

그때 정인이 들어온다.

그 틈을 타 코가 잽싸게 나간다.

경원　　내 코. 또 도망갔어요…….

정인　　어……, 이런……. 수술하시겠어요?

사이

경원　　(주한에게) 저 먼저 가볼게요.

주한　　어디 가세요?

경원　　코한테요. 어디로 가는지 보고 싶어요.

경원, 나간다.

주한, 창밖을 본다.

정인	창밖에 뭐가 있나요?
주한	산이 자라고 있대요.
정인	아, 그거 산 아니에요.
주한	네?
정인	이제 산은 없어요. 저거 다 코예요. 도망간 눈 코 입들 모여서 저렇게 쌓인 거예요. 하긴 멀리서 보면 산 같기는 하죠.

주한, 창밖을 본다.

정인	숨 쉬거나 냄새 맡는 데 불편함은 없으시죠?

주한, 창밖을 본다.

정인	(차트를 보며) 당분간 2주에 한 번은 병원 와주셔야 하고요, 코가 무거워서 밑으로 흘러내릴 수 있으니까 되도록 누워 계시고요, 후각이 예민해질 수 있으니까 냄새 조절 잘 하시고요, 갑자기 산소 투과량이 너무 많아질 수 있으니까 그때는 잠시 껐다 켜주시고요. 더 궁금한 사항 있나요?

주한, 창밖을 본다.

정인   없으면 저 이만 나가보겠습니다.

정인, 주한을 잠시 보다가 나간다.

사이

주한   선생님, 코는 왜 우리를 떠나는 거죠?

주한, 뒤를 돌아본다.

아무도 없다.

주한   코가 다시 돌아올까요?

주한, 창밖을 본다.

막

두 번째 이야기

산악기상관측

시간	가을	
공간	산	
등장인물	주한	남, 삼십대, 산악기상관측연구원
	경원	여, 사십대, 산악기상관측연구원

산속 산악기상관측소.

경원과 주한, 장비를 검사하고 있다.

경원   (관측 장비를 점검하다가) 야, 이거 고장 났다. 센서 완
           전 먹통이네.

주한   또요?

경원   이거만 보면 무슨 폭우 속 한여름인 줄 알겠어. 큰일
           이네.

주한   위에 보고해야 하는 거 아니에요?

경원   보고해.

주한   제가요?

경원   나 권 선배랑 말 섞고 싶지 않으니까, 네가 해.

주한   네…….

주한, 전화를 걸며 한쪽으로 간다. "여보세요, 저 주한인데요…….”

다소 떨어진 곳에서 통화를 해 들리지 않는다.

경원, 관측기를 계속 살펴본다.

통화를 마친 주한, 돌아와 경원의 눈치를 살핀다.

경원   얘기했어?

주한   네. (사이) ……저, 그런데…….

경원   뭐.

주한   …….

경원   뭐어—.

주한   ……정말, 이에요? 권 선배가 정말 그랬어요?

경원   아까 다 듣지 않았어? 권 선배 웬만해선 그렇게 언
          성 안 높여.

주한   진짜 본인 이름을 1저자로 올린 거예요? 선배랑 같
          이 한 건데?

경원   취조 나왔냐. 그만하고 측정값 마저 기록해.

주한   네…….

그때 경원의 휴대폰이 울린다.

경원   여보세요. 네, 팀장님. 네, 저 지금 산이죠. 관측 센서
          에 문제가 생겨서요. 네? (사이, 한숨을 내쉬며) 그만
          하세요. 저도 기분 안 좋아요. 제가 뭘 너무해요. 팀
          장님이야말로 너무하신 거 아니에요? (사이) 네? 아
          니……. 팀장님, 제가 피해자예요. 제가 왜 사과를
          해야 하는데요. 절대 못 해요. 사람들 앞에서 까든
          뒤에서 까든, 그게 중요해요? 사과는 제가 아니라
          권 선배가 해야죠. 여보세요? 여보세요? 팀장님. (전
          화를 끊으며) 하, 진짜.

주한   팀장님이세요……?

경원   야, 내가 잘못했냐? 내가 너무해? 아니, 더 이상 나
       올 게 없으면 연구 생활 그만하든가. 왜 남의 걸 가
       로채냐고, 가로채기를. 사람들, 나한테 그렇게까지
       몰아세울 거 있냐고 하는데, 그것보다 더 하고 싶은
       거 참은 거야. (사이, 주한의 시선을 느끼고) 왜 그렇게
       쳐다봐. 뭐야. 너도 내가 심했다고 생각하는 거야?

주한   아니, 그렇다기보다는…….

경원   보다는? (사이) 말을 해, 뭐.

주한   ……아니, 솔직히…… 연구하다 보면, 한 번쯤 남의
       떡이 커 보일 때 있지 않아요?

경원   무슨 말이야.

주한   물론, 권 선배가 잘못한 건 맞는데……. (더 말하려다
       가) 아이, 아니에요.

경원   아니야, 끝까지 말해봐.

주한   아니에요.

경원   말해보라고.

주한   아니, 권 선배가 잘못하긴 했지만…….

경원   했지만?

주한   누구도 그런 유혹에서 자유로울 수는 없다 이거
       죠……. 한 번쯤은 남의 떡이 커 보일 수도 있고, 그
       러다 보면 실수도 할 수 있잖아요. 에이, 사람이잖아
       요. 세상에 깨끗한 사람이 얼마나 된다고. 그냥 조용

히 해결할 수도 있는데, 사람들 다 있는 앞에서 너무 그러니까…….

경원, 기가 막히다는 듯 주한을 쳐다본다.

주한　　사실 권 선배 사회생활 끝났죠, 뭐. 후배 논문 뺏었다는 타이틀 붙이고 계속 연구할 수 있겠어요?

사이

경원　　너 이제 보니 아주 위험한 애구나. 사고방식 자체가 잘못 박혔네. 피해를 받은 사람은 난데, 오히려 내가 그 사람 사회생활을 배려해야 한다? 어이가 없어서. 야, 너 여기서 계속 일할 거면, 정신머리부터 다시 고치고 와. 그러다 너도 나중에 남의 논문 베낀다.

주한　　…….

경원　　(기상관측소를 보며) 그렇게 덜 떨어진 감각으로 뭘 연구하겠다는 거야? 고쳐 쓰는 데도 한계가 있지.

주한, 경원을 본다.

경원　　뭘 봐. (사이) 그만 이동하자.

경원, 관측기 옆에 주차된 차로 걸어간다.

주한   (그 자리에 서서) 제가 운전할게요.

경원   됐어. 길도 모르는 게……. 어서 타. 다음 관측소로
         갈 거야.

주한   저 알아요.

경원   알긴 뭘 알아.

주한   알아요. 제가 운전할게요. 키 주세요. (사이) 주세요.
         선배 오늘 스트레스도 많이 받으셨는데, 운전은 제
         가 해야죠.

경원, 잠시 망설이다가 주한에게 차 키를 준다.

주한, 차 키를 받은 다음 보조석 문을 연다.

주한   타세요.

경원, 어색하게 차에 탄다.

주한, 운전석으로 간다. 시동을 걸지 않고 잠시 가만히 앉아 있다.

경원   출발 안 해?

주한   죄송해요.

경원   뭐?

주한	(갑자기 미소 지으며) 제가 좀 경솔했죠. 불쾌하셨다면 죄송해요. 그런 의도는 아니었어요.
경원	……괜찮아.
주한	이해해주셔서 감사합니다. 그럼, 출발할게요.
경원	…….

주한, 시동을 건다. 출발.

주한	오늘 날씨 정말 좋네요.
경원	…….
주한	그런데 산 날씨는 워낙 변덕이 심하니까 좋다고 하기도 애매하네요. 이러다 갑자기 비 쏟아지고 그러잖아요.
경원	…….
주한	창문 내려드릴까요? 바람 좋은데.

주한, 창문을 내린다.
경원, 바람을 느낀다. 묘한 기분과 달리 산속의 가을바람은 상쾌하다.

| 주한 | 아까 스트레스 많이 받으셨죠. 이렇게라도 좀 푸세요. |
| 경원 | ……. |

주한　　　이야, 날씨 죽이네.

경원, 주한을 한 번 본다.
주한, 계속 운전한다.

주한　　　아, 그런데 선배 여기 오기 전에 기업 연구소 계셨다
　　　　　　면서요?

경원　　　어떻게 알았어?

주한　　　들었어요. 거기서도 비슷한 일 겪으셨다면서요.

경원, 주한을 본다.

주한　　　누가 선배 연구 성과, 인터셉트했다고.

경원　　　누가 그래?

주한　　　그냥, 뭐. 누가 그러던데요. 선배가 능력이 좋으신가
　　　　　　보네. 다들 베끼려고 하는 거 보면.

경원　　　무슨 말이 하고 싶은 거야?

주한　　　아하하, 아니요. 선배 불쾌하셨어요? 죄송해요. 선배
　　　　　　가 제 사수라고 하니까, 누가 얘기해주더라고요. 선
　　　　　　배 밑에 있을 때 많이 배우라고. (사이) 그런데 선배
　　　　　　는 어떻게 이쪽으로 오게 된 거예요? 그때만 해도
　　　　　　대기과학 전공은 흔치 않았을 텐데.

경원, 창밖을 본다.

주한   네?

경원   그냥 조용히 좀 가자.

주한   에이, 궁금해서 그래요.

경원   네가 궁금하다고 내가 말해줘야 해?

주한   아이…… 참……, 이것도 불쾌하세요? 역시 예민하

         시네…….

경원   뭐?

주한   아니 제 말은, 예민한 사람이 연구 성과도 잘 나오

         잖아요.

경원, 대꾸하지 않고 창밖을 본다.

주한   (경원을 한 번 보고는) 저는 산이 싫어서 이 일을 시작

         했거든요.

경원, 주한을 본다.

주한   (혼자 되뇌듯) 산악기상관측……. 산악의 기상을 관

         측한다……. 좀 변태 같지 않아요? 그게 어떻게 가

         능해요. 산이 얼마나 제멋대론데.

경원, 불편한 듯 주한에게서 조금 멀리 떨어진다.

주한   아이 참, 아무 대꾸나 좀 해주세요. 너무 저 혼자 얘
      기하잖아요.

경원   관측이 어려우니까, 관측을 더 해야 하는 거지.

주한   에이, 그런 논문 같은 대답 말고요. 오, 그럼 선배는
      이 일이 어려워서 시작했다, 그런 거네요?

경원   ……그런 셈이지.

주한   음…… 산을 정복하고 싶은 건가.

경원   뭐?

주한   선배가 컨트롤 기질이 강한 타입 같아서요. 내 기준
      에서 벗어나면 절대 용납 못 하고, 누가 잘못한 거
      보면 사람들 앞에서 꼭 응징해줘야 하고. 컨트롤이
      안 될수록 더 오기가 발동하고.

경원   어디서 평가질이야. 그러는 너는 변태 짓 하고 싶어
      서 여기 들어왔냐? 너, 가만 보면 은근히 사람 긁더
      라. 겸손한 척, 모르는 척, 순진한 척하면서 엄청 돌
      려 까.

주한   아이 참, 선배―. 또 화나셨어요?

경원, 헛웃음을 짓는다.

주한	죄송해요. 정말 죄송해요. 어, 갈림길이다. 선배, 고르세요. 왼쪽 오른쪽?
경원	아무 데로나 가.
주한	빨리요. 왼쪽, 오른쪽.
경원	아무 데로나 가라고.
주한	정말, 아무 데로나 갑니다.
경원	어디로 가든 상관없으니까, 운전이나 잘해.
주한	좋아요. 그럼 오른쪽. 여기가 드라이브 코스거든요.

주한, 액셀을 밟으며 오른쪽으로 꺾는다.

경원, 갑작스러운 속도감에 놀란다.

경원	야……. 좀 천천히—.
주한	여기부터 경사가 나오기 때문에 미리 밟아줘야 돼요.
경원	아이 참……. (창밖을 본다) 그런데 이런 길이 있었나? 여기 어디야?
주한	산이죠.
경원	나 여기 처음 보는데.
주한	바람 좋다—.

경원, 주한을 한 번 이상하게 본다.

주한, 그런 경원을 보고 미소 짓는다.

주한 왜 이렇게 불안한 표정이세요.

경원 내가……?

주한 네. (짧은 사이) 좀 편하게 계세요. 누가 보면 제가 선배 납치라도 하는 줄 알겠어요. 오히려 저 면박 준건 선밴데.

경원 솔직히 네가 계속 건드렸잖아. (주위를 둘러보며) 그런데 여기는 관리가 전혀 안 됐네. 길도 거칠고 나무도 제멋대로고.

주한 그래서 더 묘하지 않아요? 사람 손을 타지 않은 매력이 있잖아요.

경원 그런 것 같기도 하고……. (사이) 어쨌든 이렇게 드라이브하니 좀 낫네.

주한 그렇죠? 거봐요. 기분 전환 된다니까요.

경원 (혼잣말 하듯) 이대로 어딘가 떠나면 좋겠다.

주한 정말요?

경원 어?

주한 정말 이대로 떠나면 좋겠어요?

경원 아니, 난 그냥…….

주한 그럼 이대로 퇴근하죠, 뭐.

경원 무슨 소리야. 안 돼. 빨리 차 돌려.

주한	하루 정도는 괜찮아요.
경원	야, 빨리 차 돌려.
주한	위에서 뭐라고 하면, (사이) 제가 납치했다고 하면 되잖아요.
경원	왜 이래.
주한	(응석 부리듯) 저도 이런 드라이브 너무 오랜만이라 그래요.
경원	(웃으며) 참 나.
주한	오늘은 이렇게 좀 달려봐요, 네?
경원	(웃으며) 그래. 이런 날씨에, 이런 산에, 이런 단풍이 면 납치도 좋겠다.
주한	그렇죠? (사이) 그럼 납치 좀 하겠습니다.

경원, 피식 웃는다.

주한	음악 좀 틀까요?
경원	어쭈—.

잔잔한 음악이 흘러나온다.
경원, 가만히 음악을 듣는다.

주한	선배 올해 휴가도 못 갔죠.

경원	너 수상해. 나 휴가 못 간 거 어떻게 알았어? 그러고 보니 오늘 여기도 그렇게 따라온다고 하고.
주한	선배랑 친해지고 싶어서요.
경원	너 나랑 친해지면 후회할걸.
주한	그럴까요.
경원	넌 진짜, 속을 알 수가 없다. 연구실에서는 그렇게 조용하더니 이렇게 말이 많았어? 난 너 처음 보고 고등학생 같다고 생각했다. 왜 있잖아. 고등학교 가면 맨 뒷줄 앉아서 공부를 하는지 딴생각하는지 모르겠는 애. 너 꼭 그런 애 같았거든.
주한	저 학교 다닐 때 그런 애였는데.
경원	역시 내가 사람 보는 안목은 있다니까.
주한	진짜 저 보신 거 아니에요? 저 고등학교 때, 꼭 선배 같은 교생 왔었는데.
경원	그래? 나도 교생 했었는데.
주한	(경원을 보며) 그래요?
경원	응, 너 과학고 나왔지? 내가 나간 학교도 과학고였는데.
주한	저 과학고 나온 거 어떻게 아셨어요?
경원	네가 얘기했잖아.
주한	저 얘기한 적 없는데.
경원	네가 얘기했어.

주한	저 안 했어요.
경원	네가 했다니까.
주한	(정색하며 나직하게) 아니라니까요.

사이

경원	그럼 뭐 누구한테 들었나 보지…….
주한	누구요?
경원	글쎄…….

주한, 말없이 운전한다.

분위기가 어색하다.

경원	(갑자기 어색해진 분위기를 바꾸려는 듯) 그러고 보니나 교생 할 때 진짜 구제불능인 녀석 한 놈 있었는데. 지금 보니 너랑 닮은 것 같네. 혹시 너 아니야? (장난치듯) 너 몇 살이랬지? 나랑 다섯 살 차이랬나?
주한	네.
경원	야, 너였나 보다. 그때 우리 반에 한 놈이, 친구 실험 베꼈거든. 열일곱 살밖에 안 된 놈이 얼굴에 딱 철판 깔고 남의 거 베껴 와가지고는 아무렇지도 않게 앉아 있는데, 그 표정이 지금 너랑 너무 비슷해. (얼굴

을 이리저리 살펴보더니, 장난스럽게) 딱 너다, 너. 이 자
식, 내가 너 그럴 줄 알았어.

주한   뭘 그럴 줄 알아요?

경원   남의 거 함부로 베끼고 철판 딱 깔 줄 알았다고.

주한, 나직하게 욕을 내뱉는다. 들릴 듯 말 듯한 읊조림.

경원, 그 욕을 듣는다. 다소 놀란다.

사이

경원   ……야, 이렇게 가니까 옛날 생각난다. 그때 별일 다
있었는데. 애들이랑 산에 갔었거든. 기상관측법 알려
준다고. 그런데 하여간 남자애들—.

주한, 경원을 본다.

경원   너 때도 그랬어? 틈만 나면 싸우고 때리고 서열 정
리하고.

주한   …….

경원   살벌하더라. 그거 무서워서 애들 못 가르치겠더라
고.

사이

주한 그때 그 선생님도 산에 데려갔었는데. (짧은 사이) 산
악기상관측법 알려준다고.

경원 그래? (사이) 그놈들 잘 살고 있으려나. 나 그때 남
자애들 누구 때리는 거 처음 봤는데, 너무 무섭더라.

주한 그때 선배는 뭐 했는데요?

경원 나? 나야, 뭐……. 뭐 할 수 있는 게 있나……. 일개
교생인데.

커브.

경원 (몸이 한쪽으로 기운다) 어어어ㅡ. 야, 운전 좀ㅡ.

주한 죄송해요. 여기 길이 워낙 험해서.

다시 한 번 커브.

경원 어어ㅡ, 아야!

가볍게 이마를 찧은 경원.

하지만 주한은 경원을 보지 않은 채 운전만 한다.

사이

경원 운전 좀 제대로 해. 아오…….

주한	그냥 보고만 있었어요?
경원	담임선생님한테 바로 보고했어.
주한	대단한 일 하셨네요.
경원	⋯⋯뭐?

사이

주한	저 선배가 쓴 논문 다 읽어봤어요.
경원	(이마를 문지르며) 내 논문?
주한	재밌더라고요. 특히 첫 번째 논문. 그런데 그게 좀 시끄러웠다고 들었는데. 표절 시비 있지 않았나?
경원	⋯⋯.
주한	선배가 베꼈다면서요?
경원	⋯⋯.
주한	진짠가 보네. 표정 바뀌는 거 보니까.

사이

경원	잠깐 차 세워봐.
주한	거봐요. 사람 한 번씩 실수한다니까요.
경원	세워봐.
주한	아직 더 가야 돼요.

경원	세워보라고!
주한	왜 이렇게 흥분하세요.
경원	나 걸어갈래. (밖을 보더니) 여기 어디야?
주한	아직 내리면 안 돼요.
경원	날이 어두워지고 있잖아.
주한	뭐 어때요. 그래 봤자 산인데.
경원	(전화를 걸며) 뭐야. 여기 왜 신호 안 잡혀?
주한	산이잖아요. 산은 원래 신호 따위 안 잡히는 곳이라면서요.

사이

경원	무슨 말이야……?
주한	왜 모르는 척하세요, 선배.
경원	무슨 말 하는 거야.
주한	저예요. (사이) 저 이렇게 살고 있어요.
경원	야—.
주한	저 그때 일부러 그런 거 아니에요. 그냥 인정받고 싶은 마음에 그런 거예요. 그런데 애들 앞에서 그렇게까지 할 필요는 없었잖아요. (짧은 사이) 하긴. 그때 제가 좀 적당히 베꼈어야 했는데. 너무 대놓고 그랬죠. 그래도 애들 앞에서 너무 쪽팔리게 하더라.

경원	너 지금 무슨 말 하는 거야……?
주한	아시잖아요. 우리 학교 애들 그런 거에 졸라 예민한 거. 나중에는 담임한테까지 다 들어가서 학교생활 개고생했어요. 친구 숙제 베꼈다고 하니까 개새끼들이 저랑 상종을 안 하더라고요. 팀플 과제도 안 껴주고.
경원	나 네가 무슨 말 하는지 하나도 모르겠어.

주한, 코웃음을 친다.

경원	우선, 우선 내려가자. 내려가서 마저 얘기하자.
주한	아직 더 가야 한다고요.

사이

주한	저 아직도 그 말이 너무 생생해요. 애들 앞에서 한 말. "주한아. 너 벌써부터 남의 거 베끼고 이러면, 사회생활 못 한다. 고장 난 기계 취급받아. 아무도 상종 안 해. 기계도 너무 심하게 고장 나면 그냥 버리잖아. 너 그렇게 된다고. 그러니까 다시는 이런 짓 하지 마. 그거 도둑질이야. 고쳐 쓰는 데도 한계가 있어." 아, 진짜…… 생각할수록 열받네. 말이 너무

심하잖아요.

사이

경원	이런 거였네.
주한	뭐가요.
경원	사람들이 왜 너랑 가까이 하지 말랬는지 알겠다.
주한	뭐요?
경원	조용하고 착한 것 같은데, 어떤 때 눈빛에서 살기가 느껴진다더니. 이런 거구나. 너 미쳤어? 엄한 사람 붙잡지 말고, 빨리 차 돌려서 내려가.
주한	정작 자기도 남의 거 훔친 주제에.
경원	야!
주한	세상에 깨끗한 사람 얼마나 된다고.
경원	어서 차 돌리지 못해? 너 개인적인 트라우마 때문에 여기저기 아무한테나 싸지르고 다니나 본데, 나한테 안 먹혀. 그러니까 어서 차 돌려, 어서!
주한	네, 차 돌릴게요.

급커브한 차, 오프로드로 들어서면서 심하게 덜컹거린다. 높은 속도로
내리막길을 향해 간다.

경원	아아! 야! 속도 줄여! 속도 줄이라고!

사이

주한	납치라고 했잖아요.
경원	뭐?
주한	선배. 저, 학교 끝마치는 게 정말 힘들었어요. 선배 떠나고 나서 진짜가 시작됐거든요. (덜컹) 새끼들이 물건 하나만 없어져도 내 탓을 하는 거예요. 그러더니 욕하고. (덜컹) 그러더니 때리고. 때리고. 또 때리고. 또 때리고. 저 그래도 버텼어요. 그냥 버텼어요. 이유는 몰라요. 그냥, 버텨야 한다고 생각했거든요.
경원	나 네가 생각하는 그 사람 아니라니까? 그래, 네가 날 그 사람으로 생각할 만한 이유들이 있겠지만, 그렇지만 나 아니라고. 나 정말 아니라고!

사이

| 주한 | 다들 아니라고 하던데. 이번에는 확실해. |

주한, 급커브한다. 덜컹거리는 차를 몰아댄다.
불안정한 차 안에서 경원은 손잡이를 꼭 잡는다.

얼마간 달린 후, 주한이 급정거한다.

경원   (차 앞에 살짝 머리를 부딪히고) 아!

사이

주한   산은 참 이상해요. 멀리서 보면 예쁜데 막상 들어와
보면 인간에 대한 배려가 전혀 없어. (경원의 피 묻은
이마를 보고) 그래서 그런가. 산에 들어오면 이렇게
항상 피를 보더라고요. 전 그래서 산이 싫어요. 그래
서 제가 제일 싫어하는 것들을 하나씩 산에 묻어요.
하나 둘 모아서, 한 번에 불 지르면 되니까. (짧은 사
이) 전 산에서 어떤 일이 일어난다고 해도, 전혀 놀랍
지 않아요. (짧은 사이) 여긴 그런 곳이니까. 아무것
도 예측할 수 없는 곳. (짧은 사이) 우리를 배신하는
곳. (짧은 사이) 내리세요.

경원   ······뭐?

주한   내려요.

경원   ·······.

주한   어서요.

경원   ·······.

주한   어서!

경원, 차에서 내린다. 낯선 곳이다. 주위를 두리번거리는 경원. 날씨가
유독 스산하다.

경원　　　여기, 어디야……?

주한　　　직접 찾아보세요. 저도 그랬거든요. 아, 그래도 조심
　　　　　하세요. 날이 좋아 보여도 갑자기 비가 내리거나 폭
　　　　　풍이 오거나 산불이 날 수도 있으니. 그래도 선밴 할
　　　　　수 있을 거예요. 저도 했잖아요. 만나서 반가웠어요.

주한, 경원을 산속에 둔 채 홀로 내려간다.
어느새 어두워진 산속에 혼자 남겨진 경원. 방향을 알 수 없는 산길 가
운데에 털썩 주저앉는다.

막

세 번째 이야기

과거를 묻는
방법

시간	현재, 한 해의 마지막 날	
공간	산	
등장인물	경원	여, 39세, 심리상담가
	정인	여, 39세, 손 부분모델
	주한	남, 39세, 작가

산속 어딘가에 앉아 있는 경원과 정인.

주한은 나무에 기대어 서서 전자 담배를 피우고 있다.

어둠 속에서 그들이 갖고 있는 불빛은 랜턴 하나.

경원   (조심스럽게) 정말 괜찮겠어? 지금이라도, 내려가고
        싶으면 그래도 돼. 난 그냥 이런 것도 있다, 알려준
        것뿐이니까.

정인   ……하고 싶어.

경원   그래. (조심스럽게) 정인아, 다시 한 번 말하지만 이건
        심리상담에서 하는 치료 중 하나야. 좀 우스워 보일
        수도 있지만, 그래도 도움이 되는 경우가 있어. 너한
        테도 꼭 도움이 되면 좋겠다.

정인, 고개를 푹 숙인 채 끄덕인다.

경원   그렇게 의기소침할 필요 없다니까. 너 잘못한 거 없
        어. 이혼 한 번…… 두 번 한 거 갖고 뭘 그래. 까짓
        거 두 번도 할 수도 있고 세 번 할 수도 있지, 뭐. 앞
        으로가 중요한 거야. 알았지?

정인, 고개를 끄덕인다.

경원   그래. 그럼, 시작하자. (비장하게) 이제 여기에 다 묻
            는 거야. 과거는 여기에 싹 다 묻고, 새 삶을 사는 거
            야. 알았지?

정인, 고개를 끄덕인다.
경원, 한마디하라는 듯 주한의 옆구리를 찌른다.

주한   (전자 담배를 피우며) 어, 그래그래. 시작하는 거야?
            그래, 하자. (한숨과 함께) 해보자, 정인아. 같은 남자
            가 봐도 그 사람은 좀 그랬어. 괜찮아. 그런 놈이랑
            은 헤어지는 게 정답이야. 두 번이든 세 번이든, 안
            맞으면 헤어지는 거야.

경원   (추워하는 정인을 보며) 추워? 춥지. 주한아, 핫팩.

주한   어? 나도 추운데······.

경원   야—.

주한   (어쩔 수 없이 핫팩을 건네며) 아, 근데 꼭 이렇게 산에
            와서 이래야 돼? 그것도 연말에.

경원   심리상담에서 하는 치료 중 하나라고. 좀 우스워 보
            일 수 있지만, 그래도 도움이 되는 경우가 있다고.
            그리고 너 담배 좀 그만 피워—.

주한   추워서. 추워서.

경원   그러게 따뜻하게 입고 오랬지. 나이 좀 생각해라.

주한, 복수하듯 담배 연기를 뿜어낸다.

정인, 훌쩍거린다.

경원   정인아, 너 울어? 우니? 뭘 울고 그래ㅡ.

정인   아니, 나 추워서.

경원   아, 춥지. 조금만 참아. (정인의 어깨를 꽉 붙들고, 비장
하게) 정인아, 우리 이제 좀, 나쁘게 살자. 그동안 너
무 착하게 살았어. 난 더 이상 네가, 그리고 우리가
이렇게 살면 안 된다고 봐.

주한, 담배 연기를 내뿜는다. 그 소리가 흡사 한숨처럼 들린다.

경원   잘 들어. 심리학적으로도 좀 더 이기적인 사람이 결
국은 장수한다고. 막 백 살 넘게 살고 그런다니까?

주한   80까지 사는 게 건강한 거라며.

경원   (주한을 노려보며) 어쨌든. 우리의 39년을 여기에 묻
고, 새출발하는 거야. 너에게 쓰는 편지, 가져왔지?

정인, 가만히 고개를 끄덕인다.

주한   (웃으며) 야, 뭐? 누구한테 쓰는 편지? 무슨, 스무 살
때 했던 거 똑같이 하냐. 너 기억해? 그때 나 여자친

구랑 헤어지고 엄청 울었을 때도 이거 한 거? 진짜 하기 싫었는데. 그때도 얘가 심리학 어쩌고저쩌고 하면서 막 써 오라고. 넌 뭐라고 썼어?

정인   어, 난, 그냥…… 있는 그대로…….

주한   난 그때, 그 여자애 이름, 크게 쓰고, 땅에 묻었다. 김. 다. 영.

정인   김다영……? 너 개랑 사귀었어?

주한   어? 어. 20년 전 일이다, 야.

정인   나도 개랑 사귀었는데…….

주한   뭐?

정인   20년 전 일이야.

주한   그, 그래……. 아우, 추워. 쟤는 추운데 꼭 이렇게 야 밤에 산에서―.

경원   정인아, 편지.

정인   어, 여기…….

경원   (정인의 편지를 받고) 좋아. 이제 여기에 넣고 태우는 거야.

주한   어허― 태우긴. 왜 이래, 산에서―, 배우신 분들이. 그냥 묻어. 묻자고 만난 거잖아. 빨리 묻고 내려가 자. 오늘 꼭 카운트다운해야 돼. 너희 내가 한 말 기 억하지? 올해는 꼭 하랬어. 그래야 내 이전의 저주 받은 기운이 저무는 해랑 싹 묻히고, 영광의 기운이 새로운 해와 찬란하게 떠오른다고. 난 지금 그게 좀 필요해. 새 출 발. (아무도 자기 말을 듣는 것 같지 않자) 거기 진짜 점 잘 보는 데야.

경원   (한심하다는 듯) 그래—, 요즘 점이 제철이긴 하지.

주한   너도 같이 가자니까. 어, 그래. 생각해보니까, 그게 네가 하는 이 심리상담이랑 좀 비슷한 면이 있어. 거기도 부적 만들어주면서 뭐 떠다놓고, 기도하고, 태우고, 마시고 그러라던데.

경원   (괜히 자존심 상해서) 그럼 이거 묻기 전에 주한이 네가 기도하면 되겠다.

주한   뭐? (담배 피우다 사레 들려 기침을 하며) 켁, 켁. 아, 싫어.

경원   좀 해—. 너 교회 다니잖아.

주한   싫어, 싫어.

경원   여기 기도할 줄 아는 사람 너밖에 없어.

주한   요샌 잘 가지도 않아.

경원   너 정말, 친구가 이렇게 힘든데, 이럴래? 정인이도 원하는데?

주한   정인아, 원하니?

정인   어?

경원   원한대. 빨리 해.

주한   하아—. (쪽지 묻을 준비를 하는 경원을 보고) 어, 잠깐,

잠깐, 잠깐. 안 읽어?

경원 읽긴 뭘 읽어.

주한 내 건 읽었잖아.

경원 20년 전이잖아.

주한 에이, 그래도 읽어봐야지.

경원 개인 프라이버시는 좀 지켜줍시다.

주한 우리끼린데 뭐 어때. 생각해봐. 일종의 추도문이잖아. 죽은 사람 염할 때도 편지 쓴 다음 옆에서 읽는 다고. 정인아, 어때? 괜찮지. 읽고, 같이 여기에 묻어 버리는 거야. 상징적으로.

사이

경원 읽긴 뭘 읽어……. 그렇게 구구절절 남의 과거 들추는 건 좋지 않아. 심리상담학적으로.

주한 정인이는 좀 털어내야 돼. 그동안 아무한테 말도 못하고, 혼자 꾹꾹. 얼마나 답답했겠어. 그치, 정인아. (경원에게) 그거 안 좋은 거라며, 심리상담학적으로.

경원 (정인에게) 괜찮겠어? 별로지……?

정인의 대답을 기다리는 두 사람.

경원	싫대. 그냥 묻어.
주한	아이 참ㅡ.
정인	아니야. 읽을게. 그것도 괜찮을 것 같아.
주한	거봐ㅡ.
경원	정말……?
정인	응.
경원	그럼…… 그래…….

정인, 편지를 열어본다. 조심스럽게 읽으려다가 못 읽겠는지 편지를 접는다.

경원	싫대, 싫대.
주한	야, 좀 기다려봐라, 친구가.
경원	넌 꼭 이렇게 남의 과거를 들춰야, 속 시원해? 누가 대필 작가 아니랄까 봐.
주한	야, 여기서 그게 왜 나와. 그리고 나 대필 작가 아니야. 그냥 작가야.
경원	대필로 먹고살잖아.
주한	야, 내가 대필로 먹고살긴 해도, 나 대필 작가 아니야. 잠깐만. 너 혹시 그동안 내가 대필 작간 줄 알고 있었던 거야?
경원	알았으니까 그만하자.

주한   그렇게 알고 있었다고?

경원   알았으니까 그만하자고.

주한   아니야. 뭘 그만해. 이거 아주 중요한 문제야. 내 아
이덴티티 정립에 있어 굉장히 본질적인 문제라고.

경원   작가님, 알겠다고요.

주한   그 작가님이 무슨 작가님이야?

경원, 한숨을 쉰다.

주한   너 내가 대필 작가로 보이니?

경원, 주한을 빤히 본다. '어'라고 하고 싶지만, 꾹 참는다.

경원   (결국 못 참고) 어—.

주한   하—.

정인   나, 읽을게.

주한   내가 대필 작가로 보인다고?

경원   정인이 읽는대.

주한   (혼자 되새기듯) 내가 대필 작가로 보인다고?

경원   (정인을 가리키며) 이거 네가 읽자고 했다.

주한, 어쩔 수 없이 정인의 '낭독'에 참여한다.

| 정인 | (크게 심호흡을 한 뒤) 시작한다. "개새끼. 개새끼. 개새끼. 개새끼. 개새끼. 죽일 놈. 죽일 놈. 죽일 놈. 죽일 놈. 죽일 놈. 개새끼. 개새끼. 개새끼. 개새끼. 개새끼. 죽일 놈. 죽일 놈. 죽일 놈. 죽일 놈. 죽일 놈." |

경원과 주한, 눈치를 보기 시작한다.

경원	정인아……, 속상하지. 얼마나 속상하면, 이렇게 욕을……. 그래. 그 새끼 정말 개새끼야. 죽일 놈이야.
주한	그래, 욕해, 욕해. 나라도 그럴 거야, 아마. 나도 그때 김다영—이라고 쓰지 말고, 씨발년!이라고 쓸걸 그랬어. 잘했어, 정인아. 욕하고 딱 끝내.
정인	아직 안 끝났어. "개새끼. 죽일 놈. 난 정말 죽일 놈이야. 미안해, 여보. 당신을 두고, 내가 어떻게 그럴 수 있었을까. 지금도 내 눈에는, 울던 당신 모습이 계속 밟혀. 어떻게 그럴 수 있냐고, 어떻게 거짓말할 수 있냐고, 당신 그랬지……. 거짓말하려던 거 아니었어. 당신한테 상처 주고 싶지 않았던 거야. 그 사람이랑은, 그냥 호기심에…… 만났던 것뿐이었는데……. 나도 내가, 당신이랑 헤어질 줄은 몰랐어. 그래. 그 사람 만나면, 내가 다시 살아나는 것 같았어. 그래서 멈출 수 없었어. 그런데 당신은 죽고 있

었네……. 하아—, 내가 정말 싫어. 사람은 왜 변하
는 걸까. 우리는 왜 변하는 존재인 걸까. 난 왜 변하
는 세상 속에 살고 있는 거지. 그래, 당신은 변하지
않았지. 그러니 날 여기 묻을게. 그리고 당신의 모든
원망은 내 마음에 안고 갈 거야. 당신을 이렇게 아프
게 하고, 도저히 나로 살아갈 자신이 없어. 여기에는
내 이름이 적혀 있어, 여보. 날 여기에 묻고, 당신의
원망을 마음에 넣고 살아갈 거야. 그렇게 살아갈 거
야. ……미안해. 정말 미안해. 당신을 배신해서, 정말
미안해." 끝이야. 다 읽었어.

주한 어, 어, (박수를 치며) 아하하……. 야, 너 글 잘 쓴다.
내가 아니라 네가 글을 써야겠네. 물론 대필을 말한
건 아니야.

정인 ……이제 여기에 묻으면 돼?

주한 그럼, 그럼…….

경원, 약간 멍한 표정이다.

주한 야, 최경원.

경원 어?

주한, 쪽지를 묻자는 수신호를 보낸다.

경원	어. 어…… 어……. 근데…….
정인	왜……?
경원	(누가 듣기라도 하는 듯 작게) 너였어?
정인	…….
경원	(작게) 네가 바람피운 거야? 나한텐 그렇게 얘기 안 했잖아.
정인	…….
경원	어쩔 수 없이 이렇게 됐다며.
주한	아이, 왜 캐물어. 그만 물어.
경원	어쩔 수 없는 이유였다며.
정인	…….
주한	얘가 진짜. 정인아, 잘했어. 잘했어, 우리 정인이. 잘했어.
정인	……내가 뭘 잘했는데.
주한	어? 어……, 다 잘했지ㅡ. 싹 다 잘했어. 그동안 많이 힘들었지ㅡ.
정인	난 힘들 자격도 없어.
주한	야, 왜 그래ㅡ. 괜찮아. 자기한테 솔직하게, 충실하게 사는 거 그게 제일 중요한 거야. 그거 쉽지 않은 거다. 근데 넌 그렇게 살았잖아. 그러니까 잘한 거지. 야, 여자가 큰일 하다 보면 그럴 수도 있는 거지. 괜찮아, 괜찮아.

경원, 여전히 어이없는 표정이다.

주한   자자자, 이제 묻자. 다 지난 일이잖아. 과거는 싹 잊
           고, 우리 다 새출발하는 거야. (자신에게 말하듯) 과거
           는, 과거에 두자.

경원   (작게) 아니 근데, 어쩌다 그랬어?

주한   아우, 야. 넌 왜 계속— 개인 프라이버시를.

경원   혹시 그 사람이야?

주한   그 사람?

경원   나랑 같이 차 마셨던 그 사람이야? 일하다 만났다
           는?

주한   누군데?

경원   넌 손 모델이고 그 사람은 발 모델이라며, 맞지? 어
           쩐지 아주 손발이 척척 맞더라니.

정인   …….

경원   내가 그 새끼 조심하랬지. 딱 보면 몰라?

정인   말 좀 가려서 해줄래?

경원   너 지금 편드는 거야? 네 남편한테 이런 편지까지
           써놓고?

정인   너 아무것도 모르잖아.

경원   모르긴 뭘 몰라. 딱 보면 딱이지. 내가 사람들을 얼
           마나 많이 만나는데. 야, 걔 완전 날라리야.

정인 날라리라니. 그 사람 날라리 아니야. 그리고 너 왜
    사람 외모 갖고 그래?

경원 외모가 절반이야. 그게 그 사람 절반을 말한다고.
    (주한을 가리키며) 쟤 보면 모르겠어?

주한, 억울해서 대답도 못 한다.

경원 야, 나 그 사람 처음 봤을 때 어디서 노숙하다 온 줄
    알았다. 머리며 옷이며. 건들건들해가지고.

정인, 꾹 참는다.

주한 딱 들어보니 엄청 힙한 분이네. (경원을 타박하듯) 너
    왜 사람 외모 갖고 그래. 정인아, 난 너 자랑스러워.
    너 진짜 용감한 거야. 자기 치부 이렇게 드러내는 거
    쉬운 거 아니거든.

정인 ……치부?

주한 어? 아, 그러니까…….

정인 나 치부 드러낸 거야?

주한 내 말은, 쉽지 않은 고백이다……, 이거지…….

사이

정인	그래, 나 잘한 거 없어. 그래서 여기 나온 거야. 근데 너네…… 내가 어떤 짓 해도 내 옆에 있을 거라며, 내 편이라며.
주한	그럼, 우린 항상 네 편이지.
정인	내가 뭘 잘해야만, 그래야만 내 옆에 있는 거 아니라며.
주한	당연하지. 그러니까 우리가 지금까지 네 옆에 있지.
정인	이런 거여서 말 못 했어. 이래서, 누구한테 말도 못 하고 지금까지 온 거야. 나도 고민 많이 했어.
경원	그 사람은, 뭐래. (답이 없자) 뭐래—.
정인	헤어졌어.
경원	왜—.
정인	헤어지재.
경원	그러니까 왜.
정인	자기가 원했던 건 이게 아니래.
경원	(말문이 막혀서) 그럼 뭘 원했대?
정인	자기 하나 행복하자고 다른 사람 상처 줄 수 없대.
경원	하—. 기가 막히다, 진짜. 근데 네가 이혼하자고 한 거야? 네 남편이 아니고?
정인	…….
경원	그런 거야? 그 남자 때문에?
정인	…….

경원	야, 이 답답아. 남자 때문에 이혼하는 게 말이 돼?
정인	왜 안 돼.
경원	뭐?
정인	남자 때문에 결혼도 하는데, 남자 때문에 이혼하는 건 왜 안 돼?
경원	(이마를 짚으며) 아―, 진짜. 그 남자가 그 남자가 아니잖아.
정인	아니니까 헤어진 거야. 같으면 내가 그냥 살았지.
경원	야!
주한	아우 참. 왜 싸우냐, 산에서. (경원에게) 과거는 들추는 거 아니라며!
경원	그러게 내가 읽지 말자고 했지! 왜 굳이 읽자고 해서 일을 이렇게 만들어!

주한, 억울한 표정을 지어 보인다.

정인	(울 듯한 표정으로 경원을 보며) 정말 나도 어쩔 수 없었다고. 그 사람 만나면 내가 완전히 다시 살아나는 것 같았어.
경원	그 전엔 뭐 죽어 있기라도 했어?
정인	어쩌면!
경원	할렐루야. 아주 예수 부활하셨다, 어? (한숨) 정인아,

이제 우리 마흔이야. 이십대 청춘 아니야. 너 아직도 이렇게 조금만 잘해주면 앞뒤 물불 안 가리고 직진 하는 거, 이젠 그만해야 된다고. 이제 브레이크도 좀 밟고 해야지. 야, 봐라. 너 지금 네 남편도 그렇게 만 났잖아. 너 그때도 남편 있었지. 네 첫 번째 남편.

정인   그땐 혼인신고 안 했어.

경원   (정인을 가만히 보다가) 안 되겠다. 너 내일 우리 병원 으로 와.

정인   뭐?

경원   너 상담 좀 받아야겠어.

정인   이제 아주 날 환자 취급 하는구나.

경원   한두 번도 아니고, 계속 이런 식으로 관계를 맺고 끊 는 거. 난 네 안의 어떤 결핍이 이렇게 만든다고 봐. 네 어린 시절일 수도 있고, 너희 부모님일 수도 있 고, 어떤 게 이유인지는 모르겠지만, 네가 이성과의 관계를 계속 이렇게 왜곡된 형태로 받아들이는 데는 분명 뭔가가 있는 거야. 괜찮아. 이거 부끄러운 거 아니다. 그럴 수 있어. 병원 와.

정인   왜곡된 형태.

경원   응. 넌 항상 새로운 사람이 널 구원해줄 거라고 믿 잖아. 그걸 깨지 않으면 넌 어떤 관계에도 만족할 수 없어. 모든 기만과 배신행위의 원인은 네 안에 있는 깊은 불만족에 있는 거야.

사이

정인   그래서 넌 지금까지 인생이 만족스러워서 누구 배신도 안 하고, 배신당하지도 않고, 여태 모태 솔로인 거야?

주한   뭐? 에이, 설마……. (사이) 진짜야……?

경원, 주한을 노려본다.

주한   진짠가 보네. 야, 괜찮아. 이거 부끄러운 거 아니야.

경원, 입술을 꽉 깨문다.

주한   ……알았어, 알았어. 그리고 너네 이제 그만해, 그만. 의미 있는 날 계속 왜 이래. 이렇게 계속 떠들면 민원 들어가. 여기 이렇게 내려가면 다 주택가라고. (어색한 사이) 됐어, 다 지난 일이잖아. 그만하고, 이제 묻어, 응? 묻어, 묻어, 묻어. 묻고, 새 삶 사는 거야. 얘들아, 이제 조금 있으면 새해야. 이렇게 새출발할 순 없잖아. 우리한텐 시간이 얼마 안 남았다고. (진

지하게) 오늘 우리가 불혹이 되는 걸 알았는지, 카운
트다운 되면 폭죽 터진대. 그 불꽃은 내 새로운 미래
야. (사이, 반응 없는 경원에게) 똑똑똑. 여보세요? (사
이) 그럼 그냥 내가 물을게. 너희는 가만히 보고만
있어. 내가 후딱 처리할 테니까, 그다음 우린 어서
내려가서…….

경원 묻지 마.

주한 응?

경원 묻지 말라고.

주한 에이……, 왜 이래. (내심 좋아서) 그럼…… 그럴까?
그냥, 내려갈래? 그래. 하긴, 야, 무슨 애도 아니고,
이런 걸. 내가 살아보니 이런 게 절대 인생을 변화시
키지 않더라. 인생은, (자기에게 말하듯) 절대 이런 걸
로 변하지 않아. ……그럼 좀 아쉽긴 하지만, 내려가
자. 내려가서…….

정인 물어.

주한 뭐?

정인 물으러 오라며. 그거 하러 나 부른 거잖아.

경원 묻지 마.

정인 내 이름 내가 묻겠다는데, 네가 왜 이래라저래라야?

경원 너 처음에 이거 하기 싫다며.

정인 마음이 바뀌었어. 그래서 편지도 써 왔잖아.

주한   야, 추워! 뭐든 하고 가자. 내려가서 카운트도 해야
        한다고, 응?

주한, 안 되겠다는 듯 정인과 경원의 손을 끌어와 서로 맞잡게 한다.
마치 혼인 서약하는 부부처럼.

주한   그래, 친구들끼리 싸울 수 있어. 그치만 화해할 줄도
        알아야지. (경원에게) 정인이는 살아 있다는 걸 느끼
        고 싶었던 거고. (정인에게) 경원이는 네가 맨날 바람
        피우는 게 한심했던 거고. 서로 그렇게 이해하면 되
        잖아.

어이없다는 듯 주한을 바라보는 두 사람.
그럴수록 두 사람의 손을 더 꼭 맞잡게 하는 주한.

주한   자, 좋아. 그럼 이렇게 하자. 이왕 여기 왔으니까 묻
        고, 내려가서 너흰 더 뜨겁게 화해하는 거야. 그리고
        난 새 미래를 맞고. 오케이? 아휴, 이 오빠가 너희랑
        놀아준다고 힘들다, 힘들어. 그럼 묻는다! 자!

주한이 묻으려 하자

정인	기도.
주한	뭐?
정인	기도한다며.
주한	네……?
정인	이왕 할 거 제대로 해야지. 기도해줘.
주한	(긴 한숨을 쉬며) 그래, 내가 한다, 해. 눈 감아. 아, 눈 감아. (급한 마음으로) 신이시여! 오늘 저희는 마흔을 목전에 두고, 정인이의 과거를 이 청계산 한 자락에 묻으려고 합니다. 묻고 나면, 이제 정인이는 없습니다. 그녀의 바람대로 정인이의 삶이, 남편의 원망으로 가득 채워지게 하시고, 그 원망으로 정인이가 더 행복하게 하여주시옵소서. 아— 그리고, 이 두 여인이 지금보다 더더욱 나쁜 사람으로 새 삶을 살게 도와주시옵소서. (가장 진심으로) 더불어 제게는 타오르는 불꽃과 함께 새 미래를 주시옵소서. 아멘. (정인과 경원을 부추기듯) 아멘.
경원/정인	(대충) 아멘.
주한	자, 이제 어디 좀 파볼까? (땅을 파며) 어? 어우, 뭐야, 이거. 완전 얼었는데. 꿈쩍도 안 해. 랜턴 좀 받아볼래?

경원, 랜턴을 받는다.

주한	땅에 비춰, 땅에. 여기, 여기. 고개 좀 젖히고.
경원	이렇게?
주한	좀 더 뒤로, 조―금 더.
경원	이렇게?
주한	어어. (땅을 파보더니) 안 돼, 안 돼. 완전 얼었어. 좀 더 단단한 게 있어야 할 것 같아. 시간 충분하지? 여기서 잠깐 기다려봐.

주한, 두리번거리면서 돌을 찾아 떠난다.

경원	야, 어디 가?
주한	어, 잠깐만.
경원	(랜턴을 주한 쪽으로 비추며) 어디 가?
주한	저기 좀 보고 올게.
경원	랜턴이라도 가져가―.
주한	휴대폰 있어.

경원, 랜턴을 주한 쪽으로 비춘다. 주한이 점점 보이지 않는다.

경원	너무 멀리 가지 마. 야! 너 거기 있어?
주한	(목소리) 어! 여기 있어!
경원	거기만 찾고 없으면 그냥 와!

경원, 랜턴을 주한 있는 곳에 비추지만 주한은 보이지 않는다.

옆에 가만히 있던 정인, 나설 채비를 한다.

경원   따라 가려고?

정인   재 100퍼센트 길 잃어버려. 또 어디서 혼자 울고 있

                을지 모른다고.

경원   그럼 같이 가.

정인   엇갈리면 어떡해. 넌 여기 있어.

경원   혼자는 좀 그런데…….

정인, 망설이다가 그 자리에 남는다. 경원에게 랜턴을 받아 와 주한이

간 방향을 밝혀본다.

정인   애 어디까지 간 거야…….

경원/정인   서주한! 주한아! 서주한!

부르기를 멈추는 두 사람. 산속의 고요함이 두 사람을 에워싼다. 완전

히 먹혀버릴 듯한 고요. 두려움을 느끼는 경원과 정인.

경원   무섭다……. 산이 원래 이렇게 조용한 곳이야?

정인   그럼 산이 시끄럽냐.

경원   전화는 터지겠지……?

정인, 주한에게 전화를 건다. 받지 않는다. 다시 건다. 받지 않는다.

정인 그만해. 배터리 아껴. 안 되겠다. 가보자.

두 사람, 길을 나선다. 어두운 산길이 익숙하지 않다.

경원 어어―.

정인 조심해.

경원 등산로가 아니라, 길이 좀 험하네…….

정인 내가 말했지. 여긴 너무 험하니까, 캠핑장 근처로 가
     자고. (사이) 아니, 말이 나온 김에 묻는 건데, 바다도
     있고, 들판도 있고, 심지어 술집도 있는데, 왜 여기
     야? 묻을 데가 여기밖에 없어?

경원 네가 지금 사람 많은 데 갈 정신이야?

정인 나 요즘 사람 많은 데만 가.

경원 ……그래?

정인 그래.

경원 ……말을 하지 그랬어.

정인 틈이나 줬냐. 그나저나 얘는 어디까지 간 거야. (사
     이) 근데, 주한이 대필 작가 아니었어?

경원 아까 아니라던데.

정인 나도 대필 작가로 알고 있었는데.

경원 그치? 너도 그렇게 알고 있었지?

정인 어, 아까 말 안 꺼내길 잘했네.

경원 좀 거들어주지.

정인 뭘 거들어. 나 걔 뒤끝 감당할 자신 없어.

경원 근데 랜턴 이게 제일 밝은 거야? 너한테만 비추지 말고, 나도 좀 비춰봐.

정인 같이 비추고 있는 거야.

경원 내 쪽은 하나도 안 보인단 말이야.

정인 (피곤하다는 듯) 말이 나왔으니 묻는데, 랜턴은 왜 하나만 갖고 온 거야? 사람이 셋인데.

경원 미안하다, 미안해.

정인 겁도 많은 애가, 준비성이 이렇게 부족해서야.

경원 그래서 넌 겁도 없이 바람피웠냐?

정인 (가던 길을 멈추고) 1절만 하자.

경원 알았으니까 빨리 와.

사이

다시 걷는 두 사람.

경원 근데 진짜 왜 그런 거야?

정인 (가던 길을 멈추고) 1절만 하자고.

경원 ……알았어.

사이

다시 걷는 두 사람.

경원   하긴 그것도 능력이다.

정인   아이, 진짜. 야.

경원   넌 진짜 겁이 없구나.

정인   뭐?

경원   변하는 거 안 무서워? 새로운 사람 만나면, 그래서 이전 거 다 포기하고 그 사람한테 가면, 그동안 쌓아온 거 죄다 사라지는 거잖아.

정인   (한동안 말없이 걷다가) 난 누가 내 옆에 오래 있는 게 더 무서워. 언제 터질지 모르는 폭탄 같아서. (사이) 다 변하는 거잖아. 근데 변하지 않고 있으면, 점점 믿고 싶어진단 말이지. '변하지 않을 거다. 이 사람은, 이 상황은, 이 시간은 그대로일 거다.' 근데 그게 함정이거든. 인생을 망하게 하는 함정. 내가 한 번 속지 두 번 속나. 그리고 당장 나도 변하는데, 뭐.

경원   단호하네. 편지엔 엄청 구구절절하더니.

두 사람, 걷다가

정인   그 편지, 쓰니까 좀 낫더라.

경원, 정인을 본다.

정인   속얘기를 꺼내니까 좀 낫더라고. 그래, 뭐 솔직히. 막
      상 여기까지 와서 돌아보니, 내가 내 함정 판 것 같
      기도 하고 그래. 나름 멀리 보고 한 행동이었는데,
      고작 한 치 앞만 봤나 싶기도 하고.

경원   멀리 본 거라고?

정인   어. 멀리 안 봤으면, 그냥 살았지.

경원   너답다.

사이

경원과 정인, 랜턴으로 '한 치 앞'을 밝히며 걷는다.

경원   아야!

정인   왜 그래?

경원   아……, 삐끗했어…….

정인   괜찮아?

경원   어……, 아오……. 그냥 살짝. 괜찮아.

정인   조심해. 야, 우리 이제 다치면 그대로 살아야 돼. 잘
      낫지도 않아.

경원   아오…….

경원, 절뚝거린다.

정인   많이 불편해? 걸을 수 있겠어?

경원   모르겠어…….

정인   그러니까 평소에 운동도 좀 하고 그래.

경원   저기요.

정인   너 운동 안 하고 맨 책만 들여다보니까, 이렇게 딱
      현장 나왔을 때 반사신경이 작동 안 하는 거 아냐.

경원   저 아프다고요.

정인   엄살은. (웃으면서) 자, 팔짱 껴.

정인에게 팔짱을 끼는 경원.
그렇게 걷는 두 사람.

정인   (장난기가 발동해서) 너 누구 팔짱 끼는 거 처음이지?
      너 모태 솔로잖아.

경원   아니거든?

정인   그럼 증명해봐.

경원   (황당해하며 정말 증명하고 싶다는 듯) 참 나—.

정인   안 되겠다. 너 언제 한번 우리 집에 와.

경원   너희 집엔 왜?

정인   경원아, 우리 이제 마흔이야. 이십대 어린애 아니야.

너 아직도 누가 조금만 잘해주면 물불 다 헤치고 도
망가는 거, 그만해야 된다고. 봐라. 너 스무 살 때도
그랬잖아.

경원, 자신을 흉내 내는 정인을 보며 웃는다.

정인   한두 번도 아니고 이런 식으로 관계를 맺지도 못하
는 거. 난 네 안의 어떤 결핍이 이렇게 만든다고 생
각해. 어떤 이유인지는 모르겠지만, 네가 이성과의
관계를 이렇게 왜곡된 형태로 걷어차는 데는 분명
뭔가가 있는 거야. 괜찮아. 너 이거 부끄러운 거 아
니다? 그럴 수 있어. 한번 와.

경원   그만해라. (피식하며) 상담은 내가 아니라 네가 해야
겠네.

두 사람, 걷는다.
경원, 계속 절뚝인다.

정인   무슨, 생각해?

경원   옛날 생각. 고등학교 때.

정인   눈에 선하다, 야. 딱 재미없는 스타일.

경원   소심하고, 겁 많고, 자신 없고, 눈에 띄지 않는. 근데

딱 한 번씩 내가 애들한테 보일 때가 있었어. (사이) 입에 거품을 물었을 때.

정인　입에 거품을 왜 물어. 뭐 입에 거품 물고 기절이라도 했어?

경원, 아무 말 하지 않는다.
정인, 경원을 본다.

경원　딱 두 번. 내 인생에 딱 두 번. 고1 수업 시간에 한 번, 고2 남자친구 앞에서 한 번. 나 쓰러지는 거 보고 다 놀라서 도망가더라고. 그때 알았지. '아— 내가 입에 거품을 물면, 다 도망가는구나.' 이 거품과 함께 다 날아가는구나. (사이) 지금은 뇌전증이라고 부른대. 그땐 다르게 불렀는데.

정인　…….

경원　그러니까 나 모태 솔로 아니다. 알았어?

그때 어디선가 "아아악!" 소리가 들려온다.

경원　주한이 목소리지? 주한아! 너야?
정인　주한아!

주한, 멀리서 걸어온다. 절룩거리는 다리. 얼굴에는 상처가 생겨 피가 옅게 흐른다. 손에는 주먹만 한 돌이 들려 있다.

주한　　　（돌을 치켜들고） 찾았어. 내가 찾았어.

경원/정인　주한아…….

정인　　　너…… 얼굴이랑 다리는 왜 그래?

주한　　　（온몸이 언 듯） 삐끗했어. 괜찮아.

정인　　　전화는 왜 안 받았어……?

주한　　　전화? （주머니에서 꺼내 본 다음） 꺼졌다. 너무 추워서
　　　　　　방전됐나 봐.

경원과 정인도 휴대폰을 꺼내 본다.

경원　　　내 것도 꺼졌네.

정인　　　나는 5퍼센트.

주한　　　근데 여기 어디야? 아까 거기 아닌 거지?

정인　　　우리도 잘 몰라…….

경원　　　멀리 왔나 봐.

주한　　　여기 너무 추워…….

정인　　　（핫팩을 주한에게 건네주며） 춥지. 이것 좀 하고 있어.
　　　　　　그리고 어서 내려가자.

주한　　　（단호하게） 아니야. 묻어야지. 이거 하러 여기까지 온

건데.

정인 아니야, 아니야. 너 지금 몰골이 말이 아니야.

주한 (단호하게) 이거 찾느라 내가 얼마나 고생했다고.

난감한 정인과 경원.

경원 괜찮겠어……?

주한 당연하지. 자, 시작하자.

주한, 찾아온 돌로 땅을 파기 시작한다.

주한 불 좀 비춰봐. 여기, 여기.

정인 여기?

주한 응, 그래, 그래. (땅을 파며) 정인아, 잘 봐. 여기가 너 묻힐 곳이야.

정인 어……?

주한 내가 깊게 파줄게. (돌로 땅을 세게 내리치며) 이거 딱 하고, 엇차, 하고 나서, 웃차, 여기에 정인이를 묻고, 어우 여기도 얼었는데? 웃차, 정인이를 묻고, 그리고 카운트다운하러 가자. 어때, 괜찮지? 지금 몇 시야? 좀 남았지?

정인, 휴대폰 시계를 본다. 0퍼센트. 경원에게 말없이 시선을 건넨다.
'어떡하지?'

주한, 계속 땅을 판다.

주한 절대 못 나오게, 깊이 파자. 정인아. 웃차, 이얏. 이얏.
이얏. 우리 너 이해해. 나 정말 너 이해해. 헛. 헛. 난
네가 정말 용기 있는 선택을 했다고, 아아!

경원 괜찮아?

주한 아오, 피―.

경원 야, 조심해. 장갑 없어?

주한 아까 거기 다 놓고 와서.

정인 야, 그만해. 그만하고, 우리 내려가자.

주한 무슨 소리야. 곧 마흔 될 사람들이. 불혹의 나이에
돌을 꺼냈으면, 뭐라도 파내야지, 응? 안 그래? 웃
차! 그 점쟁이가 그랬어. 나한테 필요한 건 행동력이
라고. 이얍. 이얍! 그래. 나, 아까 이 돌을 찾으면서
생각했어. 이제 그만해도 되지 않을까? 돌 그만 찾
고 이제 내려가도 되지 않을까? (다시 파며) 근데, 웃
차! 그 점쟁이가 그러더라고. 항상 질문만 하고, 거
기서 끝나서, 내 인생이 이렇게 된 거라고. 대필이 아
니라, 진짜 내 글을 쓰고 싶으면, 이얍! 질문에서 그
치지 말고 그 질문을 쓰라고. 이해가 안 돼도 받아

들이라고. 후. 후. 그래! 난 그러기로 했어. 그리고 그 첫 시작은 바로, 이 돌을 구하는 거라고 생각했어. 이해할 수 없지만, 이 돌이 왜 필요한지 도대체 모르 겠지만, 그래도 난 찾기로 한 거야. 그리고 생각했지. 이 작은 돌부터, 과거를 묻기 위한, 이 돌부터 시작 하는 거라고! (비장하게) 널 묻는 게, 내 미래의 시작 인 거야. 후아―. (판 곳을 보며) 조금 더 팔까?

경원   야, 충분해, 충분해. 그만 파. 무슨 종이 하나 묻는데, 이렇게 깊이 팠어.

주한   깊이 파야지. 다시 나오지 못하게. 이 정도면 된 것 같아? 충분한 것 같지?

경원/정인 어어. 어……, 충분한 것 같아…….

주한   그래, 딱 좋다. 정인아, 이제 널 묻을게. (손을 내밀며) 자, 널 줘.

정인   …….

주한   어서. (짧은 사이) 뭐 해―?

정인   어? 어……, 알겠어……. (주머니에서 종이를 찾으며) 어…… ?

주한   왜?

정인   잠깐만―.

정인, 여기저기 뒤져보며 종이를 찾는다.

주한　　　　왜 그래? 무슨 일이야?

정인, 종이를 계속 찾는다.

정인　　　　……없어.

주한　　　　뭐……?

경원　　　　잘 찾아봐……. 정말 없어?

정인　　　　경원아, 너한테 없어?

경원　　　　나한테? (주머니 여기저기를 찾아보며) 없는데……?

주한　　　　자, 잘 찾아봐. 주머니에 없어?

정인　　　　없어……. (두리번거리며) 어디 흘렸나?

세 사람, 산 바닥을 살펴보기 시작한다. 한겨울의 산속에서 과거를 찾는 세 사람.

정인　　　　아까 거기, 두고 왔나……?

주한, 갑자기 맥이 풀린다.

주한　　　　뭐라고? (짧은 사이) 다시 한 번 말해볼래?

정인　　　　…….

경원　　　　(작게) 정말 거기 놓고 왔어?

주한　　나, 행동했는데. 이해가 안 돼도 받아들였는데.

정인　　⋯⋯다, 다시 쓸까? (몸을 뒤지며) 종이가 없네⋯⋯.

주한, 어디론가 터벅터벅 걸어간다. 홀로, 등을 돌리고, 전자 담배를 문다. 담배 연기를 길게 뿜는다.

주한　　(손에 쥔 전자 담배를 한 번 본 뒤) 연초 피우고 싶다.

정인과 경원, 어쩔 줄 모르며 서 있다.

주한, 담배 몇 모금을 더 피운 다음 돌아온다.

주한　　(자신이 판, 일종의 '무덤'을 보면서) 그럼 여기에 묻을
　　　　게 아무것도 없는 거네. (사이) 정인아, 괜찮아?

정인　　응⋯⋯?

주한　　널 묻고, 남편의 원망을 마음에 안고 살고 싶다며.
　　　　근데 못 했잖아. 괜찮아?

정인　　어, 어⋯⋯. 괜찮아, 난. 괜찮아.

주한　　(씁쓸하게) 괜찮⋯⋯구나. 넌 괜찮구나.

정인　　아니 아니 아니, 나 속상해.

주한　　뭐가 속상한데?

정인　　묻히지 못한 게 속상하지. 꼭 묻히고 싶었는데⋯⋯.

주한　　⋯⋯그래, 지나간 일은 다 잊자. 앞으로가 중요하지.

몇 시야? 시간 얼마나 남았어?

경원   어, 좀 남았어.

주한   내려가자. 정인이는 묻지 못했지만, 그래도 난 받아
           들이고 행동했으니까.

경원   그래, 정말 잘했어.

정인   그리고 넌 아직 기회가 남았잖아. 빨리 내려가자, 빨
           리.

주한, 내려가기 시작한다.

경원과 정인, 주한을 따라간다.

경원   아!

주한, 뒤돌아본다.

정인   무슨 일이야? 괜찮아?

경원   (발목을 잡고 주저앉으며) 아……, 여기에, 발이……
           꺾였어.

주한   왜 그래?

정인   네가 판, 여기, 이 구멍, 못 봤나 봐. (경원에게) 괜찮
           아?

경원   아, 너무 아파……. 아아…….

주한   봐봐.

주한, 경원의 발목 상태를 체크한다.

경원   아아, 아아. 아아아아아!

주한   그렇게 아파?

경원   어……, 움직이려니까 너무 아파……. 아아아.

주한   얘 삔 것 같은데?

경원   만지지 마. 만지지 마!

정인   어떡해…….

주한   내려가긴 해야 돼, 경원아. 행동하면 돼. 일어나보자. 나 이렇게 붙잡고, 자. 하나 둘 하면 일어나는 거야. 하나, 둘!

경원   아아아아아아! 못 하겠어. 난 못 하겠어.

주한   꼼짝을 못 하네.

경원   ……난 안 될 것 같아. 나 괜찮으니까 신경 쓰지 말고, 그냥 너네끼리 먼저 가. 난 괜찮아.

주한   아니야, 할 수 있어. 한 번만 더 해보자. 자. 하나, 둘 하면 일어나는 거야. 정인아, 오른쪽.

정인   어어.

주한   자. 하나, 둘!

정인   아악!

주한   넌 왜 그래?

정인   아……, 내 발……. 이 구멍…… 아아……. 잠깐만,
                주한아. 잠깐만.

주한, 복잡한 마음으로 정인과 경원을 본다.

주한   애들아, 너흰 할 수 있어. 받아들이고 행동하자. 애들
                아, 날 잡아. 날 잡고…….

정인   잠깐만. 잠깐만 좀 있으면 될 것 같아. 잠깐이면 돼.

주한, 조급하다.

정인   주한아……, 이거 심하지 않아서 금방 걸을 수 있을
                것 같아. 근데 그동안 이거부터 다시 막을까? 또 누
                구 다칠라, 응?

경원   그래, 이게 꽤 깊어서…… 또 잘못하면…….

주한, 애써 파놓은 구멍을 다시 막는다. 마음이 정말 복잡하다. 흙을
도로 담는 동안 시간이 흐르는 게 느껴진다. 1분, 2분…….

주한   다 막았어.

정인   어, 잠깐만. (자기 발을 만져보며) 아아. 으으.

주한, 초조한 듯 전자 담배를 입에 문다.

주한　　　애도 떨어졌네.

주한, 경원과 정인의 발목을 빤히 보다가

주한　　　(정인에게) 지금 몇 시야?

정인　　　지금……?

정인, 휴대폰을 보는 척한다.

그때 멀리 어딘가에서 들리는 피유— 팍! 하는 폭죽 소리. 불꽃은 보이

지 않고, 불빛만이 어슴푸레 간신히 보인다. 소리만으로도 얼마나 화려

한 불꽃놀이인지 상상할 수 있다.

긴 사이

정인　　　해피 뉴 이어…….

긴 침묵이 흐른다.

주한, 쭈그려 앉는다. 미래를 모두 잃어버린 듯한 뒷모습.

정인　　　(절뚝거리며 주한에게 조심스레 다가가서) 괜찮아……?

주한, 어깨를 들썩인다.

정인   너…… 울어……?

주한, 어깨를 들썩인다.

정인   주한아……, 너 울어……?

주한   (흐느끼며) 나 진짜 대필하기 싫단 말이야. 나 진짜
        대필하기 싫단 말이야……. 나, 진짜 내 글 쓰고 싶
        단 말이야. 올해는 그걸 할 수 있나 싶었는데……,
        그랬는데…….

정인   하면 되지…….

주한   (울면서) 그게 그렇게 쉬운 게 아니란 말이야……. 나
        이제 마흔이잖아. 마흔에 인생을 어떻게 바꿔…….
        나…… 인생의 절반을 남의 인생 듣는 데 썼어. 이제
        내 이야기 듣고 싶었는데……. (훌쩍거리며) 난……
        믿을 만한 빽도 없고…… 돈도 없잖아……. 믿을 거
        라곤 그 점쟁이 말뿐이었다고……. 카운트다운을
        해야…… 과거가 묻히고…… 새로운 미래가…… 떠
        오른댔는데…….

정인   주한아…….

경원, 옆에서 같이 운다.

경원   미안해……. 정말 미안해……. 다 나 때문이야…….
             나 때문이야…….

정인, 울고 있는 두 친구를 본다. 왠지 모르게 같이 눈물이 흐른다.

정인   내가 괜히 바람을 피워가지고, 너네까지 이 모양으
             로 만들고…….

함께 흐느끼는 세 사람.
멀리서 새해를 맞는 폭죽의 불빛이 아스라이 보인다.
사이
울음이 조금 잦아든다.
세 사람, 눈물을 닦으며 그 불빛을 바라본다.

주한   밝다. 진짜 밝다. 근데 우리 왜 여기 있지? 이 산 한
             가운데.
정인   거슬러 올라왔지.
주한   난 높이 올라온 건데.
경원   난 숨어 들어왔나…….

점점 잦아드는 폭죽의 불빛.

주한   또 지나가네.

정인   또 다가오고.

경원   어쨌건 지금은 춥고.

세 사람, 서로를 본다. 스스로 다시 막은 땅 위에서 핫팩의 온기를 함께 나눈다.

막

리뷰

당신의 희곡을 읽는 이 순간

　　나는 희곡에 대해 잘 모른다. 연극 관람을 좋아하는데도, 이십대 시절에는 주말에 연극 보러 대학로 가는 것이 가장 큰 낙이었는데도 정작 희곡을 읽어본 기억은 거의 없다. 평생 읽은 희곡집을 다 합치면 네댓 권쯤 될까. 그마저도 이십대에 읽은 것이 전부다. 그런데도 호기심 반 허영심 반으로 읽었던 그 책들이 어쩌다 보니 하나같이 명편들이었던 까닭에 달랑 네댓 줄짜리 내 독서 목록이 빈곤하다는 생각도 해보지 못했다.

　좌우지간 긴 시간 휴면 상태였던 그 목록에 오늘 새로운 이름 하나를 추가한다.

　황정은.

　다행이다. 목록이 늘었어도 '내가 이제껏 읽어본 희곡집들은 전부 명편'이라는 명제를 여전히 고수할 수 있게 되었기 때문이다.

황정은의 희곡집 『죽음들』은 희곡을 잘 모르는 내가 읽어도 재미있었다. 아니, 실은 읽는 동안 내 손에 들린 것이 '희곡'이라는 사실을 의식하지 못했다. 장르를 떠나 나는 순전히 이야기 자체에 몰입했다. 책장을 덮고 나서는 '그래, 좋은 이야기를 만나는 기쁨이 이런 거지' 하며 새삼 탄복했다. 그러니까 내가 읽은 것은 희곡이라기보다 좋은 이야기였다. 다시 말하면 황정은이 탁월한 이야기꾼이라는 얘기다.

모든 작가는 숙명적으로 이야기꾼이지만 굳이 분류하자면 남다른 기지와 입담으로 순식간에 어떤 이야기든 뚝딱 지어내는 즉흥적 이야기꾼이 있고 한편으로는 화제를 신중하게 선택하고 전달 방식을 치밀하게 기획하는 전략가적 이야기꾼이 있을 것이다. 황정은은 후자에 가까워 보인다. 그의 서사에는 논리적 공백이 없다. 낭비도 없고 억지도 없다. 간결하고 담백한 방식으로 그는 솜씨 좋은 이야기꾼들이 으레 그러하듯 어느 낯선 시간 낯선 공간 낯선 인물의 이야기를 요리조리 변주하고 가공하여 지금 이곳 바로 우리의 이야기로 만든다.

『죽음들』에는 「사막 속의 흰개미」 「죽음들」 「오피스」 「산악기상관측」, 이렇게 네 편의 희곡이 수록되어 있다. 네 작품 모두 구구절절한 설명 없이 툭 던져놓는 도입부의 상황이 일단 흥미롭다. 문화재연구소 연구원들은 흰개미 서식 여부를 점검한다는 이유로 남의 집에 무단 침입하고, 공원 벤치에 앉아 있던 늙은 죽음은 아이가 잘못 던진 공에 맞아 커피를 쏟으며, 환자들은 느닷

없이 코가 빠지거나 귀가 빠져 병원을 찾는다. 우리 주변 어디에 나 있을 지극히 현실적인 배경에서 펼쳐지는 이 황당무계한 도입부의 사건들을 작가는 성격화가 잘 된 인물들과 빈틈없는 플롯의 힘으로 끝까지 밀고 나간다.

먼저 「사막 속의 흰개미」는 죄의식에 대해 이야기하는 작품이다. 있던 일을 있던 일이라고 말하지 않은 죄, 눈으로 직접 보고도 기억하지 못하는 죄, 우물을 막듯 눈을 막고 귀를 막고 끝내 모르는 척한 죄. 죄의식은 흰개미가 집을 갉아먹음과 동시에 목사 가족의 삶 안팎을 서서히 좀먹어간다. 작가는 이 이야기를 하기 위해 백년 된 고택 주변에 페어리 서클(fairy circle)을 만든다. 불가사의한 원들은 아프리카 나미비아의 사막지대에서 목사의 고택에 이르기까지 끝없이 생성되고 세를 확장해가며 마침내 우리 안에 도사리고 있는 줄도 몰랐던 죄의식을 환기시킨다. 어쩌면 이 세계 전체가 거대한 페어리 서클 안에 있을 수도 있다는 것, 누구도 그것으로부터 자유로울 수 없다는 깨달음이 문득 서늘하다.

「죽음들」은 제목에서부터 짐작이 가듯 '죽음'을 정면으로 다룬다. 그런데 주제의 무게감과 딴판으로 작품의 정조는 밝고 산뜻하다. 작가의 유연한 상상력 덕분이다. 이 작품에서 죽음은 신문도 읽고 커피도 마시고 그림도 그린다. 늙은 죽음도 있고 젊은 죽음도 있다. 죽음이란 무엇인가. 죽음이 정말 있는가. 어떻게 있는가. 경험 후의 세계가 불가능하다는 점에서 영원히 불가해하고 불가지한 '죽음'이라는 개념을 작가는 공식에 의해 정답이 도출되는 명징한 세계의 '수학'이라는 개념과 나란히 놓고 수학자에게 증명하도록 한다. 물론 아무것도 증명되지 않는다. 그럼에도 엄마가 태어나지 못한 아들의 손을 잡고 죽음을 향해 걸어가는 마지막 장면의 여운을 나는 오래 잊지 못할 것이다.

그런가 하면 「오피스」는 시의성 짙은 주제만큼이나 구성의 묘가 돋보이는 작품이다. 광고주와 사보회사와 프리랜서, 하청에 하청으로 이어지는 갑을병의 세계에서 프리랜서 작가인 주인공은 펜을 쥔 사람으로서의 양심과 병으로서의 처세 사이에서 갈등한다. 기생물이 숙주만 바뀌가며 생명을 계속 이어가듯 작가가 민훈이었다가 세범으로, 세범에서 다시 도영으로 바뀌어도 갑을병의 세계는 변함없이 견고하고 그로 인한 갈등도 결코 사라지지 않는다. 그 비인간적 시스템에서 벗어나고자 했던 세범이 마주친 것이 실제 비인간, AI 챗봇이라는 결말은 너무 그럴듯하여 섬뜩하기까지 하다. 그래도 세범이 낙담하지 않고 '질문이 바뀌지 않으면 답변도 바뀌지 않는다'던 경원의 말을 떠올리니 희망이 아주 없지는 않다고 보아야 할까.

마지막 수록작 「산악기상관측」은 '산에 들어간 사람들에게 일어난 세 가지 일'이라는 부제 아래 세 꼭지의 에피소드로 구성되어 있다. 그중 두 남녀 산악기상관측연구원이 기상 관측을 위해 산속에서 이동하면서 벌어지는 사건을 다룬 두 번째 에피소드가 특히 눈에 띈다. 두 사람의 운명이 산속의 날씨처럼 예측할 수 없는 방향으로 흘러가다가 가해자와 피해자의 위치가 전도되는 일종의 복수극으로 귀결된다는 내용도 흥미롭지만 내가 더 주목한 것은 형식이었다. 밀도 높은 대사, 긴장감이 고조되도록 계산된 동선, 드러난 정보와 숨은 정보 사이의 균형, 민첩한 장면전환으로 이 작품은 2인극이 최소 인원으로도 능히 최고의 극적 효과를 창출할 수 있음을 증명한다. 그만큼 몰입도가 높은 이야기였다.

그렇다. 네 작품 모두 매끈하게 잘 빚어진 이야기들이었다. 재미있을 뿐 아니라 작품의 미학을 해치지 않으면서 어떤 식으로든 인간의 실존과 그 조건에 대한 문제의식을 담고 있다는 점에서, 어디서 출발하여 어디까지 확장되었다 해도 결국 지금 이 순간 우리의 이야기로 수렴되는 작품들이라는 점에서 황정은은 고맙고 미더운 작가다. 이것이 내가 독자로서 동시대의 이야기꾼인 그를 신뢰할 수밖에 없는 이유이다.

그래서 하는 말인데 「오피스」에서 경원이 세범에게 건넨 질문은 정확히 무엇이었을까. 내 추측이 맞는지 모르겠으나 그와 같은 질문이 내게도 주어진다면 기꺼이 대답하고 싶다.

당신의 희곡을 읽는 이 순간. 유효.

김미월(소설가)

초판 1쇄 발행 2025년 1월 31일

지은이 　황정은

펴낸이 　김태형

펴낸곳 　제철소

등록 　제2014-000058호

전화 　070-7717-1924

전송 　0303-3444-3469

전자우편 　right_season@naver.com

인스타그램 　@from.rightseason

ⓒ 황정은, 2025. Printed in Korea

ISBN 979-11-88343-78-2 03810

이 책은 2024년 문화체육관광부의 '중소출판사 도약부문 제작

지원' 사업의 지원을 받아 제작되었습니다.

이 책은 2021년 대산문화재단 대산창작기금 수혜작입니다.